講談社文庫

スーツケースの中の少年

レナ・コバブール＆アニタ・フリース｜土屋京子 訳

講談社

スーツケースの中の少年

●主な登場人物〈スーツケースの中の少年〉

ニーナ・ボーウ　「エレンズ・ハウス」の看護師
モーテン・ボーウ　ニーナの夫
イーダ　ニーナの娘、13歳
アントン　ニーナの息子、7歳
ヤン・マルカート　デンマーク人の富豪
アンネ・マルカート　ヤンの妻
アレクサンダー　ヤンの息子
ユツァス　リトアニア人
バルバラ　ユツァスの9歳年上の恋人
シギータ　リトアニア人のシングルマザー
ミカス　シギータの息子、3歳
ダリウス　別居中のシギータの夫
ジョリータ　シギータの伯母
アルギルダス　シギータの上司
ドブロボルスキー　アルギルダスの取引先、地元の大物
ナターシャ　「エレンズ・ハウス」の患者、24歳
リナ　ナターシャの娘、6歳
マウヌス　ニーナの同僚
アラン　不法就労者も診察する開業医
カーリン　ニーナの15年来の友人
マゼキエネ夫人　シギータの隣人
グージャス刑事　行方不明者捜査課の刑事
ユリヤ・バロニエネ　看護師

ガラス扉を腰で押し開けながら、スーツケースを引きずるようにして、地下駐車場への階段口に出る。Tシャツの下で汗が胸と背中を流れ落ちる。外は風もなく、路面から陽炎《かげろう》が立ちのぼるほどの暑さだが、ここも大差はない。おまけに、投げ捨てられたファストフードの紙袋から腐りかけたハンバーガーの強烈な悪臭が漂ってくる。

エレベーターはない。女の力で重いスーツケースを手荒く引きずるようにして一段ずつ階段を下り、ようやく車を停めてある階までたどりついたが、ふと、中に何がはいっているのか確かめもせず車に積むのもどうかという気がした。見回すと、大きなゴミ集積箱が並んでいる。あの裏側なら人目につきにくい。防犯カメラからも死角になるし、通りがかりの視線を引くこともない。スーツケースの鍵はかかっていなかった。二ヵ所の留め金と、丈夫なスーツケースベルトが巻かれているだけ。両手が震えている。厄介《やっかい》な重い荷物をこんなに遠くまで運んだせいで、片手は血の気が失せて感覚がない。スーツケースベルトをほどき、留め金をはずす。

中にはいっていたのは、素っ裸の男児だった。金髪。薄い肉付き。三歳ぐらいだろうか。ショックのあまり尻もちをついた拍子に、ゴミ集積箱のざらついたプラスチック面に背中がこすれた。男児は膝を胸に引きつけた姿勢ではいっている。シャツをたたむように折りたたまれて。この姿勢でしかスーツケースにおさまらなかったのだろう。まぶたは閉じたまま。天井からどぎつい明るさを放つ蛍光灯の下で、肌が青白く光っている。そのくちびるがかすかに開いたのを見て、初めて、まだ生きているとわかった。

八月

邸宅は入り江を一望する崖《がけ》の縁に建っていた。地元の住民から「要塞《ようさい》」と呼ばれていることを、ヤンはもちろん知っている。しかし、「要塞」の白い壁を見上げるヤンの思いがどこか満たされないのは、それが理由ではない。地元の人間からどう思われようと、かまわない。そんなことは、どうでもいい。

邸宅はもちろん有名建築家の設計によるもので、時代の先端をいく機能的かつクラシックなデザインだ。スウェーデン的機能主義を現代風にアレンジしたいわゆる新機能主義ね、とアンネは言っていた。そして、その意味をヤンが理解するまで、少なくともある程度理解できるまで、アンネはいろいろな写真や実物を見せて説明したものだ。シンプルなラインで構成しました、眺望そのものがすばらしいから装飾は最小限に、巨大なピクチャー・ウインドウから光と自然の美しさをふんだんに取り込めるよう工夫してあります——そのように建築家は説明した。斬新で純粋で整然とした機能美を追求する建築家の意図は、ヤンにも理解できた。ヤンは周辺一帯の土地を買い上げ、以前から建っていた古い夏用の別荘を取り壊させた。市当局の説得には少々手間がかかったが、ヤンが大口納税者になることがわかると、当局は許可を出した。ヤンは地元の自然保護団体の歓心を買うことにも成功した。団体の女性代表がハーブティーにむせそうになるほど巨額の寄付を申し出たのである。このあたりを野生生物の保護地域にしたらいいじゃないですか、と。そうしておけば、付近に隣家が建つ心配もないし、騒々しい観光客が近所をうろつくこともない。そういうわけで、周囲を白い壁に守られて、邸宅は崖の縁に建っていた。光と風をふんだんに取り込み、整然とした新機能主義の直線を誇示して。まさにヤンが望んだように。

が、しかし、これはヤンが描いた夢の形ではなかった。こういう暮らしを夢見たわけではなかったのだ。いまだに、あの場所のことを思うと、いわく言いがたい憧憬《しょうけい》が胸を突く。一九一二年に竣工した成金趣味の建築物。老朽化《ろうきゅうか》した本体に六〇年代の増築でぞっとするほど悪趣味な造作が加えられ、やたら大きくて醜悪《しゅうあく》な建物になっていた。しかも、眉をひそめるほどの高値がついていた。コペンハーゲンの金融エリートが住みたがる湾岸のストラン通りにあったからだ。とはいっても、その立地が憧憬の理由だったわけではない。住所など何の意味もなかった。ヤンがその物件に惹かれたのは、アンネの実家に近かったからだ。伸び放題に育ったサンザシの生垣を隔てた反対側が、アンネの実家だった。あれやこれや想像したものだ。リンゴの木の下に集まってバーベキューを楽しむ大家族。自分とアンネの父親は、極上のスコッチを注いだずっしりと重いグラスを片手にヴァージニア・タバコをくゆらせている。白い大きなパティオ・テーブルには、アンネの兄弟がそれぞれに子ども連れで座っている。アンネの母親は美しいインドシルクのショールをはおり、スウィングチェアを揺らしている。自分とアンネの子どもたち……四人か、五人ぐらいだろうか。いちばん下の子はアンネの膝で眠っている。そして何より、アンネが幸せそうなくつろいだ表情で笑っている。たとえば、夏至《げし》の祭りとか。家族で小さなたき火を囲んで。それなりの人数が揃って、楽しい歌声が響いて。でなければ、ごく普通の木曜日でもいい。何となく家族が集まって。ちょうど港にいいエビが揚がったから、と。

ヤンは入り江を見わたしながら、タバコの煙を深く吸いこんだ。青黒い陰鬱な海面には波頭が立ち、強い風が髪を乱し、目を刺激する。あの醜悪な物件を買い取る交渉を苦労してまとめたのに。書類も揃って、あとはサインするだけだったのに。なのに、アンネがノーと言った。

理解できなかった。だって、自分の実家じゃないか。女というのは、そういうのを喜ぶんじゃないのか？　場所的な近さとか、血のつながりとか、親密な家族関係とか、そういうことを。アンネのような一族なら、なおさら。はつらつとして、愛情と健康にあふれた一族なら。四〇年近くたってもなお、ケルとインガは見るからに愛しあっていた。アンネの兄弟も、しょっちゅう実家を訪ねてきた。妻子を連れてくるときもあれば、ぶらりと一人で立ち寄ることもある。二人とも、いまでも近所のクラブでテニスを楽しんでいた。あのくつろいだ日常の一部になる……生垣ひとつ隔てたすぐ隣に、それがあったのに。なぜ拒絶したのだろう？　アンネはノーと言った。静かな声で。断固とした口調で。いかにもアンネらしい言い方で。理由も説明もなく。ただ、ノーと。

そんなわけで、いま、自分たちはこうして暮らしている。崖っぷちに建つ家に、自分と、アンネと、アレクサンダーと。北西の風が吹く日は白い壁の外で風が轟々《ごうごう》と鳴り、白い壁の中で一家は孤立していた。気楽に立ち寄るには遠すぎ、近所付き合いもなく、あの気さくで温かい家族の交わりに加わるのも、ごくたまに、年に四、五回程度。それも、あらかじめ約束して訪ねていくときだけだった。

ヤンは最後にもう一息タバコを吸ってから、足もとに投げ捨て、乾いた草に火がつかないよう靴底でもみ消した。そして、そのまま数分ほど風に吹かれて、服と髪についたタバコの臭いを飛ばした。タバコをまた吸うようになったことを、アンネは知らない。

財布に入れてある写真を取り出す。財布に入れて持ち歩くのは、育ちのいい妻なら夫の財布を改めるようなことをしないとわかっているからだ。捨ててしまったほうがよかったのだろうが、どうしても、ときどき取り出して眺めずにはいられなかった。その写真がもたらす希望と恐怖の入りまじった感情に手を伸ばさずにはいられなかった。

男児はまっすぐカメラを見ている。裸の両肩は前かがみで、何か目に見えない危険を察してからだを丸めているような印象だ。撮影された場所がどこなのか、手がかりになるようなものは写っていない。背景の細かい部分は闇に沈んでいる。男児の口の端に何か食べたばかりのものが付いている。チョコレートだろうか。

ヤンは人差し指の先で写真にそっと触れたあと、大切に財布に戻した。先方からは携帯電話も届いた。旧式のノキア。ヤンが自分では絶対に買わないような代物だ。おそらく盗品だろう。電話番号を入れて、応答を待つ。

「こんにちは、ミスター・マルカート」ていねいな口調だが、訛《なまり》がある。「決心がつきましたか？」

決心はついているにもかかわらず、ヤンは躊躇《ちゅうちょ》した。先方から催促する声があった。

「ミスター・マルカート？」

ヤンはひとつ咳払いをし、「その条件で結構です」と答えた。

「わかりました。では、これから言うようにしてください」

ヤンは簡潔にして細心な指示に耳を傾け、番号や数字を書きとめた。先方と同じく、ヤンもていねいな口調で対応する。しかし、いったん電話を切ったあとは嫌悪と反感を抑えきれなくなり、電話機を力まかせに放り投げた。電話機は弧を描いてフェンスを越え、バウンドしたあと、ヒースに覆われた斜面の下に消えた。

ヤンはふたたび運転席に乗りこみ、家までの坂道を上っていった。

それから一時間もたたないうちに、ヤンはさっきの斜面に這いつくばるようにして、いまいましい携帯電話を探していた。アンネが家の前のテラスに出てきて手すりから身を乗り出し、「何してるの？」と大声で聞いてきた。

「ちょっと、落とし物」ヤンも大声で返事する。

「一緒に探しましょうか？」

「いや、いい」

アンネはしばらくその場にたたずんでいた。ピーチカラーのリネンドレスに強い風が吹き付け、肩まである金髪が顔のまわりに吹き上げられて、まるで空中を落下しているように見える。パラシュートなしのフリーフォール……。ヤンは自分の連想にストップをかけた。いや、アンネは知らなくていいことなのだ。

いまいましい携帯電話を見つけるのに一時間半近くかかった。そのあと、航空会社に電話しなくてはならなかった。この旅行だけは、秘書に手配させるわけにはいかない。

「どこへ行くの？」アンネが聞いた。

「ちょっとチューリッヒへ」

「何か問題でも？」

「いや」ヤンは即座に否定した。アンネの瞳にさっと不安の色が差し、ヤンは反射的になだめようとした。「ただの仕事だよ、ちょっと資金を手配しないといけないのでね。月曜には戻る」

どうしてこんなことになってしまったのだろう？　一〇年以上も前の、あの五月の土曜日が鮮明に思い出された。視線の先、ケルが近づいてくる。教会の通路を。アンネはおとぎ話の世界から出てきたように美しかった。息をのむほどシンプルな白いウエディングドレス。髪にはピンクと白のバラのつぼみ。それを見た瞬間、自分が用意したブーケが華美で大きすぎたことを悟ったが、そんなのは取るに足らないことだった。あと数分で、彼女の口から「誓います」の言葉が聞ける。一瞬、ケルと視線が合った。そこに受容と承認を見たと思った。この人がこれから義理の父となるのだ。アンネのことは、ぼくに任せてください……。自分に向かってほほえんでいる長身の岳父に、ヤンは心の中で話しかけた。そして、結婚式の誓いの言葉に含まれていない二つのことを、心の中で誓った。ぼくは彼女が望むものをすべて与えます、ぼくは世界のありとあらゆる悪から彼女を守ります、と。

その気持ちは、いまも変わらない。どれほどの犠牲を払おうとも守り抜く……。チューリッヒ行きの旅行かばんにパスポートを放り込みながら、ヤンはそう思った。

ときどき、ユツァスは家族の夢を見る。母親がいて、父親がいて、子どもが二人。男の子と、女の子。たいてい、家族は食卓に集まって母親の手料理を食べている。家族は庭のある家に住んでいて、庭にはリンゴとラズベリーが実っている。どの顔も笑っているから、幸せなのだろう。

ユツァス自身は家の外にいて、中の家族をのぞきこんでいるのだが、いまにも中にいる家族が自分の姿に気づくんじゃないかという感覚が頭から離れなかった。そして、父親がドアを開けて、さっきよりもっとくしゃくしゃの笑顔になって、「やあ、そこにいたのか！　さ、はいった、はいった！」と言う……。

その家族が誰なのか、ユツァスには想像もつかない。どんな顔をした人たちなのか、よく思い出せないことさえ珍しくない。でも、その夢からさめたあとは、いつも懐かしさと切なさがないまぜになった気分が一日じゅう続いて、胸が締めつけられるのだった。

最近は頻繁にその夢を見る。きっと、バルバラのせいだ。バルバラは、いつかこうなるといいわね、という話ばかりする。あなたとあたし、二人でクラクフのすぐ郊外にある小さな家に住むの。お母さんがバス一本で来られるくらい近いところに。でも、あまり近すぎてもだめ。だって、二人きりの時間もほしいでしょ。そして、子どもたち。そうよ、もちろん。だって、それがあたしのいちばんの望みなんだもの。子どもたち。

決行の前日、二人は前祝いをした。やることはすべてやった。準備は万端怠りない。車には必要なものを積みこんだ。手はずは整った。邪魔がはいるとしたら、あの女が急に行動パターンを変えることぐらいしか考えられない。そうなったらそうなったで、もう一週間待つだけのことだ。

「ねえ、ちょっと田舎に出かけましょうよ」バルバラが言った。「どっか、草の上に寝転がれるところ。二人っきりで」

最初、ユツァスは首を縦に振らなかった。いつものパターンを変えないに越したことはない、と。人の記憶は馬鹿にならない、いつもどおりにしていれば他人の目につきにくいものなのだ、と。しかし考えてみれば、これがリトアニアで過ごす最後の日になるかもしれない。すべてが計画どおりに運べば。そう思うと、この最後の一日を、ヴィリニュスの中流ビジネスマン相手にセキュリティ・システムを売り歩く仕事でつぶす気がしなくなった。

ユツァスはその日に訪ねる予定だったクライアントに電話し、来週の月曜か火曜に会社から別の人間を差し向けるからと伝えて約束をキャンセルした。バルバラのほうは、インフルエンザにかかったから休む、と電話を入れた。これで、月曜になるまで、クリムカの人間は二人が同時にずる休みしたことに気づかないだろう。そして、その頃には、そんなのはどうでもよくなっているはずだ。

二人は車でディドジウリス湖まで足を伸ばした。かつて、この湖畔はソビエト体制のエリート青少年を集めたピオネール少年団の夏季キャンプ場だった。それが、いまでは単なるボーイスカウトのキャンプ場になり、それも八月末の平日一日きりの日帰り行事なので、湖畔はすっかりさびれてしまった。ユッァスはミツビシの車をマツの木蔭に停めた。戻ってくるまでに車内が蒸し焼きにならないように、という配慮だ。バルバラが車から降りて伸びをした。白いシャツがずり上がって、日焼けした腹がちらりと見えた。それだけで、ユッァスの陰茎がピクリと反応した。バルバラのように瞬間的にそそる女を、ユッァスはほかに知らない。バルバラのような女は見たことがない。それに尽きる。いまだに、いったいどういうわけでバルバラが自分のような男を選んだのか、ユッァスにはわからなかった。

二人はキャンプ小屋には近づかなかった。かつての宿舎はうらぶれ、荒れはてた風情だ。二人は旗の掲揚台がある丘のふもとをたどって森へはいっていった。松脂《まつやに》と強い日差しに灼かれた木々の香りが、エディタばあちゃんと過ごした日々の記憶をよみがえらせた。ヴィサギナスに近い農家。ユッァスは七歳になるまで、そこで過ごした。冬は凍てつく寒さと孤独しかなかったが、夏になるとリマンタスが祖母に連れられて隣の農家にやってきて、そうすると二軒の小さな農家のあいだのマツ林はターザンが飛びまわるアフリカのジャングルになり、あるいはホークアイが潜む果てしないモヒカン族の森になるのだった。

「ここ、泳げそうね」バルバラが行く手に広がる湖を指さして言った。少し曲がった指のような形の古い飛び込み用デッキが湖面に張り出している。

ユッァスはヴィサギナスの回想をいつもの場所にしまった。「過去」という名の箱の中に。その箱をユッァスはたびたび開けるわけではなかったし、少なくともいまはそんなものをいじる理由はない。

「ヒルに血を吸われるぞ」ユッァスはバルバラをからかった。

バルバラが顔をしかめた。「そんなはず、ないでしょ。だって、それだったら子どもたちを泳がせるはずないじゃない？」

服を脱ぐのを止めることもなかったか、と遅まきながら思いついて、ユッァスは、「ああ、たぶんそうだな」と取って付けたような返事をした。

バルバラはちらりと笑顔を投げてよこした。あなたの考えていることはお見通しよ、と言うように。ユッァスの視線の先でバルバラがゆっくりとシャツのボタンをはずし、砂色のスカートとストリング・サンダルを脱ぎ、はだしになって湖岸に立った。白いパンティとシンプルな白いブラをつけただけの姿。

「なあ、いますぐ泳がなくちゃいけないのか?」

「ううん」バルバラがユツァスとの距離を詰めた。「あとでもいいけど?」

バルバラに抱く欲情が強すぎて、ときどきユツァスはティーンエージャーのようにぎこちないセックスをする。だが、きょうは自分にがまんを課した。ゆっくりと時間をかけて愛撫をし、たっぷりとキスをする。バルバラが自分と同じくらい欲情するまで。ユツァスはコンドームを手探りで取り出そうとした。バルバラが必ず使うように言うので、いつも財布に入れてある。ところが、今回はバルバラがユツァスを制した。

「こんなにすてきな日なんだもの。こんなにすてきな場所だし。きっと、すてきな子どもが授かるわよ。そう思わない?」

ユツァスは言葉を失ったが、財布を放り投げ、長く強くバルバラを抱きしめたあと、草の上に押し倒して、愛人の切なる願いをかなえる行為にとりかかった。

そのあと、二人は水にはいった。湖の水は深くて冷たかった。バルバラは泳ぎが得意なほうではなく、本気で練習したこともなかったので、犬かきのように手足をばたつかせるだけだ。やがて、バルバラはユツァスの首に両手を回し、背泳で泳ぐユツァスに抱きつく恰好で引っぱってもらいながら、瞳をのぞきこんだ。

「あたしのこと、愛してる?」

「ああ」

「あたしがこんなお婆ちゃんでも?」バルバラはユツァスより九歳年上で、そのことを気にしていた。ユツァスのほうは、まったく気にしていなかった。

「気が狂いそうなくらい愛してる。婆さんなんかじゃないさ」

「あたしのこと、ずっと守ってくれる?」バルバラがユツァスの胸に頭をのせた。ユツァスの胸に、自分でも驚くほど強いバルバラへの思いが広がった。

「もちろん、喜んで」ユツァスはつぶやいた。そして、思った。夢に出てきた家族は、たぶん自分とバルバラなのだろう。そうだ、そういうことだったのだ。自分とバルバラの夢。クラクフのすぐ郊外の家。あと少しだ。

あとひとつ、仕事を片付ければ。

土曜日はいちばん孤独な日だ。

月曜から金曜までは、あっという間に過ぎる。仕事があるし、ミカスもいる。六時少し前にミカスを保育園へ迎えに行ったあとは、何もかもきっちり決まった手順で進む。夕飯を作って、食べて、子どもを風呂に入れて、寝かせて、明日の朝に着せる服を揃えて、部屋を片付けて、皿を洗って、ちょっとテレビを見て。単調なニュースを聞きながら眠ってしまうこともある。

けれども、土曜日はちがう。土曜日は、みんなが祖父母の家へ遊びに行く日だ。朝早くから車に子どもたちや荷物や空の木箱を積み込む家族で、アパート前の駐車場は活気づく。そして、みんな、日曜の夜に帰ってくる。ジャガイモだのレタスだのキャベツだのを満載して。ときには、新鮮なたまごやハチミツも。どの家族も、みんな「田舎」へ行く。「田舎」がただの市民菜園であろうと、祖父母の農場であろうと。

シギータはどこへも行かない。いまでは、野菜はすべてスーパーマーケットで買う。三二号室に住む四歳の小さなソフィヤがアパートの下を駆けていって、ヘナで髪を染め若々しく日焼けした祖母の胸に飛びこむ姿を見ると、シギータは自分の手足をもがれたようなつらさを感じることがある。

きょうの土曜日をやり過ごす方法も、いつもと同じ。魔法びんの口までいっぱいにコーヒーを詰め、簡単な弁当を作り、ミカスを連れて保育園の園庭へ行く。フェンスぎわに並ぶシラカバの葉が太陽を浴びて緑と白に揺れている。夜のあいだに降った雨でシーソーの下に茶色い水たまりができ、ムクドリが二羽水浴びしている。

「ママみてことりさんおふろしてる！」ミカスが夢中で指さして言う。最近、ミカスはものすごい早口でひっきりなしに喋るようになってきたが、まだ言葉がはっきりせず、何を言っているのか聞き取りにくいこともあった。

「そうね。お風呂にはいって、きれいきれいするのかな？　ねえ、ミカス、小鳥さんたち、あしたが日曜日だって知ってるんだと思う？」

ほかにも子どもが遊びに来ていればと思ったが、自分たち親子だけだった。いつもと同じ。シギータはミカスにトラックと小さな赤いプラスチックのバケツとショベルを出してやった。ミカスはいまでも砂場が好きで、何時間も飽きずに遊ぶ。濠《ほり》をめぐらし、道路を敷き、壮大なプロジェクトである。砂に差した小枝は並木のつもりか、それとも城壁のつもりか。シギータは砂場の縁に腰を下ろし、少しのあいだ目を閉じた。

とことん疲れきっていた。

湿った砂がぱらぱらと顔にかかって、シギータは目を開けた。

「ミカス！」

わざとやったのだ。いまにも笑いだしそうな顔で、目をきらきら輝かせている。

「ミカス！　だめでしょ！」

ミカスはショベルの先を砂に突っこんで、しゃくった。またもや砂粒が飛んできて、こんどはまともに胸にかかった。何粒か、ブラウスの中まではいりこんでザラザラと落ちていく。

「こら、ミカス！」

とうとう笑いをこらえきれなくなったミカスが吹き出した。そうなったら、もう止まらない。シギータは勢いをつけて立ち上がった。

「こら、このいたずらっ子め！」

ミカスは甲高い歓声を上げ、三歳児なりに精一杯のスピードで逃げ出す。シギータはわざとゆっくりスタートしてミカスに逃げる余裕を与えておいてから、追いかけてつかまえ、空中に持ち上げ、そのあとぎゅっと抱きしめた。最初ミカスは少し身をよじって抵抗したものの、やがてシギータの首に両腕を回して抱きつき、母親のあごの下に頭を埋めた。やわらかい金髪からシャンプーと男の子のにおいがした。シギータはミカスの頭のてっぺんに大きな音をたててチュッとキスをした。ミカスはまた身をよじって笑いだした。

「ママやめてぇ！」

ひとしきり騒いだあと砂場に戻り、一杯目のコーヒーを注いだところで、どっと疲れが戻ってきた。

シギータはプラスチックのカップを顔のそばへ持っていって、香りを吸いこんだ。コカインでも吸引するように。コーヒーで吹き飛ぶような疲れではないけれど。

この先ずっと、こんな生活が続くのだろうか？　わたしとミカスと、二人きりの毎日。広い世界で、たった二人きりの暮らし。こんなはずじゃなかった……。それとも、こうなることは、わかっていた？

ミカスが突然立ち上がってフェンスのほうへ走っていった。フェンスぎわに女が立っている。背の高い、若い女。白っぽいサマーコートを着て、頭に花柄のスカーフをかぶって、ミサに行くような恰好だ。ミカスは一直線に女のほうへ走っていく。保育園の先生か？　いや、そうではなさそうだ。シギータは躊躇しながら立ち上がった。見ると、女は手に何か持っている。太陽の光を受けてきらきら反射する銀紙が見えた。ミカスはフェンスを乗り越えそうな勢いで何かねだっている。チョコレートだ。

自分でも意外なほどの怒りが湧いてきた。シギータは大股に一〇歩あまりでフェンスぎわまで行き、乱暴すぎる勢いでミカスを引きはがして、相手の女をにらみつけた。ミカスはすでにチョコレートで顔を汚している。

「子どもに何をするんですか！」

女は驚いたような顔でシギータを見た。

「ちょっとチョコレートをあげただけですけど……」

少し訛《なまり》のある話し方だ。ロシア訛だろうか。だからといってシギータの憤激がおさまるものではない。

「うちの子には、知らない人からお菓子をもらってはいけないと教えているんです」

シギータは言った。

「すみません。その……あんまりかわいかったので……」

「きのう、この子にチョコレートを食べさせたのも、あなただったんですか？　その前も？」ミカスがジャージにチョコレートをつけて帰ってきたことがそれまでにも何度かあり、シギータはその件で保育園の職員とかなり激しくやりあった。保育園側は一貫して子どもたちにお菓子は与えていないと主張した。お菓子は一ヵ月に一度と決まっている、その規則を曲げることはしていない、と。どうやら嘘ではなかったようだ。

「わたし、ここをよく通りかかるんです。あっちに住んでるので」女はそう言って、園庭を囲むように建つコンクリートのアパート群を指さした。「いつも子どもたちにお菓子を持ってくるんです」

「どうして、そんなことするんですか？」

白っぽいコートを着た女は、長いあいだミカスを見つめていた。どこか、びくびくしているような態度だ。何かまずい現場を押さえられたような。

「わたし、自分の子どもがいないから」ようやく口を開いた女は、そう言った。

シギータの怒りの中に、女へのかすかな同情が芽ばえた。

「そのうち授かりますよ」思わず、シギータは女にそう話しかけていた。「あなた、まだ若いし」

女は首を左右に振った。

「三六歳です」数字そのものが悲劇であるような口調で、女が言った。

そう聞いてあらためて見ると、念入りな化粧で隠されてはいるが、目もとや口もとにかすかに年齢が現れはじめていた。反射的にシギータは幼い息子を抱き寄せ、少なくともわたしにはミカスがいる、と心の中でつぶやいた。少なくとも、わたしにはこの子がいる……。

「こういうことは、もう二度としないでください」シギータの口調は、意に反していささか厳しさを欠いていた。「こういうことは困ります」

女の視線が揺れた。

「ごめんなさい。もう二度としません」そう言うと、女は唐突にきびすを返して早足で歩み去った。

あの人も気の毒に、とシギータは思った。人生が思うようにいかなかったのは、わたしだけじゃないみたいね……。

シギータは濡らしたハンカチでチョコレートの汚れを拭き取ってやった。ミカスはからだをくねらせて抵抗した。

「もっとチョコレート！　もっと食べる！」

「だめ。もうないの」

ミカスが爆発寸前なのを見て取ったシギータは、何か気をそらすものがないかと急いであたりを見回した。

「ねえ、ママと二人でお城作ろうか？」シギータは赤いバケツを手に取りながら言った。

ミカスがふたたび砂遊びに夢中になるまで、シギータはつきあってやった。水と砂と小枝で、楽しい想像の世界が次から次へと広がっていく。コーヒーはすっかり冷めてしまったが、シギータはそのまま飲んだ。ざらざらした砂粒がブラの縁からはいりこんで、肌が気持ち悪い。こっそり払い落とせないかしら……。シラカバの木漏れ日が灰色の砂の上で揺れている。ミカスは砂場を四つん這いで動きまわっている。片手にトラックを握りしめ、口で本物そっくりなエンジン音を出しながら。

あとで思い出せたのは、そこまでだった。

カモメのせいだ。くそいまいましい！

すでに一時間以上も前にデンマークに帰り着いていたはずなのに、いまだに七時四五分発コペンハーゲン行きの機内だ。異常に暑い機内に座らされたまま、他の一二二人の不運な乗客とともにじりじりと待つしかない。客室乗務員が冷たい飲み物を何杯運んでこようと、ヤンの焦燥を鎮めることはできなかった。

コペンハーゲンからの便は、定刻どおり到着した。しかし、折り返し便の搭乗が最初一五分遅れと案内され、さらにもう一五分遅くなり、あげく、新たに三〇分の遅延がアナウンスされた。ヤンは焦りはじめた。ぎりぎりのスケジュールで動いているのに。しかし、航空会社の職員は「一時的な問題です」と繰り返すばかり。乗客は搭乗ゲート付近で足止めされていた。そのあと、説明もなしに搭乗がさらに一時間延期されると発表があったとき、ヤンはついに堪忍袋《かんにんぶくろ》の緒を切らし、チェックインした荷物を下ろしてくれ、コペンハーゲン行きの別の便を探すから、と要求した。要求は慇懃《いんぎん》に拒絶された。チェックインされたお荷物は他の一二二名のお客様のお荷物とともに、すでに当機に積み込まれております、と。その中からヤンの荷物を探し出そうという気は、さらさらないようだった。それなら荷物なんかどうでもいいから搭乗エリアから出してくれ、と要求すると、とたんに両脇に警備員が現れ、荷物が飛行機に積まれているかぎりは持ち主も同じ便に乗っていただかなくてはならない、と言った。何か不都合でもありますか？

いや、不都合はないけれども、とヤンはあわてて否定した。このうえ、どこかの窓もない小部屋に入れられて外から鍵をかけられて何時間も留め置かれるなんて、冗談じゃない。自分はテロリストなどではない、自分はビジネスマンで非常に重要な仕事が待っているのでいらいらしているだけだ、とヤンは説明した。飛行の安全もまた非常に重要な仕事ですので、と警備員が返した。慇懃な口調で。ヤンはおとなしくうなずいて、青いプラスチック・チェアに腰を下ろしながら心の中で九・一一に毒づき、その忌むべき日が世界にもたらしたあらゆる影響をののしった。

さんざん待たされたあと、ようやく搭乗が開始されたと思ったら、こんどは、やれ急げとせきたてる。搭乗受付が二ヵ所増設され、明るいブルーの制服を着た職員が牧羊犬よろしく走り回って、群れからはぐれそうな乗客やぐずぐずしている乗客のかかとに嚙みつかんばかりの勢いで追いたてた。ヤンはやれやれという思いでビジネスクラスのゆったりした座席に腰を下ろし、腕時計をチェックした。まだ間に合う。

エンジン音がしだいに高くなり、客室乗務員が非常時の脱出口を案内しはじめ、飛行機が滑走路に向けて動きだした。

と思ったら、止まった。いつまで待っても、止まっている。ヤンは不安になって、ふたたび腕時計に目をやった。さっさと動きやがれ、と声を出さずに毒づいた。何でもいいから早く離陸しろ！

しかし飛行機は動かず、機長のアナウンスが始まった。

「申し訳ございませんが、ただいま離陸に支障が生じております。コペンハーゲン空港からこちらまでの飛行中、機体に鳥が衝突したもようです。機体に損傷はございませんでしたが、規程により、次の飛行前に全面的な機体整備が必要となりました。これまでの遅延は、それが原因です。機体のチェックは完了し、飛行可能となっております」

なら、なんで飛ばないんだ？　ヤンは歯ぎしりする思いで聞いていた。

「当社の安全管理規程によりまして、離陸の最終許可を得るには、整備完了報告書をコペンハーゲンにファックスして責任者の署名を受ける必要がございます。ただいま、コペンハーゲン側で署名のできる責任者が一人しか勤務についておらず、その人間が、どういうわけか席をはずしておりますようで……」

アナウンスの声からは機長自身の苛立ちもはっきり伝わってきたが、そんなものはこちらの絶望に比べれば何ほどでもない。ヤンは心臓の激しい鼓動で実際に胸が痛くなってきた。もしここで心臓発作を起こしたら、このいまいましい飛行機から下ろしてもらえるのだろうか？　発作を起こしたふりをしてみようか？　だが、たとえ飛行機から下ろしてもらえたとしても、ほかの便に乗り換えるには時間がかかるだろう。大枚はたいてチャーター便を手配できたとしても。こうなったら、間に合わないという現実と向き合うしかない。

くそっ。どうしたらいいんだ？　ヤンは必死に考えた。誰か、頼めそうな人間はいないか？　自分を裏切らない人間で、かつ、必要なことをやってのける能力のある人間は？　アンネに電話するべきだろうか？

いや、アンネはだめだ。カーリンに頼むしかないだろう。どうせある程度まで関わっているのだし、こういうことは関わる人間が少ないほうがいい。ヤンはブリーフケースから私用の携帯電話を出して、カーリンの番号をプッシュした。

とたんに、ニワトリに襲いかかるタカのように客室乗務員が飛んできた。

「お客様、携帯電話のご使用はお控えください」

「飛行機は動いてもいないじゃないか」ヤンは言い返した。「何十万ドル単位の損害賠償訴訟を起こされたくなかったら、下がっていなさい。わたしは会社に電話をしなくちゃならんのだ、いますぐ！」

客室乗務員はヤンの表情からただならぬ空気を察したらしく、この場は穏便にすませるほうが得策と判断したようだった。

「それでは、お客様、短時間でお願いいたします。通話が終わりましたら、電源をお切りください」

電話のあいだ、客室乗務員はヤンのすぐ脇に立っていた。プライバシーの侵害だ、席をはずしてくれ、と言おうかと思ったが、考えてみれば周囲にはほかの乗客たちもいるわけで、どのみち自由な会話はできない。

ヤンはそっけない口調でカーリンに指示を伝えた。コペンハーゲンの銀行へ行って、さきほど自分がチューリッヒから送金したぶんを全額引き出してほしい、と。

「暗証番号が必要なんだが、それはメールで送る。あ、それから、わたしの書類カバンを持っていくように。ちゃんと鍵のかかるのを。金額が大きいからね」

客室乗務員が聞き耳を立てているのは、もちろんわかっている。この続きを安物のスリラー小説っぽく聞こえないように言うなんて、どうすればいいのだ?

「そうだ、あとのことはぜんぶメールで送る」ヤンは早口で言った。「いろいろ伝えなきゃならない数字があるから。メールを読んだら、返信をくれ」

とりあえず電話のやりとりは終わったが、ヤンがメールを打つあいだ、そして返信を待つあいだ、客室乗務員はこれ見よがしにずっと座席の脇に立っていた。いらいらと待ったあげく、ようやく着信があった。

了解。ただし、高くつきますからね。

わかってる。ヤンは返信した。

どのくらいかかるだろう？　とくに、沈黙を守り通してもらう代償……。カーリンは、いつの頃からか、高級なものの味をおぼえた。でも、心根は善良で誠実な人間だ。それに、彼女には、ぼくの側につかざるをえない理由が少なからずある。なんといっても、彼女には非常に良い待遇を与えてきたわけだし。雇い主としても、それ以外でも。

ちょうどそのとき、機体ががくんと前に揺れて動きはじめた。カーリンを巻きこむことにしたのは早計だっただろうか……。しかし、飛行機は滑走路を離れて駐機場に向かっていることが判明した。空港の離陸スケジュールが混みあっており、割り当てられていた離陸時間帯が過ぎました、コペンハーゲンから離陸許可が届くまで、そして新たに離陸時間帯が割り当てられるまで、当機は当分のあいだ離陸の予定が立ちません、と機長から説明があった。なお、まことに申し訳ありませんが、離陸待機中はエアコンを切らせていただきます……。

ヤンは目を閉じ、毒づいた。デンマーク語で。ドイツ語で。そして英語で。

「お帰りください」ニーナは男の目を真正面から見据えて言った。

何の効果もなかった。男はわざと上からのしかかるようにニーナとの距離を詰めた。アフターシェーブ・ローションの香りがする。こんな状況でなかったら、好ましく感じるかもしれないが……。

「わかってるんだ、ここにいるんだろ？」男は言った。「フィアンセに即刻面会させてもらいたい」

八月の、暑い日。デスクの青い花瓶には、庭から切ってきた白バラ。「エレンズ・ハウス」の外に広がる黄ばんだ芝生と白いベンチに太陽の光が降り注ぐ。Aブロックの子どもたちが何人かでサッカーをしている。一方のチームはウルドゥー語で叫び、もう一方のチームは大半がルーマニア語でわめいているが、それでもお互い通じ合っているらしい。同僚のマウヌスとペアニレは、とうの昔にニーナを残してカフェテリアへ行ってしまった。店の外のテーブルでは、精神科医のスサンネ・マークセンが新しく地域担当になった看護師と昼食を取っているのが見える。一一時五五分。サッカーゲームを別にすれば、フューアのデンマーク赤十字センターは午睡にも似た気だるい空気にどっぷりと浸かっていた。というか、少なくとも四分前、ニーナの目の前にいる男がクリニックに無遠慮に踏みこんでくるまでは、穏やかな空気に包まれていた。ニーナはとっさにデスクの電話に目をやった。でも、どこに電話すればいいのか？　警察？　いまのところ、目の前の男は何ひとつ法を犯す行為はしていない。

男は四〇代後半。オールバックに撫でつけた褐色の髪、健康に日焼けした肌、ヒューゴ・ボスの半袖シャツと同じブランドのネクタイ。隙のない着こなしだ。入り口で止められることもなかったわけだ。

「そこをどけ」男が言った。「自分で探すから」

ニーナはどかなかった。殴るなら殴ればいい、そうなれば訴える理由ができる。そのためなら、一発ぐらい……。

「ここは公共の場所ではありません。お帰りください」

これは、さっきよりもっと効果がなかった。男はニーナの存在を完全に無視して廊下の先を見ている。

「ナターシャ、おいで。リナはもう車に乗って待ってるよ」

なんだって？　ニーナは男の視線をつかまえようとした。

「リナは授業中です」思わず口から出た。

男はニーナを見下ろした。唇をゆがめたキザな笑い方。吐き気がする。

「もう学校はやめさせたよ」

ドアがそっと開いた。振り返らなくても、ナターシャが廊下に出てきたとわかった。

「ナターシャにひどいことをしないでください」ニーナは言った。

「おやおや、まるで、わたしが乱暴者のような言い方じゃないか」ヒューゴ・ボスの男が言った。「さあ帰ろう、ナターシャ。きみの好きなパイを買ってあるんだよ」

ナターシャが小さくうなずいた。

ニーナは思わず手を伸ばして止めようとしたが、金髪の小柄なウクライナ娘はニーナには目もくれずに脇を通り抜けた。二四歳という年齢は知っていたが、いま目の前にいるナターシャは、途方に暮れて怯えたティーンエージャーのように見えた。

「わたし、行く」

「ナターシャ！　被害届を出すこともできるのよ！」

ナターシャは首を横に振っただけだった。「何の？」

男はナターシャの細い首に両手を回して引き寄せ、ニーナの目の前で挑発的なディープキスをしてみせた。ナターシャが身を硬くするのがはっきり見えた。男はナターシャの首から背中へ両手を滑らせ、その両手をジーンズのぴったりしたウエストから中へ滑りこませて、ナターシャの尻をがっちりつかんだ。ジーンズが手の形に盛り上がっている。男はいきなりナターシャの腰をぐいと引き寄せ、自分の下腹部に押しつけた。

ニーナは胃から酸っぱいものが上がってくるのを感じた。青い花瓶をつかんでこの唾棄すべき男の脳天をぶちのめしてやりたいと思ったが、行動には移さなかった。これは自分への当てつけなのだ。勝利を見せつけるためにやっているのだ。こちらが反応すれば、そのぶん胸くその悪い芝居が長引くだけだ。

いまでも、婚約指輪を見せに来た日のナターシャの輝くように幸せそうな笑顔が思い出される。「わたし、もう、デンマークにずっといる」ウクライナ娘は瞳をきらきらさせて言った。「主人、デンマークの人」

それから四ヵ月後、ナターシャは慌ただしくまとめた荷物一つを持ち、六歳になる娘のリナを連れてセンターに現れた。まるで戦地から引き揚げてきたような顔つきだった。二、三の青あざがあるほかは、外見的には暴力の形跡は見られなかった。どうやら女を殴る性癖の男ではないようだ。相手の男から何をされたのか、ナターシャは喋ろうとしなかった。座ったまま止めどなく涙を流しつづけるばかりだった。そのうちに下腹部の痛みががまんできなくなり、ようやくナターシャはマウヌスの診察に同意した。

あれほど怒っているマウヌスは、めったに見たことがなかった。

「Jävla skistöfel Fy fan（あの野郎、何てことしやがる）。野球のバットみたいに太いモノを持ってる男なんか、いるかよ！」マウヌスは激怒するとスウェーデン語で悪態をつく癖があった。

「あの男、何をしたの？」ニーナは聞いた。「ナターシャ、どうなってたの？」

「下種野郎《げす》、突っこむのは自分の粗チンだけにしやがれ、ってんだ」マウヌスが言った。「とんでもない傷があった。膣と直腸に。あんな傷、見たことないよ」

いま、その下種野郎は目の前で欲望むきだしの両手をジーンズに突っこんでナターシャの尻を揉みしだきながら、目だけはナターシャの肩越しにニーナを見ている。ニーナは目をそらさずにはいられなかった。殺してやりたいと思った。ぶっ殺して、玉を抜いて、アレを切り落としてやりたい。それで何かが解決するなら。

だけど、こいつみたいな男は何千何万といる。程度の差こそあれ、サメみたいな野郎どもが不法入国者の弱みにつけこんで肉を食いちぎろうと無数に泳ぎ回っているのだ。

やがて、男はナターシャのジーンズから手を引き抜いた。

「それじゃ、楽しい一日を」男はそう言い残して去っていった。ナターシャは首輪をつけられた犬のように男についていった。

ニーナは受話器をひっつかんで、内線をダイヤルした。

「職員室です。ウッラですが」

「ナターシャのフィアンセとか言ってる男がリナを連れ出したって、ほんと？」ニーナは聞いた。

電話のむこうで沈黙があり、「見てきます」と英語教師が答えた。ニーナは六分間待った。ウッラ・シュヴェンニンセンが電話口に戻ってきた。「すみません、その男はちょうど昼休みのベルが鳴ったときに来たみたいです。子どもたちの話ではアイスキャンディを持って迎えに来たとかで、リナは一目散に男のところへ走っていったようです」

「ちょっと！　なんてことしてくれたの！」

「すみません。でも、ここは刑務所じゃないですから。開かれた施設ってコンセプトでやってるわけですし」

ニーナは黙って電話を切った。怒りで全身が震えていた。言い訳だの建前だの、聞く耳はない。開かれた施設なんて、クソ食らえだ。

マウヌスが戸口に現れた。息を切らし、眼鏡を傾けて、犬のように善良で大きな顔から玉の汗をしたたらせている。

「ナターシャが……」言葉が切れ切れに出てくる。「車に乗ってくとこ……見たんだけど……」

「そうなの」ニーナは答えた。「あの下種野郎のとこに戻ってったのよ」

「For helvete da!（地獄に落ちやがれ）」

「あいつ、先にリナを連れ出したの。で、ナターシャは一も二もなくついてった、ってわけ」

マウヌスが診察室の椅子にどかっと座りこんだ。

「ナターシャは野郎を訴えるつもりなんか、ないんだろうな」

「みたいね。こっちで訴えることはできない？」

マウヌスは眼鏡をはずし、呆然としたまま白衣の襟でレンズを拭いている。

「荒っぽいセックスを楽しんだところで他人が口出すことじゃないって言われれば、それまでだからね」マウヌスはがっくりしている。「ナターシャ本人に立ち向かう気がなけりゃ、こっちは手の出しようがない。野郎は殴るわけじゃないし、レントゲンでも腕や肋骨に骨折はなかったからね。やっつける手がない」

「しかも、子どもにも手出ししてないしね」ニーナがため息をついた。

マウヌスがうなずいた。

「そうなんだよ。それがあれば訴えられるんだけどな。あいつは、そんなヘマをする野郎じゃないんだ」マウヌスは壁の時計に目をやった。一二時五分。「昼めし、食わないの？」

「食欲なくなっちゃった」ニーナは言った。

ちょうどそのとき、制服のポケットに入れている私用携帯電話が震えて着信を知らせた。

「……ニーナ？」

相手は名乗らなかった。最初、ニーナは誰からかかってきた電話なのかわからなかった。

「助けて……」

「あの、何のことでしょうか？」

「取りにいってほしいの。ニーナならよく知ってることだから」

カーリンの声だ。最後に会ったのは、同窓会のクリスマス・ランチだった。かなり酔って大声の怒鳴り合いになり、けんか別れしたのだった。

「カーリン、どうしたの？　声が変だよ？」

「いま、マガジンのカフェテリアにいるの」カーリンはコペンハーゲンで最も古いデパートの名を口にした。「ここしか考えつかなかったの。来てくれない？」

「いま勤務中なんだけど」

「わかってる。でも、来てくれない？」

ニーナは躊躇した。さまざまなことが一気に頭に浮かんだ。昔の友情。返しきれていない借り。少なくともこのくらいの頼みは聞いても罰《ばち》は当たらないだろう……。

「わかった。二〇分で行くから」

マウヌスが物問いたげに眉を上げた。

「結局、ランチになりそう」ニーナは言った。「それから、あの……一時間はかかると思うから」

マウヌスは上の空でうなずいた。「了解。留守のあいだ、なんとか持ちこたえとくよ」

「ラモシュキエネさん！」

片方の目に射るような光が差しこんだ。顔をそむけようとするのだが、動けない。

誰かの手が……誰かの手に……頭をぎゅっと抱えられている。

「ラモシュキエネさん、聞こえますか？」

返事できない。目を開けることさえできない。

「だめだ」別の声。「意識がない」

「ふーっ、ひどい臭い」

ほんと……。シギータはくらくらする頭で考えた。ほんとにひどい臭い。強い酒とゲロの臭い。誰か、掃除して……。

「ラモシュキエネさん、協力していただけると、もう少し楽にはいるんですけどね」

協力？ 何のことを言っているのだろう？ ここはどこ？ ミカスは？

「のどにチューブを入れますからね。自分で飲みこむようにしてもらうと、少し楽にはいりますよ」

チューブ？ なんでチューブなんか飲まなくちゃいけないの？ 混乱した頭に、小学校の校庭での馬鹿げた賭けの記憶がよみがえった。このナメクジ食えたら、一リタスやるよ。こんなビビリがミミズを生きたまま飲みこめるはずないだろ、俺、できないほうに一リタス。……やがて、筋道の立った思考が少しずつ戻ってきた。自分は病院にいるに違いない。ここは病院なのだ。だからチューブを飲みこめなんて言うんだ。でも、どうして？

結局、自分でチューブを飲みこむことはできなかった。とても無理。さんざん抵抗して、さらなる激痛に見舞われただけだった。混乱した頭の霧を突き抜けるほどの激痛。腕……ああ、腕が……。

のどにチューブを入れられた状態で絶叫するのはほとんど不可能だということだけは、わかった。

「ミカス……」

「この患者、何か言った？」

「ミカス、どこ……？」

シギータは目を開けた。まぶたが腫れて変な感じがしたが、とにかく無理矢理に目を開けた。まぶしくて、目がくらみそう。ミルクのように白い光がはいってきた。あふれる白い光の中に、やや暗い影が二つ、かろうじて女性と見分けられる程度。看護師か、看護助手か、細かいことはわからない。隣のベッドのシーツ交換をしているらしい。

「ミカスはどこ?」シギータはできるだけ明瞭に言おうとした。

「喋ってはだめですよ、ラモシュキエネさん」

事故だ……。シギータは考えた。事故に遭ったのだ。車にはねられたか。トロリーバスか。だから何も思い出せないのだ。次の瞬間、はっとした。ミカスはどうなったの? けがをしたの? 死んでしまったの?

「息子は? ミカスは?」シギータは声をかぎりに叫んだ。「ミカスはどうなったの?」

「落ち着いてください、ラモシュキエネさん。さ、横になって!」

誰かの手がシギータをベッドに寝かそうとしたが、恐怖の力が看護師の手をはねのけた。シギータはベッドから下りた。片方の腕がやたらに重い。緑色の苦い吐き気が襲ってきた。荒れた食道に胃酸がしみる。あまりの痛さに足の力が抜けた。シギータは体勢のコントロールを失ってベッド脇の床に崩れ落ちたが、それでもシーツを握った手を離さず立ち上がろうともがいた。

「ミカス! ミカスに会わせて!」

「ここにはいませんよ、ラモシュキエネさん。たぶん、ご実家のお母さんか、誰か親戚の方が見ていてくれるんでしょう。でなければ、お隣の方とか。だいじょうぶですよ、息子さんはだいじょうぶ。さ、だから、ベッドに戻って、大声を出すのをやめてください。ここにはほかの患者さんもいるし、重病の人もいます。こんな騒ぎを起こされては、ほかの患者さんにも迷惑です」

看護師に助けられて、シギータはベッドに戻った。ああよかった……ミカスは無事だったのだ！　でも、そのうち、やっぱり何か変だという気がしてきた。看護師の顔をもっとよく見ようとした。その声に、その表情に、何か同情とはちがうもの、むしろ同情とは反対のものを感じる。軽蔑のようなものを。

あの人、知ってるんだ……。シギータは混乱した頭で考えた。わたしがしたことを、あの人、知ってるんだ……。だけど、どうやってわかったんだろう？　たまたま運びこまれたヴィリニュスの病院の、しかも見も知らない看護師が、どうしてわたしのそんなことまで知っているんだろう？　あんなに昔のことなのに。

「わたし、帰らないと」シギータは吐き気をこらえながら、ろれつの回らぬ口で言った。実家になんか、いるはずがない。隣のマゼキエネさんが見ててくれるのかもしれないけど、子守りが長引けば、機嫌が悪くなって文句を言い出すに違いない。「ミカスを迎えにいかないと」

もう一人の看護師がてきぱきと無駄のない動きで枕カバーを整えながら、ベッドごしにシギータを一瞥した。

「もっと早くに、そういうことを考えるべきでしたね」

「もっと早くって、ど……どういうこと？」事故は自分のせいなのか？

「意識不明になるほど飲む前に、ってことですよ。言われなくちゃわからないんですか？」

飲む？

「わたし、お酒は飲みません」シギータは言った。「ほとんど……全然……」

「あら、そうなの。じゃ、胃洗浄も必要なかったんでしょうかね？　血中アルコール濃度があんなにあったのに？」

「でも、わたし……ほんとうに飲まないんです」

何かの間違いに違いない。自分のこととは思えない。

「しばらく安静にしていらっしゃい」一人目の看護師がシギータの足もとに毛布をかけながら言った。「たぶん、もう少ししたら退院させてもらえますよ。あと一回診察を受けたら」

「わたし、どうなったんですか？　何があったの？」

「おそらく、階段から落ちたんだと思いますよ。脳震盪《しんとう》と、左前腕の骨折。その程度ですんで、運が良かったですよ！」

階段から落ちた？　そんなこと、ぜんぜんおぼえていない。保育園の園庭でコーヒーを飲んで、ミカスが砂場でトラックで遊んでて、そのあとは何ひとつ思い出せなかった。

赤十字センターから離れることができて、むしろほっとしながら、ニーナは小さなフィアットでマガジン・デパートの駐車場スロープを上がり、コンクリートの柱と馬鹿でかいメルセデスにはさまれた狭いスペースに車を入れた。自分の非力がつくづくいやになる。いったい、この国はどうなっているのか？　ナターシャのような若い娘が在留許可を得るために野獣のような男に身を売らなければならないなんて。

ニーナはエレベーターで最上階まで上がった。狭い鉄の箱から踏み出したとたん、圧倒的な食べ物のにおいが迫ってきた。ローストポーク、揚げ物の油、それらすべての上に漂うコーヒーの香り。ニーナはカフェテリアを見回して、ようやくカーリンの金髪の頭を見つけた。カーリンは窓際のテーブルに座っていた。白いノースリーブのワンピース。看護師の制服をカジュアルにしたみたいな服だ。いつものしゃれた小さなハンドバッグではなく黒いブリーフケースを隣の椅子に置き、それを守るように片手を置いている。もう一方の手はコーヒーカップをせわしなく回しつづけている。

「ハーイ、カーリン。どうしたの？」ニーナが声をかけた。

見上げたカーリンの瞳には、思いつめたような光があった。それがどんな感情を映す光なのか、ニーナには読めなかった。

「わたしのかわりに引き取りに行ってほしいの」そう言いながら、カーリンはパチリと音をたてて小さな丸いプラスチックの板をテーブルに置いた。数字が書いてある。コインロッカーで使う引き換えコインのような……。

ニーナは少し苛ついた。

「何よ、もったいぶっちゃって。引き取りに行くって、いったい何なの？」

カーリンは返事をためらっている。

「スーツケースなんだけど」ようやく返事があった。「中央駅のコインロッカーにはいってるの。コインロッカーのエリアを出るまで、開けないで。開けるときは、誰にも見られないようにして。それと、とにかく急いで！」

「ちょっと待ってよ、カーリン！　それって、大量のコカインか何か詰まってるみたいに聞こえるんだけど！」

カーリンは首を横に振った。

「そういうものじゃないの。ただ……」そこで唐突に言葉がとぎれた。何かにひどく怯えているのがニーナの目にもはっきり見えた。「こういう話じゃなかったのよ！」

カーリンは強い口調で言った。「わたしには、できない。どうすればいいのか、わからない。でも、ニーナならできる」

カーリンが立ち上がった。もう帰るのか。ニーナはカーリンをつかまえて引き止めようと思った。ナターシャのときのように。でも、そうしなかった。二人のあいだに置かれたプラスチック・コインに視線を落とす。黒地に白い文字。「37-43」

「ニーナって、いつも人助けに燃えてたじゃない？」カーリンは口もとを小さく歪めて言った。「だから。人助けのチャンス。でも、とにかく急いで」

「どこへ行くの？」

「家に帰って、仕事を辞める」カーリンはきっぱりと言った。「そのあとは、しばらくここを離れるつもり」

テーブルのあいだを縫うようにして、カーリンは去っていく。ブリーフケースを提《さ》げるのではなく、脇に抱えこんで。ひどく不自然に見えた。

ニーナはカーリンの後ろ姿を見送ったあと、ぴかぴか光る小さなプラスチックのコインを見つめた。スーツケース。コインロッカー。**ニーナって、いつも人助けに燃えてたじゃない？**

「いったい何に首を突っこんだのよ、カーリン？」ニーナはつぶやいた。最も賢明なのは、このべたついたテーブルの上に「37-43」を残したまま、さっさとこの場から離れることだ。間違いない。

「まったく……！」ニーナはプラスチックのコインをつまみあげた。

「もしもし、マゼキエネさん？　シギータですけど」

一瞬の間を置いて、マゼキエネ夫人の返事が聞こえた。

「シギータなの？　ああ、よかった。具合はどうなの？」

「ずいぶん良くなりました。でも、あしたまで退院させてもらえないんです。ミカスは、そちらでお世話になっています？」

「いいえ、うちじゃないわよ。お父さんについてったもの」

「ダリウスに？」

「そうよ。あなたが事故に遭うより前に迎えに来たじゃないの。おぼえてないの？」

「おぼえてないんです。脳震盪だったとかで、思い出せないことがいっぱいあるんです」

だけど、ダリウスはドイツで働いているはず……じゃなかったっけ？　こっちに戻ればかならず連絡してくる、というわけでもないけれど。法的にはまだ別居状態だが、いまでは二人のあいだを結ぶのはミカスの存在だけだった。ダリウスはミカスを連れてドイツへ戻ったのだろうか？　それとも、タウラゲに住む自分の母親のところへ連れていったのだろうか？　ダリウスはヴィリニュスには家がなく、故郷に帰ってきたときはパーティー仲間の家に転がりこんだりしていた。そういう連中が三歳の幼児を歓迎するとは思えない。

頭がガンガン痛む。まともに考えることができない。ダリウスがミカスを連れていったというのはあまり安心できる情報ではないが、少なくともミカスがどこにいるかはわかった。どこにいるかというより、誰と一緒にいるかがわかった、と言うべきかもしれないが。

「あなた、それはひどい状態だったのよ。死んじゃったのかと思ったわ！　しかも、一晩じゅう階段の下に倒れていたなんて。とにかく、ちゃんとした病院でゆっくり休むことよ。良くなるまで、ちゃんと治してもらいなさいよ」

「ええ、ありがとうございます、マゼキエネさん」

シギータは携帯電話をパチンと閉じて通話を切った。これを取り戻すだけで、どんなにたいへんだったか。それを隠し持ってトイレにはいるのは、もっとたいへんだった。病院内では、ロビーの決まったエリアをのぞいて携帯電話の使用は禁止されている。ロビーまで行くなんて、月まで行くのと同じだ。いまだにシギータは壁を伝わないと歩けないような状態だった。

不自由な手でもう一度携帯電話を開き、右手の親指でダリウスの電話番号を押す。ギプスで固められた左手では電話を持つことができない。少なくとも、電話を使える状態で持つことは不可能だった。

ダリウスの声は明るく、楽しく、魅力的だった。いまいましい留守電のメッセージでさえ。

「こちら、ダリウス・ラモーシュカです。いま、ちょっと近くにいないんで、またあとでお願いしまーす！」

いかにもダリウスらしい。ダリウスの生き方そのもの……というか、自分たちの関係そのものだった。いま、ちょっと近くにいないんで、またあとでお願いしまーす！

二人が付き合いはじめたのは、シギータが小学校を卒業する直前の夏だった。ダリウスはタウラゲ教育センターの中等部二年だった。その夏は例年にない暑さだった。校庭の舗装が熱で柔らかくなるほどの暑さでも走りまわって遊ぼうというのは元気のありあまっている低学年だけで、高学年の生徒たちは灰色のコンクリート壁にもたれて腰を下ろし、シャツの袖とジーンズの裾を折り上げて、すっかり大人気分で「だべって」過ごした。

「夏休み、どっかに行くの、シギータ？」

聞いてきたのはミルダだ。答えが「ノー」であることを知っていて、聞いてきたのだ。

「たぶん。まだ決めてないけど」シギータは答えた。

「うちはパランガへ行くんだ！　ホテルに泊まるの！」ダイーヴァが口をはさんだ。

「そうなんだ〜」ミルダが言った。「すてきじゃない。うちはマイアミに行くけどね」

その場にいた全員が気圧《けお》されたように沈黙した。羨望と尊敬がアスファルトから立ちのぼる陽炎《かげろう》のように目に見えそうな雰囲気だった。マイアミ。大多数の子どもたちにとっては、宇宙のほうがまだ身近に感じられるくらいだった。夏休みといえば、ダイーヴァのようにパランガのリゾートホテルに二週間滞在するのが相場だった。あるいは、よほど運が良ければ黒海まで足を伸ばすとか。シギータたちの学年でそれより遠くまで行ったことのある子は一人もいなかった。

「ほんとに？」ダイーヴァが言った。

「もちろん、決まってるじゃない。もう切符も予約してあるし」

そんな金がどうしてあるのか、誰も尋ねなかった。みんな、知っていたのだ。ミルダの父親と叔父はドイツから中古車を仕入れてきて整備し、ロシア人に売っていた。それが儲かる商売である証拠に、最初にミルダたちの服が上等になり、次にミルダが新しい自転車を買ってもらい、さらに自家用車がＢＭＷになり、やがて一家は町のすぐ郊外に大きな家を新築した。それにしても、マイアミとは。

「あたしだったら、ニューヨークのほうがいいな」気がついたときには、言葉がシギータの口を離れていた。そして即座に、いま言ったことを取り消したいと思った。

ミルダが空を仰いで笑った。

「へ〜え。じゃあ、お父さんに言えば？　ニューヨークに行きたいの、って。きっとすぐに切符を買ってくれるわよ、シャツがぜんぶ売れたらね」

シギータは頰がカッと熱くなった。いまいましいシャツ！　いつになったって、ぜんぶ捌《は》けるなんて、ありえない。死ぬまでついてまわるんだ。わかってる。

シャツは、アパートのありとあらゆる空間を占領していた。何千枚と。ポーランドの閉鎖になった工場から仕入れたシャツ。父親は「ただ同然で」買い付けたと言っていた。ただ同然と言いながら、自家用車を売り払わなければならない程度の出費ではあった。父親は「最高級品だ」と言い、「流行《はや》り廃《すた》りのないデザインだ」と言っていたが、一ダースも売れやしなかった。もう二年近くも、大量のシャツはアパートの部屋にぶら下がっていた。天井にネジでとめつけた針金にほうきの柄を通したハンガーポールにひっかけて。ビニールカバーの音をシャリシャリ鳴らしながら。「工場直送」のまま。ソファの上にも、ベッドの上にも、トイレの中までも。シギータは、もう家に友だちを連れてこなくなった。恥ずかしすぎるから。もっと恥ずかしいのは、学校へ「見本」を持っていかされることだった。友だちの親が何かの拍子で買う気になってくれるかもしれないから、と言われて。

シギータの父親は、ロシア人が引き揚げていってからすっかり力を失ってしまった。ソ連時代には缶詰工場の経理係だった。賃金面では生産ラインで働く労働者と大差なかったが、当時は金の力よりコネの力がものを言う社会だった。欲しいものがあるからといって簡単に買えるわけではなく、手を回してもらう必要があった。そして、たいがいの場合、シギータの父親はそういう手配をできる立場にあった。

しかし、いまでは缶詰工場は閉鎖され、鉄条網のフェンスに囲まれた灰色と黒の廃墟が残っているだけだ。窓ガラスは割れ落ち、コンクリート舗装のすきまから雑草が伸びている。昔のコネは何の役にも立たないどころか、むしろ足を引っ張るだけだった。かわりに、羽振りがよくなったのは、商売のうまい者、金の工面ができる者、組織力のある者だった。闇の経済であろうと、日の当たる経済であろうと。

シギータは立ち上がった。太陽の光にガツンと殴られたような気がした。立ち上がってはみたものの、どこへ行くあてもない。

「あら、もう行っちゃうの?」ミルダが言った。「そうか、急いで家に帰ってニューヨークのホテルを予約しなくちゃいけないもんね」

そこに現れた白馬の騎士がダリウスだった。

「シギータ、土曜日にカリーニングラードへ行く約束、忘れないでよ。ね?」

ダリウス。日焼けした健康的な肌に金髪をなびかせ、ほかの男子が真似できないような余裕と自信を漂わせていた。さりげなく開けたシャツの胸元からは、こざっぱりとした白いTシャツがのぞいている。どちらもポーランド製ではない。

「うん。楽しみにしてる。ね、ミルダの話、聞いた？　夏休みにマイアミへ行くんだって」

「へえ、そうなんだ」ダリウスは言った。「じゃ、ぼくのおじさんによろしく言っといて。おじさん、フロリダに住んでるんだ」

白馬の騎士の光輝く鎧兜《よろいかぶと》がどれほど薄っぺらなものか思い知るのに、何年もかかった。ダリウスは自分を助けにきてくれる騎士ではなかった。最初から、白馬の騎士なんかじゃなかったのだ。いま、ダリウスがミカスを連れ出して何をしているのか、想像もつかない。大切なミカスを連れて、どこかのバーにでも入り浸っているのだろうか？　パーティー仲間がミカスにビールの残りでも飲ませてやしないか。シギータは身震いした。とにかく一刻も早く、この病院から出なくては。

駅は、月曜日の不機嫌な群衆で混みあっていた。広い中央コンコースに立ちのぼる人いきれが目に見えそうだ。汗まみれの服と苛立った気分が肌にまとわりつき、誰もが怒りっぽくなっている。一三時一一分発のヘルシンゴー行きが約二〇分遅れ、とアナウンスが流れる。ニーナは身を硬くしていた。これほど多くの見知らぬ人間がこれほどの至近距離に存在するという状態に不安を感じた。他人のからだに触れないように人波を分けて進むのは、不可能だった。やっとのことで、左側のロッカーエリアへ下りていく階段口にたどりついた。このあたりまで来ると、洗浄剤の鼻をつく薬品臭が薄くなって、こびりついた小便の悪臭が勝ちはじめる。引っかき傷だらけのコインロッカーが仕切り壁に沿って並んでいる。細長い通路、白いスチール扉、黒い数字。56、55……。握りしめたプラスチック・コインをもう一度チェックする。37－43。37列はどこ？

ようやく見つかった。37列。利用者が比較的多く行き交うメイン通路から脇へそれた、人の少ない行き止まりの細い通路の先。いまは二人の旅行者がいるだけだ。若いカップルで、大きなバックパックをロッカーに押しこもうと苦戦している。

「無理だってば」女のほうが言った。「大きすぎるって言ってるでしょ」

アクセントからすると、どうやらアメリカ人の観光客らしい。あるいはカナダ人か。二人がいなくなるまで待ったほうがいいだろうか？　でも、待っているうちに他の旅行客が来るかもしれないし、少なくとも目の前の二人は荷物でふくれあがったリュックとの格闘に気を取られている。ニーナはプラスチック・コインを37列の自動解錠システムに投入した。カチッという金属音がして43番のロッカーが開いた。

中にはいっていたのは、こげ茶色のすりきれた革のスーツケースだった。少し古くさいデザインで、片側に切り裂いたような長い傷があり、緑色の内張りが見えている。それ以外はどこといって特徴のないスーツケースだ。住所ラベルもなし、名札もなし。あたりまえか。いま、この場で荷物を開けるのは変だろう。自分で預けた荷物を取りに来た人間が荷物を開いて中をチェックするはずがない。それに、カーリンからも言われている。**コインロッカーのエリアを出るまで、開けないで。開けるときは、誰にも見られないようにして。**カーリン、いったいどういうことなの？　さほど悪質なことや重大なこととは思えないけれど。カーリンは、何というか、「危ない橋を渡らないタイプ」という言い方もピッタリではないような気がするが、とにかく、そういう性格だ。あのおおらかで楽しいこと好きなカーリンが汚いことや不法なことや危険なことにかかわるとは想像しにくい。そうは言っても、あのときの声。ふつうでない怯え方だった。**こういう話じゃなかったのよ！**　あれは、どういう意味なのだろう？

ニーナはスーツケースをロッカーから引っぱり出した。見た目より重い。二〇キロ近くはありそうだ。これを持って歩くのはたいへんだ。それに、ニーナがフィアットを停めてきたニューロップス通りの地下駐車場までは、二ブロックの距離がある。コペンハーゲン中央駅には空港のような荷物用カートはないから、自力で運ぶしかない。

さっきの若いカップルは、バックパックの中身を出しはじめている。ロッカーの大きさに収まるよう荷物を小さくしようということらしい。男のほうが化粧ポーチを床に落とし、ガシャンと音がして口が開いた。マスカラ、アイライナー、ヘアムース、デオドラントがタイルの床を転がっていく。デオドラントの缶がニーナの足もとへ転がってきて、スピンしながら止まった。

「ちっ……」男のほうが声を出した。「すみません」

ニーナは機械的に笑顔を返し、渾身の力でスーツケースを持ち上げて精一杯平気な顔で歩きだした。それにしても、なんという重さだ。いったい何がはいっているのだろう？

駐車場まで来たところで、とうとうニーナはスーツケースを開けた。そして、裸の男児を見つけた。

意識はない。肌はひんやりしているが、危機感を抱かせるほど冷たくはない。職業柄、すぐに脈をみた。脈拍は遅いが、これも危険なほど遅くはない。呼吸は深く、呼吸数も少なく、瞳孔はやや縮小ぎみ。薬物で眠らされていることは、ほぼ疑いない。いますぐ生命にかかわる状態ではないが、医療処置が必要だ。輸液と、解毒剤の投与。使用薬物が判明すればの話。ニーナは携帯電話をひっつかんで救急の番号を二つ目まで押した。そして三つ目を押す前に手をとめた。

スーツケースに目を落とす。どこにでもありそうな、ごくふつうのスーツケースだ。革が切り裂かれていたおかげで男児は比較的楽に呼吸できたと思われるが、酸素を供給する目的で意図的に切り裂いたものかどうかは疑わしい。幼児をスーツケースに入れて運ぶような人間が中身の健康状態にさほど気を遣うとは思えない。

どこかで足音がした。車のドアをバーン！と閉める音に続いて、エンジンをかける音がコンクリートの壁に反響した。ニーナは本能的に身をかがめてゴミ集積箱の背後に隠れた。なぜ？　立ち上がって助けを求めればよかったのに？　でも、ニーナは本能的に身を隠した。銀色の車体と光るホイールキャップが一瞬見えて、車が通り過ぎていった。

この子を車まで運ばなくては。でも、どうやって？　男児をふたたびスーツケースに戻して蓋を閉める気にはなれない。ニーナはフィアットまで走っていって、トランクに積んであるピクニック・ブランケットを取ってきた。そして、男児をブランケットでくるみ、肩にかつぐように抱き上げた。これなら親子に見えるだろう。疲れて眠ってしまった子を幼稚園から連れて帰る母親に見えるだろう。

男児は、はかないほど軽かった。スーツケースにはいっていたときとはまるで別物の軽さだった。男児の小さく暖かい息が首の横をくすぐる。いったい、誰がこんな小さな子どもにこんなひどいことをするのだろう？

ニーナは車の後部座席に男児をそっと寝かせ、ふたたび脈拍をチェックした。すでに、さっきより脈が少し速くなっている。周囲の変化に反応するように。ニーナは運転席と助手席のあいだに置いてあったペットボトルの水を取り、自分の指につけて男児のくちびるを湿した。舌が動いた。深い昏睡状態ではなさそうだ。

病院？　警察？　……警察？　病院？　でも、救急車を呼べばすむ話なら、カーリンが自分でそうしたはずだ。カーリン、いったいどういうつもり？　ニーナは心の中で親友をなじった。あなた、これに関わっているの？「わたしには、できない。でも、ニーナならできる」と、カーリンは言った。でも、いったい何をしろというのだろう？

月曜の朝、シギータはようやく退院を許された。ダリウスにはもう一〇回以上も電話をかけているが、いつかけても、あのいまいましい留守番電話が応答するばかりだった。

何が起こったのか、いまだにわからないことだらけだ。シギータは酒はほとんど飲まない。まちがっても、記憶がなくなるまで飲んで階段から転げ落ちるなんて、ありえない。それに、ダリウスがミカスを連れていくのを自分がとめなかったというのも理解できない。しかも、それは自分が階段から落ちる前のことだ、とマゼキエネさんは言う。シギータの頭の片隅に、ずっと消えない不安があった。もし、ダリウスがミカスを返さないと言ったら……？　もうひとつ、自分が階段から転げ落ちて腕を折り脳震盪を起こすようなことになった理由は？　ダリウスは、一度も自分に手を上げたことはなかった。ただの一度も。どんなに激しいけんかをしたときでも。いま頃になってダリウスが自分にそういうことをするとは思えない。とすると、事故だったのか？　この自分に酔っぱらうほど酒を飲ませることができる人間がいるとしたら、たしかに、それはダリウス以外にありえないけれど。

パシリャイチャイの自宅までタクシーに乗ろうかとも思ったが、倹約の習慣は容易には変わらない。なんといっても、トロリーバスは自宅の真ん前で止まるのだし。ヴィリニュス市内、バス停にして数区間ほどのあいだは、ぎゅうぎゅう詰めの混雑だった。ギプスのおかげで席を譲ってもらい、ありがたく腰を下ろすことはできたが、それでも、他人のからだが押し付けられてくるだけで吐き気が上がってきて、がまんできなくなりそうだった。次のバス停までがまんしよう、次のバス停を過ぎても吐き気がおさまらなかったらバスを降りてタクシーを呼ぼう、と思っているうちに、町の中心部を過ぎると混雑はいくぶんやわらぎ、ラッシュアワーの人の流れも逆方向になった。なんとかジェミノス通りまでがまんしてバスを降りたあと、シギータはバス停のベンチにへたりこんでハアハアと息をつき、しばらく歩きだせなかった。

アパートの部屋に帰る前に、シギータは呼び鈴を押した。

「ああ、帰ってきたの！　よかったわ、元気になって。たいへんな災難だったわね！」

「ええ。あの、マゼキエネさん、ダリウスがミカスを連れていったのは、いつだったんですか？」

「土曜日よ。不思議ねえ、あなた、おぼえていないなんて」

「土曜日の、何時頃でした？」

「お昼を少し過ぎた頃だったかしらねえ。そうよ、だって、昼ごはんを食べたすぐあとで、二人を見かけたんだから」

「二人？　ダリウスは誰かと一緒だったんですか？」

マゼキエネ夫人は、よけいなことを言ってしまった、というようにくちびるをかんだ。

「ええ、まあね。女の人……」

心がズキンと痛んだ。シギータのほうからダリウスに出て行ってくれと言ったのであって、その逆ではなかったのだが。それはまあ「女」ぐらいいるだろう。あのダリウスがずっと独り身でいるはずがない。

「見た目、どんな感じの人でした？」ダリウスの母親や妹ではありえないと思ったが、念のため尋ねてみた。

「品のいい感じだったわねえ。若くて、背が高くて、金髪で。着てる服も垢抜けて。けばけばしい安物じゃなかったわね」マゼキエネ夫人は言った。

ということは、ダリウスの妹ではない。

そのとき、シギータの頭にあることが浮かんだ。品のいい感じで、背が高くて、金髪で、若くて。そういう女はもちろんたくさんいるが、それでも……。

「その人、どんな服を着てました？」

「白っぽい夏物のコートだったよ。コットンだと思う。それと、スカーフ」

保育園の女だ。子どもをほしがっていた女。シギータの背筋を冷たいものが走った。ダリウスに恋人がいて、その恋人が子どもをほしがっているとしたら……？　きらきら光るチョコレートの銀紙が記憶によみがえった。ほっぺたにチョコレートをつけたミカスの顔も。あの女め。こっそり子どもの機嫌を取って。ずっとわたしたちに目を付けていたのだ。ずっとミカスを見ていたのだ。禁じられたチョコレートを与えては、ちょっとずつミカスを手なずけていたのだ。もしかしたら、あれはロシア訛《なまり》じゃなくて、ドイツ訛だったのかもしれない。ダリウスが仕事先のドイツでひっかけた女……？

「ちょっと、あなた、だいじょうぶ？」

「ええ」シギータは歯を食いしばって答えたが、バケツの水が揺れるように、のどのすぐ手前まで吐き気が迫っていた。「でも、少し横になったほうがいいかも……」

アパートの中は何も変わっていなかった。清潔で、白くて、モダンで。タウラゲのシャツ地獄とは遠くかけ離れた世界だ。ミカスのおもちゃでさえ、棚に整然と並んでいる。ひとつだけ、調和を乱す場違いなものが目にはいった。キッチンカウンターの上、シンクのすぐ脇に、ウォッカの空き壜が下品な光を放っている。

シギータはことさらに力を込めて空き壜をゴミ箱にぶちこんだ。二人は最初にわたしをぐでんぐでんに酔わせたのだろうか？　信じられない。ありえない。ダリウスとドイツ女がミカスを連れて出ていくのを、この自分が黙って見ていたなんて。

携帯電話が鳴った。

「シギータ、どこで何やってんだよ？　ドブロボルスキーが三〇分後に来るんだ、数字が要るんだよ！」

アルギルダスだった。アルギルダス・ヤヌセーヴィチュス。ヤヌス建設の共同経営者の片割れで、シギータの上司。

「すみません、わたし、いま病院から退院してきたばかりなので……」シギータは言った。

「病院？」明らかに苛立った声で電話をかけてきたアルギルダスだったが、一応シギータを気遣う口調になった。「重病とかじゃないんだろうね？」

「いいえ。階段から落ちたんです。でも、二、三日は出社できそうにありません」

電話のむこうの沈黙がすべてを語っていた。

「すみません」シギータは繰り返した。

「ああ、いや、それは仕方ないとして……数字は？」

「わたしの机の後ろのキャビネットに緑色のフォルダがあります、ドブロボルスキーの見出しがついたファイル……。帳簿は、その中の最初に目につくところに――」

「シギータ、わかってるだろ、そっちの数字じゃないんだよ」

もちろん、アルギルダスが何のことを言っているかはわかっていた。ドブロボルスキーとの取引には、記録に残さない勘定が存在するのだ。表向きの帳簿には記載されることのない数字が。シギータがこれほど短期間のうちにアルギルダスにとって必要不可欠な存在になったのは、あらゆる数字を頭の中に記憶しておける能力があったからだ。あの気難しいドブロボルスキー御大《おんたい》でさえ、シギータの正確な記憶力には一目置くようになっていた。裏取引で合意された数字を、シギータは一リタスたりとも間違えることなく記憶していたのだ。

ただし、いまはまだ自分の電話番号を思い出すことさえ怪しいような状態だった。頭の中は吐き気と混乱で灰色にかすんでいた。

「すみません、ほんとうに。ちょっと脳震盪を起こしてしまったようで」

さらにまた重苦しい沈黙。息づかいだけでアルギルダスの狼狽が伝わってきた。

「その……どのくらいかかるんだ……？」

「医者の話では、たいていは二、三週間で完全に記憶が戻るそうなんですけど」

「二、三週間！」

「すみません……でも、わざとこうなったわけじゃないので」

「わかっている。それはわかっている。なんとかやるしかないんだろうが……」

「わたしも、できるだけ早く……」

「じゃ、おだいじに」電話が切れた。シギータは電話を持った手をドサッと膝に落とした。

頭が痛い。脈拍に合わせて巨大な手が頭を締め上げているような感じがした。もう一度、ダリウスの電話番号を押してみる。

「こちら、ダリウス・ラモーシュカです……」

シギータはキッチン・テーブルの脇で白い木の椅子に座って長いこと考えた。

そして、警察に電話した。

男児は意識のないまま車の後部座席に寝ている。ぐったりとした痩せたからだには、市松模様のピクニック・ブランケットがかかっている。カーリンはいまだ電話に出ない。

ニーナは目を閉じ、頭の中を整理しようとした。一時三五分。いまは一時三五分のはず……。腕時計を見ようと返した手首が小さく震えている。1:36。デジタル表示がくっきりと告げている。だいたい合ってた……。安堵の感覚が全身に広がり、いくらかものが考えられるようになった。

カーリン、悪いけど、今回はちょっと無理かも。ニーナは心の中で親友に告げた。ピクニック・ブランケットをもう少し上まで引き上げた。毛布の下に子どもが眠っていると一目でわからないように。車内に風がはいるよう窓を細く開け、車をロックして、その場を離れた。大股で。早足で。ほとんど小走りで。

ニーナは駅の中央コンコースを横切り、緑と白の派出所をめざして歩いた。小さな派出所のドアを開けながら考える。こういうときって、何と言うのだろう？　こんにちは、いまさっき子どもを見つけたんですけど……？

受付の警官は疲れた顔をしていた。コペンハーゲンの派出所は、あまり楽な職場ではないのだろう。

「どうしました？」女性の警官が言った。

「あの……車の中に子どもがいるんですけど……」

ニーナが口ごもりながら説明を始めたとき、女性警官の無線から何か聞こえた。何と言ってきたのか聞き取れなかったが、女性警官は「了解、向かいます」と短く返事をして、すぐに走り出した。

警官は肩越しに「ここで待っててください」と言ったが、ニーナはすでに警官を追ってコンコースへ走り出ていた。視線の先で警官がもう一人の警官と合流し、左側のコインロッカー・エリアへ下りる階段めざして全力疾走していく。ニーナはほとんど何も考えずに警官たちのあとを追って階段を駆け下りた。

階段の上まで大きな音が聞こえていた。周囲の誰もが荷物を扱う手を止め、37－43の通路に人が集まりはじめている。ニーナは背筋にざわざわと不穏なものを感じた。虫が肌を這うような……。それでも、そっちの方向を見ずにはいられなかった。

男がスチール製のドアを蹴飛ばしている。恐怖を感じるほどの狂暴さだ。男の後頭部がちらりと見えた。髪をスキンヘッドに近いほど短く刈り上げている。筋肉のもりあがった上半身に光沢のある茶色の革ジャケットを着こんでいる。この天気ではさぞ暑いに違いない。男は最初に駆けつけた警官をいとも簡単に振り払った。遊んでくれとせがむ子を邪険に振り払うように。そして、そこでようやく自制心を取り戻したようだった。

「すみません《ソーリー》、すみません《ソーリー》」

「リー」の巻き舌がきつすぎて「ソーディー」に聞こえた。男はその場に静止したまま警官たちが制圧モードから対話モードにおさまるのを待ち、それから、「わたし払う。壊れた、わたし払う」と言った。

不意に男が振り向いて、まっすぐニーナを見た。その場に集まった野次馬の中からなぜ男が自分に目をとめたのかわからないが、男が全身の筋肉を硬直させたのはわかった。激しい怒りに顔をこわばらせ、目を細くしてこっちをにらみつけている。男は一歩も動かず、言葉も発しなかったが、意志の力で狂暴な怒りを抑えこんでいるのをニーナは感じた。

そのような激しい怒りを向けられる何を自分がしたというのだろう？ ニーナはその男を見たことさえなかった。

しかし、男が蹴って粉砕したコインロッカーは、ほかでもない「37－43」だった。それを見た瞬間、ニーナは理解した。

自分はあの男のものを横取りしたのだ。

車に戻るあいだ、ニーナは持てる自制力のすべてを動員して走り出したい衝動をこらえた。あの男が追いかけてくることはない、警官がいたから、と自分に言い聞かせながら、周囲の目を引かない程度にできるだけ早足で歩いた。

それでも、さっきの男が警官たちを軽々と振り払う場面が目に浮かんだ。犬が毛についたノミを振り払うかのごとく、軽々と。いま考えられることはただ一つ。逃げなければ。この子を連れて、あの男からできるだけ遠くへ逃げなければ。

三時間以上が経過して、盗品のノキアがブリーフケースの中で着信音を発したとき、飛行機はあいかわらず滑走路に停まっており、ヤンはビジネスクラスの座席で大汗をかいていた。今回は、携帯電話を取り出しても客室乗務員は飛んでこなかった。この件については乗務員側がずいぶん前に匙を投げたようで、ヤンの周囲で少なくとも二〇人の乗客がそれぞれの国の言葉で電話をかけ、到着が遅れる理由を説明していた。

「ミスター・マルカート」雑音のひどい通話でも、男が激怒していることは語気からはっきりと伝わってきた。

「そうですが……？」

「こっちは、届けた。約束どおり、届けた。女が来て、取っていった。しかしカネを置かなかった。カネをもらってない」

何だって？

ヤンは弁明した。自分は飛行機に乗ったまま動けずにいる、しかし自分の代わりに行くようアシスタントの女性に指示をした、アシスタントは指示どおりにやってくれたはずだ、と。

「ミスター・マルカート、カネはなかった」

いったい何の間違いがあったのだろう……？

「何かの行き違いだと思う」ヤンは言った。「戻りしだい、わたしが解決しよう」

「そうしてもらいたい」男はそう言って電話を切った。ひどく抑制のきいた口調がかえってぞっとする脅威を感じさせた。機内の蒸し暑さにもかかわらず。相手は脅し文句を使う必要のない男、怒らせたら危険な男なのだ。

ヤンはカーリンの電話番号を乱暴に打ちこんだ。カーリンは出なかった。ヤンは「電話をくれ！」とぶっきらぼうなメッセージを残しただけで電話を切った。

前の座席の背もたれを凝視しながら、ヤンの目には何も見えていなかった。とめどなく汗が噴き出した。水をすすり、すっかりぬるくなったジントニックを口に運ぶ。数時間前、次善の策をうまく講じた自分に満足しつつ手にした一杯だ。アンネに電話せざるをえないと覚悟を決めるのに、それからさらに三〇分近くかかった。

「カーリンを見なかった？」ヤンは尋ねた。電話のむこうからアンネの穏やかな声が返ってきた。ええ、カーリンは帰ってきたけど、またすぐに出ていったわ、ガレージの上階《うえ》の部屋にいたのはほんの数分だったと思うけど、と。

「何か荷物を持っていなかった？」ヤンが尋ねる。「帰ってきたとき……出ていったときは？」

「よくわからないわ」アンネの返事は要領を得なかった。「何か具体的なもののことを言ってるの？」

「いや、何でもない。ぼくが帰ってからでいいよ」

飛行機がようやく滑走路に向かって動きだしたとき、ヤンは青い革張りのシートにからだを沈め、熱に浮かされたように考えつづけていた。彼女に関して、自分の目はここまで節穴だったのだろうか？

自分でやるべきだった……ヤンは苦々しい思いをかみしめた。それにしても、いかにもありそうなことではないか。完全無欠な計画を立てる。万事順調に進む。ところが、いまいましいカモメ一羽ですべてが台無しになるのだ。

ヴェドベク。あそこなら完璧だ。海が眺望できるわけでもないし、背後に静かな林が広がっているわけでもないが、人目を避けるという点においては、これ以上の場所はない。きれいに刈り込まれた生垣が赤レンガの大きな平屋と砂利敷きの駐車スペースを外の視線からさえぎってくれるし、周囲の高級住宅地にはそれなりのプライバシーもある。コペンハーゲン北部の郊外で開業を考えたときにアランがこのことをはっきり意識していたかどうかは知らないが（まさか不法移民を診る医者という副業は計画にはいっていなかっただろうし）、ニーナにとってはこれ以上なく好都合だった。

バックミラーに目をやる。車でここまで来るあいだ、男児は身動きもしなければ音もたてなかった。ピクニック・ブランケットもまったく乱れていない。端から金髪がほんの少しのぞいているだけだ。

コツ、コツ。

窓ガラスをたたく控えめな音。ぎくっとした。アランだった。背の高い人影が太陽の光をさえぎって車内をのぞきこんでいる。アランはもう一度窓ガラスをたたき、ニーナの対応を待たずに後部ドアを開けようとした。開かない。無意識にドアをロックしていたらしい。気がつくと、ニーナはまだハンドルを握りしめていた。指が白くなるほどの力で。握りしめた手を放すのに少し時間がかかった。ニーナは後方に手を伸ばし、こわばった指で後部ドアのロックを解除したあと、自分も車から降りた。

アランはすでに座席に寝かされていた男児をブランケットに包んだままそっと持ち上げ、肩にかつぐように抱いている。

「事情は？」

建物に向かって歩いていくアランにニーナは大股でついていった。

「わからない、ほとんど何も。この子、スーツケースに入れられてたの！」

ニーナはあとからはいってドアを閉め、診察室へずんずん歩いていくアランを追った。壁には子どもたちが描いた楽しそうな絵。パソコンの後ろには、おどけた顔のこびと人形。小児患者をあやす小道具だ。

でも、いまは必要なさそうだ。スーツケースの男児はアランの腕に抱かれてぐったりしている。イーダが捨てた使い古しの人形みたい……ニーナの口の中に金属のような味が広がった。よく知っている恐怖の味だ。アドレナリンが全身に急速に行きわたるときの味。ダダーブ、ザンビア……地獄のような難民キャンプで他人の子どもたちを救うために奔走した日々を思い出す。（あと、パパが死んだ日のことも思い出す。）

ニーナは浮上しかけた記憶を払いのけ、アランと男児に意識を集中した。アランが優しい手つきで弱々しい小さなからだを診察台に横たえ、中指と人差し指で首すじに触れている。患者に全神経を集中するアランの白いシャツの襟もとを汗が一粒流れ落ちて消えていった。いまは声をかけるタイミングではない。

デスクの上、手の届くところに血圧計があったが、カフが男児の細い腕には大きすぎた。ニーナが小さいのを探してきて、つけかえた。男児は血圧計が空気を吸いこむモーター音にも反応せず、カフがふくらんで腕に圧がかかっても反応しなかった。90／52。ニーナはデジタル表示がアランに見えるようディスプレイの向きを変えた。

アランは顔をしかめ、男児の胸に手のひらをすべらせて白い肌に聴診器を当てた。続いて、手早く正確な動きで腹腔の音を聴く。そのあと、男児のからだをそっと横向きにした。その優しい手つきを見て、一瞬、ニーナは胸が熱くなった。アランはふたたび聴診器で音を聴き、それから男児をもとどおり仰向けにした。

なかなか生気が戻らないのが気にかかる。まるで、この世とあの世のあいだを漂っているような。死んではいないけれど、生きてもいない、単なる物体のような。アランは慎重な手つきで片方のまぶたを押し上げ、ペンライトで男児の瞳孔を照らした。

「薬物で眠らされてるな。何の薬を使ったのか知らないが、命に関わることはなさそうだ」

「ナロキソン静注？」

アランは首を横に振った。「呼吸は問題ないから。血圧は低めだし、少し脱水傾向もあるが、このまま眠らせておけば薬が切れて自然に目をさますと思うよ。どっちにしても、何の薬剤を使ったのかわからないのに、拮抗薬を投与することはできない」

ニーナはアランの視線を避けながら、ゆっくりうなずいた。次にアランが何と言うか、想像がついていた。

「当然、病院に運ぶんだろうね？」

「でも、自然に目をさますって言ったじゃない……」

アランは医療関係の資料を手ぶりで示した。

「使われた可能性のある薬は、ごまんとある。この子のどこにどんな問題が起きているか、見当もつかないし、ちゃんと検査する設備もここにはない。ヴィドオーアの病院に連れていく以外にないよ」

ニーナはしばらく返事をしなかった。

いままで、この子をじっくりと見る余裕さえなかった。最初、三歳になるかならないかぐらいだと思ったが、こうして顔をよく見ると、年齢のわりに小柄なだけかもしれない。おそらく四歳に近いのではないか。ニーナは男児の頬にそっと触れ、くちびるの柔らかな輪郭をなぞった。男児の髪は短く、白に近いほど色の薄い金髪で、肌は薄く、ブラインドを通して差しこむ光の中で青みがかったように白く見えた。

「どこから連れてこられた子なのか、わからないの」ニーナは言った。「デンマーク人ではないと思う。あと、この子を取り戻そうとしてる人間がいることは、わかってる。この子を……その……何かに使おうとしてる人間が……」

ふたたびアランが顔をしかめた。

「小児性愛？」

ニーナは肩をすくめ、ロッカーを蹴りつけていた男のことをできるだけ詳しく思い出そうとした。とにかく大男だった。それが最大の印象。たぶん三〇歳くらい。髪は短すぎて、色の記憶がない。たぶん茶色……？　例の季節はずれの革ジャケと同じような色？　警察が指名手配するとしたら、人相書きを何と書くだろう？　そうか、こんな程度の記憶では、大男なら誰だってあてはまる……。ニーナは、男児がひとり病室に残されているところを想像した。ソーシャルワーカーだかチャイルドケアの専門家だか知らないが、そばに付いているはずの大人はスタッフルームで延々と書類の作成に追われているに違いない。その人たちは、あの男の目つきに表れていた激しい怒りから男児を守ってやれるのだろうか？　男児が目をさましたらデンマーク当局はどうするのだろう？　赤十字のような施設か難民センターへ送るのだろうか？　考えただけでぞっとする。ナターシャの鬼畜のようなフィアンセは、赤十字センターに悠々と侵入してリナを連れ出した。職員は誰ひとり気づかなかった。大人の付き添いなしでうろうろしているところを保護された子が収容施設から数日もしないうちに姿を消す例は数えきれないほどあるのだ。持ち主に引き取られていく荷物のように。

「保護施設に行かせるつもりはないわ」ニーナは診察室を見まわしながら、きつい口調で言った。「施設に収容された子どもは、ほとんど毎日のようにどこかへ消えてるのよ。そんなところに預けるわけにはいかないでしょ？」

探していたものが見つかった。ドアの脇にあるキャビネットのすりガラスの奥。アランが特別に用意して置いてある救急バッグの輪郭が見えた。その中に輸液セットが二組はいっていることを、ニーナは知っている。

去年、アランとニーナはサンホルムの保護収容施設から逃げ出して市内の親類宅に隠れていた老人の救援に向かったことがあった。その老人はレバノンの難民キャンプへ送還される予定だったのだが、逃走して、ノアブローの古アパートの屋根裏でマットレスに倒れているところを発見された。屋根裏の気温は四五℃を超えていたはずだ。通常なら軽い熱中症ですんだかもしれないケースだったが、そのときは救急車に積んである程度の医薬品さえ持っていなかったために、あやうく老人を死なせるところだった。それ以来、アランは救急バッグに輸液セットを必ず入れるようになった。

そして、ニーナの知るかぎり、輸液セットはその後使われていないはずだった。アランはこの仕事から抜けたがっていた。事実、もうずいぶん前から抜けたがっていたのだが、不法移民の援助に奔走するネットワークから頼まれて医療行為を引き受ける医師というポストの後任は希望者殺到とはいかず、ニーナはいまだにアランを頼りにせざるをえなかった。こういうときのためにね……ニーナは心の中で皮肉な笑いを浮かべながら思ったが、口には出さなかった。たとえばスーツケースに詰められた三歳児を拾ったときのために、アランは必要なのだ。

ニーナは棚から輸液セットを取り出した。扱い慣れたものを手にしたら、心の平静が戻った。何百回となくやってきた行為。透明な包装を一気に引き裂き、針をはずし、巻いてあるビニールチューブを伸ばす。輸液パックが男児より高い位置になるような置き場所をあちこち探したあげく、診察台の上の棚に並んでいるおもちゃをどけて場所を作った。そして、男児のぐったりした腕を取り、白い肌の下から静脈を探し出して針を入れた。

傍らに立っていたアランが首を横に振り、ため息をついた。

「こんなことが見つかったら、ぼくは医師免許を取り消されちゃうよ。もしこの子に何かあったら……」

「見つかりゃしないわよ。なんで見つかるの？　それに、この子はわたしがちゃんと面倒見るから。だいじょうぶ」

奇妙な懸念のまじったアランの眼差しを、ニーナはうとましく感じた。アランは男児のほうへ向きなおり、下半身を覆っているブランケットをはずした。

「この状態で見つけたの？」

ニーナはうなずいた。「何かされた形跡とか、わかる？　その……虐待とか」

アランは小さく肩をすくめ、男児のからだをむこう向きにした。また、口の中に酸っぱくて金属っぽい味が広がった。ニーナは窓の外に目を向けた。少し風が出てきたようだ。窓の外の大きなクリの木が真夏の風に吹かれて葉を鳴らしている。それ以外には、ほとんど何の物音も聞こえない。人の声も、車の音も、子どもの声も。ヴェドベクの住民は都心に住む人間のように騒々しくはないらしい。汗をかいた背中にTシャツが貼りつくのが急に気になった。

背後でアランが慎重に口を開いた。

「見るかぎりでは虐待の証拠はないけど、絶対とは言い切れないね。こういうことに関しては、人間ってやつは恐ろしいほど創意工夫が働くからね」

アランは薄いゴム手袋をパチンと音をたててはずし、ブランケットをふたたび腰まで引き上げたあと、男児の額をそっと撫でた。

「ニーナ、医師として、これだけは言っておく」アランは初めてニーナを真正面から見つめた。鉄錆色の瞳。ハーレクイン・ロマンスからそのまま出てきたような美形だ。引き締まった肉体、日に焼けた肌。テニスやクルージングにお金を使う余裕のある裕福な人間のしるしだ。事実、アランがヴェドベクの港にヨットを係留していることをニーナは知っている。余裕のある暮らしぶりは服装にも表れている。ダークブルーのジーンズは、流行のカットオフ。絶妙な丈で、ほつれ感を出して切り落としてある。ハンサムで人柄も申し分ない郊外の開業医。何事もそつなくこなし、そのうえ、多大な個人的リスクまで冒してネットワークの活動に力を貸す。医師としての職業生命を危険にさらしてまで。どこから見ても文句のつけようがない善人だ。

にもかかわらず、ニーナはどこかでアランに対する反感を禁じえなかった。このあと、目の前の人間味あふれるドクターは自分に向かって「これ以上の協力はできない」と宣告するに違いない。この男児に対して自分ができることはこれ以上何もない、と。

アランはふたたび、ふっと息をもらした。

「医師として、この子をヴィドオーア病院へ連れていくよう、きみに助言する。それから、もし何かあった場合……」

アランがこれから何を言うか、ニーナにはわかっていた。が、そんなことはどうでもいい。いちばん肝腎なところで勝利を手にしたから……。アランは警察に通報しないだろう。

「もし何かあって、ぼくの医療行為について事情聴取された場合に備えて言っておくけど、ぼくはきみにこうして助言をしたからね。いまここで、ぼくの助言に従うと返事をしてもらいたい」

ニーナはうなずいた。

「はい、この子をヴィドオーア病院に連れていきます」ニーナは要求されたとおりに返事をしながら、ちらりと腕時計を見た。

三時九分。

ここに着いてから三〇分以上もたっている。

ふたたびニーナを見たアランの顔には、懐疑的な表情が浮かんでいた。その表情を見たとたん、ニーナの脳裏にこれまで延々と繰り返されてきたモーテンとの言い争いが鮮やかによみがえった。モーテンは、もはや自分を信用していない。自分には何ひとつ任せられないと思っている。とくに子どもたちのことは。言葉にこそ出さないものの、イーダの弁当に何を入れるか、アントンが学校へ行く日に何を着せるか、いちいち事細かく指示するモーテンの口調には、ニーナに対する不信がはっきりと表れていた。モーテンはニーナの目をじっと見据えて、ゆっくりと、明確に、一音一音区切るような話し方で指示する。まるで、ニーナの聴覚に問題があるか、知能に問題があるか、あるいはその両方であるかのように。モーテンの懸念がとくに顕著になるのは、一ヵ月ごとに回ってくる北海油田勤務の準備をするときだ。子どもたち二人をニーナに託して出張することに不安を感じているのだ。

モーテンは、もうニーナを信用していない。ニーナの言うことをひとつも信用していない。

アランも、たぶん同じだ。ただ、少なくともアランはニーナのやることを止めようとはしなかった。スーツケースにはいっていた男児はアランの責任ではないし、今後もかかわるつもりはない――アランがニーナを止めない理由は、それだけだ。

「輸液、ぜんぶ入れきって」アランがニーナに声をかけた。「それがすんだら、ここから出ていってほしい。人に見られないように頼むよ。それから、ニーナ……」

アランはふたたびニーナを見据えた。その目には苛立ちの色が戻っていた。

「これで最後にしてほしい。今後は協力できないから」

「それで、ご主人がミカスくんを誘拐したとおっしゃるわけですか？」

行方不明者捜索課のエヴァルダス・グージャス刑事は、あからさまな不信の目でシギータを見た。

「あの、主人と言っても別居中なんです」シギータは言った。

「でも、その人の子なわけでしょう？」

シギータは顔が赤くなるのを感じた。「もちろんです」

夏の暑さの中で、警察署の一室は息苦しくなるほどだった。通りを見下ろす窓ぎわでメッシュのカーテンと窓ガラスのあいだにはいりこんだハエが狂ったように飛び回っている。グージャスの机は傷だらけで、ソビエト時代から使われていたように見えた。グージャスより古そうだ。シギータとしては、もっと年配の刑事に担当してほしかった。こんなに若くて、髪が黒々として、顔もたるんでいない三〇前の若造でなく。グージャスはブルーグレーの上着を脱いで、赤ワイン色のネクタイを緩めて、まるで休日のカフェ常連客のような風情。真剣さに欠ける、とシギータは思った。もっと経験豊富でしっかりした刑事にてきぱき対処してほしいと思っているのに、これではあまり期待できそうにない。

「で、その誘拐とおっしゃるのは……土曜日、でしたっけ？」

「土曜日の午後です、はい」

「となると、届け出まで二日かかったというのは……？」

グージャスは質問の語尾を蒸し暑い空気の中に泳がせたまま返事を待っている。シギータは目を伏せてしまいそうになる自分を叱咤した。そんな表情を見せれば訴えが曖昧だと思われて、ますます相手の不信を助長するだけだ。

「けさまで病院に入院していたからです」

「なるほど。誘拐されたとおっしゃる状況について、話していただけますか？」

「隣の人が、主人と見たことのない若い女がミカスを車にのせて連れ去るのを見たんです」

「お子さんは抵抗したんですか？」

「いいえ……マゼキエネさんが見たかぎりでは。でも、この女はしばらく前からわたしたちの様子をうかがっていたんです。少なくとも二日か三日前から。で、ミカスをチョコレートで手なずけていたんです。普通じゃないでしょう？」

グージャスはボールペンをカチカチやりながらシギータの顔をじっと見ている。

「で、そのとき、あなたはどこにいたのですか？」

シギータは思わず頼りない口調になった。

「わたし……その……はっきり思い出せないんです。脳震盪だったらしくて。たぶん……たぶん、二人に襲われたんだと思います」

さすがに、自分でも違和感があった。ダリウスがそんなことをする人間だとは思えないから。でも、あの女は？　あの女がどういう人間なのかはわからない……でしょ？

「で、入院していたのは、どこの病院ですか？」

シギータは警官の反応に落胆した。「ヴィルクペデス病院です」これでこの件に片が付けばいいと願いながら答えたが、もちろん、そうはいかなかった。グージャスは電話機に手を伸ばした。

「病棟は？」

「M1です」

シギータは座り心地の悪いプラスチックの椅子に座り、失望感と無力感にさいなまれながら、グージャスが病棟の人間と短い会話を交わすのを聞いていた。ハエはあいかわらず飛び回り、窓に衝突しつづけている。グージャスは質問するよりむしろ相手の答えを聞いている時間のほうが長かったが、シギータはグージャスが耳にしている内容を想像できた。血中アルコール濃度とか、階段から転落したとか。

「ラモシュキエネさん」グージャスは受話器を戻しながら言った。「お宅に帰って、ご主人からの電話を待ったほうがいいんじゃないですか？」

「わたし、飲まないんです！」そんな言い方をすれば刑事の不信を大きくするばかりだとわかってはいたが、それでも言わずにいられなかった。

「もうお帰りください、ラモシュキエネさん」


何も考えられないまま機械的にT・シェフチェンコ通りで一七番のトロリーバスに乗った。アグオヌ通りでバスを乗り換えなければならなかったことに気づいたのは、バス停をいくつも通り越したあとだった。八年以上も住んでいる街が急に見知らぬ場所になってしまったような気がした。太陽の光が目を射る。こんな無力感を味わったのは、人生でほかに一度しかなかった。

もうお帰りください、ラモシュキエネさん。帰る？　どこに帰るというの？　ミカスがいなかったら、何ひとつ意味なんかないのに。アパートだって。家具だって。これまでがんばって手に入れた清潔なもの、新しいもの、すべてが。


神様の罰が当たったのだ、と胸の中でささやく声があった。

「うるさい！」と小声でつぶやいてみたが、声は黙らなかった。

タウラゲを出て以来、ミサには行っていない。八年間、一度も。神など信じる気になれなかったから。なのになぜか、そこから自由になれずにいた。キャンドルが燃えてとけるにおい。膝を曲げることさえ困難なのに、それでもひざまずいて祈ろうとする老女たち。祭壇の花。厳粛な雰囲気。子どもの頃、白いストッキングに黒いぴかぴかの靴をはいた足が信者席の床に届かないくらい小さい頃から、シギータはおとなしく座っていた。週に一日は「おつとめ」をしなくてはいけないのよ、いちばんいい服を着てね、とママに教えられた。初めての聖体拝領。自分がすごく大人になって、すごく偉くなった気がした。あたし、罪を犯すことができるくらい大人になったんだ……。「罪」という言葉はシギータの中で花開き、暗黒と硫黄の香りを放った。罪の香り。迷える魂の香り。しかし、それより何より、罪というものは面白そうだった。ママのお姉さんのジョリータ伯母さんみたいに。ジョリータ伯母さんはヴィリニュスに住んでいて、誰もシギータに説明してくれないことをいろいろしたらしい。罪深き人はそうでない人よりはるかに面白そうだった。聖書にだって、そう書いてあるくらいだ。その罪と懺悔の世界が、いま、自分の前にも開けたのだ。信者たちが応唱する「エス・カルタス、エス・カルタス、エス・ラバイ・カルタス」には不思議な陶酔感があった。わたくしは罪を犯しました、わたくしは大きな罪を犯しました。シギータは声をはりあげて唱和した。

「しっ！」母親がシギータのスカーフを引っぱった。「そんな大きな声を出さないの！」

そのうち、シギータにもちょうどいい声の大きさがわかってきた。際立って聞こえるほど甲高い声ではなく、かといって不承不承と思われるほど小さな声でもなく。会堂に響きわたるほどではなく、そばにいる人たちに聞こえる程度の声で、心をこめて、ささやくように。エス・カルタス。それは甘く美しい響きだった。

やがて、懺悔すべきことはあるけれど口に出すことはできない、という日が来た。最初、シギータは、もう教会には行かない、と宣言した。ティーンエージャーの反抗である。相手が母親ひとりなら、これで押し通せたかもしれない。しかし、ユリヤばあちゃんに見つめられ、何があったんだい?と聞かれたとたん、シギータのささやかな反乱は腰砕けになった。ううん、何もない……べつに何も……。ユリヤばあちゃんはシギータの腕をやさしくたたいて言った。よしよしシギータはいい子だよ、たまに不信心な気持ちになるのはしかたない、神様はそれくらい許してくれるよ、と。そしてシギータは晴れ着に着替え、一家は遅れないよう教会へ急いだ。外面的には、それまでと何も変わらないまま。でも、内面では、世界は終わっていた。

聖カジミエル教会の中はしんと静まり、ほとんど人影もなかった。老女たちが清掃に励んでいる。奉仕の人たちなのだろう。故郷タウラゲの教会と同じだ。老女の一人が、何かお困りですか、と声をかけてきた。

「いいえ、だいじょうぶです、ありがとうございます」シギータは答えた。「しばらく座って考えたいので」

老女たちは優しくうなずいた。「しばらく座って考えたい」と言うだけで、心から神を信じる人間には通じるのだ。シギータは人をだましているような気がした。自分はもう神などこれっぽっちも信じていないのに。

それならば、こんなところで何をしている？と心の中でとがめる声があった。シギータは自分でも説明できなかった。奈落をのぞきこんで立っているような気がしているのに、ここで神様がきっと助けてくれるとは思えない。それどころか……。

神様なんて信じない、金輪際いっさい信じない……。けれども聖母像を見上げたとき、こらえていたものが堰を切ってあふれた。幼子イエスを優しく腕に抱く聖母マリア。その顔は慈愛に輝いている。シギータは冷たい石の床に膝から崩れ落ち、身も世もなく泣いた。どうにも抑えきれないすすり泣きが教会の丸天井に無情に反響した。エス・カルタス。エス・ラバイ・カルタス。

教会を出てすぐ、携帯電話がバッグの中でブルブルしはじめた。シギータはギプスで固められた腕に下げたバッグをもう一方の手でひっかきまわして携帯電話を探した。財布だの化粧ポーチだのトローチだのが歩道にこぼれて、あちこちの方向へ転がっていった。そんなのはどうでもいい、携帯はどこ？　地面に落ちた携帯電話をひったくるように拾い上げて見ると、着信はダリウスからだった。

「どうしたんだよ、いったい？」いつもの能天気な声だ。「なんか、ものすごく何回も電話くれてたみたいだけど？」

「あの子を返してよ！　いますぐ！」シギータは嚙みつきそうな勢いで言った。

「何の話？」

「ミカスよ！　返してくれなかったら警察に電話するからね！」もう電話したことは、言わなかった。電話したけど、本気で取り合ってもらえなかっただけだ。

「落ち着けよ、シギータ。何のこと言ってんのか、ぜんぜんわかんないよ。ミカスがどうかしたの？」

これまでさんざんあったから、聞き分ける耳には自信がある。ダリウスが嘘をついているか、本当のことを言っているか、シギータは声を聞いただけでわかるようになっていた。そして、いま聞いているダリウスの戸惑ったような声は、一〇〇パーセント真実としか聞こえなかった。

風呂の水が排水口に流れ落ちていくように、シギータの足から力が抜けていった。教会に続いてふたたび、シギータは膝から崩れ落ちた。歩道の真ん中で。バッグからこぼれた中身がまわりに散らばったまま。遠くのほうから携帯の妙に安っぽい声が叫んでいる。「シギータ！　シギータ！　どうしたんだよ？　ミカスがどこへ行ったって？」

もう、奈落をのぞきこんでいるなんてものではない。奈落に飲みこまれていく。ダリウスでないなら、いったい誰がミカスを連れ去ったのか。

午後五時一〇分。

きょうのお迎え、どっちだっけ？　急に記憶があやふやになり、みぞおちのあたりを冷たい手でつかまれたような気がした。冷たい底流に引きこまれていくような……。市の学童保育は五時までだ。いま頃アントンは門の前にぽつんと立っているかもしれない。眉間にしわをよせた職員に付き添われて。

ニーナは診察台に腰掛けて見知らぬ男児を膝に抱いている。青白い裸の男児はニーナに寄り添うように丸くなって眠っている。髪が少し湿った感じになってきた。肌も温かくなってきている。輸液を開始してから少し生気が戻ったように見える。目はさめていないが、少なくとも生きているようには見える。さっき、男児は眠ったまま小さな泣き声を上げ、片方の手首を返して、足を少し動かした。いい徴候だ。病院に連れていかなかったのは正解だった。駅で見かけた狂暴な男の姿を思い出すにつけても、やはり自分の判断は正しかったと思う。それでも、男児の状態が好転しつつあるのを見ると、心から安堵する。この子は死ななかった。死なずに生きのびた。まぶたの下が小さく痙攣《けいれん》するように動いているのは、もうすぐ深い闇の眠りからさめて意識を取り戻そうとしている徴候だ。

とはいえ、当面のサバイバルより先のことに意識が及んだとたん、安堵に混じって新たなパニックが襲ってきた。駅から逃走したあと、自分は何を考えていたのだろう？

何も考えていなかった。汗で肌に貼りついた腕時計のベルトの下に指を入れてはがしながら、ニーナは自分を冷笑した。とにかくあの場所から遠ざからなくてはという思いで頭がいっぱいで、それ以外のことは何も考えられなかった。この子を連れて安全なところへ逃げること、それしか考えていなかった。まもなく、ニーナの腕の中で、素っ裸の男児は目をぱっちり開けるだろう。そうなったあと、どうするか。考えていなかった。

時間を稼がなくては……。ニーナは身をかがめてバッグを引き寄せ、中の携帯電話を手で探った。よかった、モーテンが家にいる週で。しばらくはモーテンに頼むしかない、これが片付くまで……。

指先で通話ボタンを押そうとしたまま、数秒間、ニーナは頭の中で喋るセリフを準備した。昔から、モーテンにはどうやってもうまく嘘がつけなかった。歳月を重ねても、ちっとも進歩していない。実践を積んだにもかかわらず。べつに重大なことに関して嘘をつこうというわけではない。日々の他愛もないこと。日常を円滑に送るための方便。新しく買った上着が本当は四五〇クローネしたのに二〇〇クローネだったことにする、とか。アントンの学校のピクニック行事があるなんて聞いてなかったわよ、とか。みんな、そうやってうまく言い逃れているのに、どうして自分はうまくできないのだろう？　それでも、相手がモーテン以外なら、そこそこ上手に嘘をつける。だけど、モーテンには即座に見破られてしまう。なぜか、モーテンが相手だと、声に出してしまうのだ。まるで、頭の中ででっち上げようとしている言い訳や理屈をすっかり見透かされているような。だからこそ彼を好きになったのだが、同じ理由で、いまでは一緒に暮らしにくくなってしまった。たまにモーテンが追及してこないこともあるが、それは嘘がうまくいったというより相手にされていない感じ。面倒だからだまされたふりをしておく、みたいな。

ニーナはためらいながら通話ボタンに指をのせた。手に持った携帯電話がじっとり湿っている。ボタンを押し、男児を起こさないようそっと姿勢を変えて、電話を耳にあてる。

ピッと小さな音がして電話がつながり、弱い波のような雑音が聞こえた。モーテンが電話を握りなおす音。背後に子どもたちの遠い声。よかった……モーテンがアントンをお迎えに行ってくれたのだ。もしかしたら、きょうはモーテンの当番だったのかもしれない。思い出そうとしてみるが、頭が働かない。

「もしもし」腹立ちと諦めの入りまじった声が聞こえた。「どこにいるんだ？」

もはや妻を対等な相手と認めていない口のきき方。対等な相手どころか、大人として認めていないのかもしれない。

ニーナはくちびるを湿して、腕に抱いている男児を見下ろした。真実にそこそこ近い線で言い訳しないと、釈明しおわる前に追及されてしどろもどろになるのが落ちだ。

「カーリンから電話がかかってきてね……きょうの昼頃……。体調が悪くて、どうしても来てほしいって言うから、付き添ってたの。医者に連れてかなくちゃいけないかとも思ったし」

電話の相手は沈黙している。また子どもの叫び声が聞こえた。アントンの細い声。何かねだっている。

「だめだ」モーテンが電話を口もとから遠ざけないまま子どもに返事をしている。「アイスクリームは、だめ。きょうは月曜日だろう？　決まりなんだから」アントンの声がだんだん高くなる。これは一騒動起こりそうだ。ニーナにとっては好都合な展開かもしれない。

「わかった」モーテンの声。「だけど、最近はそんなに会ってなかったんじゃないのか？」

もう怒ってはいないが、少し疲れたような声だった。

「一五年も昔からの友だちだもの、そんなに無下《むげ》にもできないわ」

「わかったよ。でも、電話一本ぐらいできただろうに。学童からいきなり電話がかかってきたんだぞ」

うわっ。ニーナは身を縮めた。やっぱり自分の当番だったのだ。そうじゃないかと思った。いっそのことモーテンに怒鳴られたほうが気分的にはすっきりするのに。電話のむこうからは何やらカタカタいう音に加えて、モーテンとアントンの一段と熾烈な攻防が切れ切れに聞こえてくる。モーテンはニーナと電話中であることを忘れてしまったらしい。

「ごめん……」ニーナは電話機を耳に押しつけ、小さな声で言った。「忘れてた……」

「そのようだね」うんざりしたような冷淡な声。「少しはましになったかと思ったんだけどね。いいかげん家族のことを放りっぱなしで走り回るのはやめてもらえないかな。いつ帰ってくるつもり？」

ニーナは言葉に詰まった。男児はわずかに姿勢を変え、小さな手を広げてニーナの腕をつかんだ。まぶたはまだ閉じたまま。

「そうね、八時頃にはこっちを出られると思うけど」ニーナは心配事など一つもないような口ぶりを装った。「そんなに遅くならないわ、約束する」

ふたたび風音のようなものがはいって通話が切れそうになった。

「ま、期待せずにおくよ」最後のほうは風音とアントンのおねだりにかき消されそうだった。「どっちにしろ、きみ次第だ」

モーテンの声が遠くなり、そのあと何も聞こえなくなった。通話が切れたのだ。

ニーナはそっと息を吐き、床に置いたバッグに携帯電話を戻した。そして、そろそろと男児から離れて立ち上がった。心臓がばくばくして、じっと座っていられない。動き回れば少しは不安な胸騒ぎを追い払えるような気がした。ニーナは腰をかがめてふたたび携帯電話を取り出し、部屋の中をうろうろ歩きながら、さっきとは違う番号を押した。

表示された名前は「ペーター」だけ。実際、その人物がヴァンレーセのどこかに住んでいるということ以外、ニーナはほとんど何も知らされていなかった。ネットワークの人間でニーナが接触できるのは、ペーターだけだ。通常は連絡の方向が逆で、むこうから電話がかかってくる。ネットワークは保護した人間を近所の医者に連れていくわけにはいかないし、救急の小児診療に駆けこむこともできない。どのような形にしろ、公共の医療機関を頼ることはできない。それで、必要がある場合にはニーナからアランに連絡がはいる。いままでは、そうだった。アランが本気で抜けるというなら、代わりにマウヌスをスカウトしようか？　しかし、残念ながら、マウヌスはヴェドベク地域で人目につきにくい個人診療施設を持っていない。

「はい、ペーターです」愛想のいい声が聞こえてきて、ニーナは思わず「どうも」と言いそうになったが、電話の声は間をおかずに続いた。「八月一五日から二九日まで、夏休みを取っております。すみませんが、ぼくなしでがんばってください！」

ウソでしょ……。ニーナはしばらく目を閉じたまま壁に額を押しつけていた。自分はこの方面の仕事をやった経験がない。まして、親とはぐれた幼児なんて。家族単位なら、ネットワークで地下室や空き別荘などを用意して一時的にかくまうとか、スウェーデンへ出国させるとか、やりようがある。それなら、たいしてややこしい話ではない。そういう人々は基本的に自分のことは自分でできるし。だけど、親とはぐれた三歳児なんて、どこが引き受けてくれるのか？　どうやって引受先を探せばいいのだろう？

ニーナは目を開け、あらためて男児を眺めた。どこから来たのだろう？　北欧？　東欧？　デンマーク？　スウェーデン？　ポーランド？　ドイツ？　ニーナは自分の黒っぽいショートヘアを指でかきあげた。蒸し暑さのせいで髪もべとついてきた。この子が目をさましたら、もう少し事情がわかるだろう。それより何より、とにかくカーリンをつかまえなくては。そもそもの発端はカーリンなのだし、マガジン・デパートのカフェテリアでコーヒーカップを神経質にいじっていたときは何も話したがらなかったけれど、間違いなくカーリンはもっと多くの事情を知っているに違いない。

今回は、電話が呼び出しをやめるまで鳴らしつづけた。それでもカーリンは出ない。ニーナはぼんやり明るいディスプレイ画面を指先でいらいらとこすった。目に見えない埃を拭き取ろうとするかのように。

男児が小さく身動きして毛布がずれ、裸の肩があらわになった。

そうだ、着るものが要る！　解決すべき課題が出現したことで、少し気分が落ち着いた。この子に何か着るものを探さないと。これ以上人目を引かないためにも。ニーナは輸液パックに目をやった。ほとんど終わっている。もうすぐここから出られる。

いま一度カーリンに電話してみたが、やはり呼び出し音がむなしく鳴りつづけるばかりだった。

カーリン、なんで電話に出るくらい、できないのよ！

狂暴な怒りが己《おのれ》の強さであると同時に弱さでもあることをユッァスは知っている。肉体を鍛えるときは、怒りの力を動員して根性を最後の一滴まで絞り出すことができる。力が爆発し血が激しく脈打つ感覚は、セックス以上の快感かもしれない。しかも、それが目に見える。心臓からガンガン送り出される血液が筋肉の表面をチューブのように走る血管を通って筋繊維の一本一本にまで伝わっていく。最高の気分だ。そんなとき、ユッァスは全身に力がみなぎり、ベンチの上に立って「俺は不死身だ！」と世界に向かって叫びたい欲望に駆られる。大好きなアメリカ映画のアクション・ヒーローのように。**俺をナメるんじゃねえぞ！**

狂暴な怒りは気の進まない仕事を片付けるときの力にもなる。怒りはつねに表面すれすれのところにあり、必要に応じていつでも呼び出すことができる。怒りを爆発させれば、男はただのブタ野郎、女はただのメス犬になる。始末しなければならない仕事も、たやすく片付く。しかし、怒りを解き放つことは危険でもある。怒りは制御不能だからだ。いったん怒りが爆発したら、自分で止められるとは限らないし、ものがはっきりと考えられなくなる。前に一度、怒りにまかせてブタ野郎を思いっきり殴り飛ばしたら廃人になってしまい、クリムカから、次にこういうことがあったらおまえ

は お払い箱だと言われた。この世からお払い箱にされると思え、と。用心しないと自分はいつか怒りのせいで命を落としかねないと気づいたのは、ちょうどその頃だった。事実、その頃から、ユツァスはアンドロもドラボリンもやめた。ステロイドホルモンは怒りを一層コントロールしにくくするからだ。バルバラと出会ったのも、ちょうどその頃だった。

バルバラといると、怒りがとても遠く感じられる。ほとんど消えてしまったふりさえできそうな気がするときもあった。いつか、本当に消えてなくなるかもしれない。クリムカの仕事をしなくてすむようになれば。バルバラと二人でクラクフのすぐ郊外に所帯を持って、ごくふつうの暮らしができるようになれば。芝を刈るとか、棚を吊るとか。バルバラが料理した夕飯を食べ、バルバラを抱いて寝る。一生ずっと一緒に暮らしたいと思う女を抱いて……。

なのに、カネが置いてなかった。空っぽのコインロッカーを思い出すたびに、ネイルガンで全身に釘を打ちこまれるように怒りがユツァスを責め苛んだ。くそ、あの女、頭蓋骨をぶち割ってやればよかった。

わざわざ行き止まりの通路にあるロッカーを選んだのだ。そこなら人の出入りが少ないし、警備員詰所からも死角になるから。最初、ユツァスは地下のコインロッカー・エリアで見張っていた。そうすれば、いつ誰がスーツケースを持っていったか、自分の目で確かめられる。ところが、ほんの一〇分もしないうちに警備員が気にしはじめた。自分のことを見ているのはわかった。一人が巡回に来て、そのあとまたすぐに別の一人が回ってくる。そのうち、警備員たちが額を寄せあって相談しはじめた。そして、一人が電話に手を伸ばした。くそ！　ユッァスは自分の携帯電話を取り出して耳に当て、顔を隠しながら警備員詰所の前を通り、階段を上がって中央コンコースに出た。

結局、ユッァスはバルバラを中央コンコースに立たせ、自分は車の中から別の二つの出口を見張ることにした。完璧にはほど遠い。せめて例のデンマーク人本人なら、顔でわかるのだが。しかし、デンマーク人はユッァスが一度も見たことのない女をよこすという。しかたない。少なくとも、スーツケースは見ればわかる。

一二時を過ぎたが、スーツケースを引きずって歩く女の姿は見かけなかった。ユッァスは何度もバルバラと電話で連絡を取った。念のため。しかし、バルバラの声から、電話は不安を助長するだけだとわかった。ユッァスは一時間待つことにした。なんといっても、例のデンマーク人は不測の事態に見舞われて計画を変更しなくてはならなかったのだから、多少の遅れは理解できる。しかし、とうとうユッァスはしびれを切らし、バルバラに地下へ下りていってロッカーをチェックしてくるよう指示した。

数分後、バルバラが通り側の階段を上がって外に出てきた。はるか遠くから見ただけで、何かうまくないことになっているとわかった。バルバラは肩を落とし、緊張した小さな歩幅でのろのろと歩いてくる。

「なかったのよ」バルバラが言った。

当然、ユツァスは自分の目で確かめに行った。バルバラの言うとおりだった。どういうわけか、女はユツァスやバルバラの監視をすり抜けたのだ。スーツケースは消えてなくなり、代わりに置いてあるはずのカネもない。それを見た瞬間、ユツァスは怒りに我を忘れ、制服を着た子ブタどもをびびらせてしまった。おかげで、無理に笑顔を作り、カネを払って、子ブタどもをなだめる手間がかかった。

そして、その最中に感じたのだった。自分に向けられた視線。どこにでもいる観光客のように見えたが、ただ、視線の強さが違った。ユツァスは、集まった野次馬どもの中からすぐ女に気づいた。あの女だ。目がびくついていた。しかも、ユツァスが蹴っているロッカーがあのロッカーだと気づいていた。女がくるりと向きを変えて走りだしたとき、ユツァスは確信した。あの女だ。あの女がスーツケースを取っていったのだ。だが、なぜ戻ってきたのだろう？　出し抜いた相手を笑ってやろうと思ったのか？　俺が気づかないと思ったのか？　ふざけやがって。怒りの只中にあっても、ユツァスは女の姿をしっかり見ていた。ガキのようにやせっぽちで、ベリーショートの黒い髪。一瞬、ああいうモノにペニスをぶちこんでやる場面が頭に浮かんだが、冗談じゃないホモじゃあるまいし、と思った。くそいまいましいガキ女め。ああいう女には別のものをぶちこんでやる。

ユッァスはすぐデンマーク人に電話した。返ってきたのは山ほどの言い訳だった。飛行機が遅れたせいなのだ、だますつもりはない、と。この男の言うことは信用できるか？　ユッァスにはわからなかった。通りに出る階段を上がりながら、腹の中ではまだ怒りが煮えたぎっていた。三人のロシア人とすれちがった。見え見えの麻薬取引をしている。馬鹿者めが。もう少し目立たないやり方ができないのか？　三人の中でいちばん大柄な用心棒役とおぼしき男がユッァスを見てびびっている。ユッァスはほんの少しだけ気分が良くなった。見たいだけ見るがいい、てめえらのようなザコとはモノがちがうんだ。

通りに出ると、舗装した路面や日光にあぶられたレンガ壁から熱気が押し寄せてきた。革のジャケットはまずかった。デンマークはもっと寒いだろうと思っていたのだ。しかし、いまこの状態でジャケットを脱ぐわけにはいかない。ユッァスは大汗かきだ。元気な人間は汗をかくものだが、脇の下に大きな汗じみを作った姿をバルバラには見せたくなかった。

「アンドリウス？」バルバラが助手席の開いた窓から声をかけてきた。「だいじょうぶなの?」

ユツァスは無理に深呼吸をした。さすがに笑顔を見せるのは無理だったが、車のキーを握りしめた手の力を緩めるくらいはできた。

「ああ」……深呼吸、深呼吸。力を抜いて。「行き違いだと言っていた。これから戻ってくるそうだ。やつがこっちに着いたら、カネは手にはいる」

「そう、よかったわ」バルバラは首を少しかしげてユツァスを見つめている。なぜか、こうするとバルバラの首が一層長くエレガントに見える。ユツァスを名前で呼んだのは、後にも先にもバルバラだけだった。ほかの人間は「ユツァス」と苗字で呼ぶ。祖母が死に、親族一同がユツァスを持て余してヴィリニュスに住む父親に引き取らせて以来、ユツァス自身も自分のことを「アンドリウス」という名前で意識したことはなかった。父親からは名前で呼ばれた記憶は一度もない。「おまえ」か「クソガキ」かのどちらかだった。虫の居所しだいで。その後に送られた孤児院では、誰もが苗字で呼ばれた。

ユツァスは運転席にドサッと腰を落とし、日に灼かれたシートの熱さに思わず背中を浮かせた。ミツビシの車内は二日間のドライブでかなり散らかっていた。紙コップやドイツのサービスエリアで買ったサンドイッチの袋が足もとに散らばっているし、ガキを縛りつけておいたチャイルドシートは食べ物の汚れに加えて小便のすえた臭いが染みついている。さっさとはずして後ろの荷物室に放り投げてしまいたいが、とにかく車内にこもった空気が耐えがたく、ユツァスは一刻も早く車の外に出たかった。

「腹、減ってないか？　むこうからの電話を待つあいだ、どうせなら何かするか？」

とたんに、バルバラが生き生きとした表情になった。

「チボリ！　チボリ公園に行かない？　ずっとフェンスのあいだから見てたの。あれも、これも、とってもきれい……」

金切り声をあげるガキどもや綿あめ売りや風船売りに囲まれてがまんしながら電話がかかってくるのを待ちたいとはこれっぽっちも思わなかったが、バルバラの瞳に浮かんだ期待の色を見たら、断固たる気持ちも揺らいだ。二人は一日分の賃金に相当する入場料を払い、ヴィリニュスの七、八倍も値段の高いピザを食べた。しかし、バルバラは一分一秒を楽しんでいるようだった。ここまでの長く緊張したドライブのあいだには一度も見せなかった笑顔を見せた。それを見ているうちにユツァスのいらいらもおさまってきた。たぶん、最後には万事うまくいくのだろう。単なる行き違いかもしれない。なにしろ、例のデンマーク人が飛行機に閉じこめられたまま身動きできないのでは、手下が大ドジを踏んでも不思議はない。あの男はカネを払うだろう。そう言ったのだから。払わなかったとしても、あいつの住んでいる場所はわかっている。

「あら、オレガノがくっついてるわよ」バルバラが言った。「あ、待って……」バルバラは赤と白のチェックのナプキンでユツァスの口の端をそっと押さえ、ユツァスの目をみつめてにっこり笑った。怒りはユツァスの中で小さく縮こまり、休眠状態になった。

そのあと、二人は馬鹿馬鹿しいほど小さな湖の周囲を散歩した。湖には不釣合いに大きな帆船が浮かんでいた。誰かが実際に船を帆走させてみようなどと気まぐれを起こしたら、方向転換さえ満足にできないだろう。バルバラが自動販売機にデンマークの分厚い硬貨を二枚入れると、小さな袋にはいった魚の餌が出てきた。自動販売機の音がしたとたん、魚がいっせいに集まってきて、太った魚で湖面が文字どおり沸き立った。それを見ていたら、無性に胸が悪くなった。ちょうどそのとき、ようやく電話が鳴った。

「いま家に帰ってきたんだが」電話のむこうで男が言った。「品物もカネも見当たらないんだ。わたしの代わりに行かせた人間も、どこへ行ったのか姿が見えない」

メス犬。ブタ野郎。

「こっちは届けた」ユツァスは可能な限りの冷静さを動員して言った。「こんどはそっちが払う番だ」

相手の男は少し沈黙したあと、言った。

「約束のものを届けてくれたときに、残りのカネを払う」

ユッァスは怒りと戦う一方で不自由な英語とも戦わなければならなかったが、腕に添えられたバルバラの手のおかげで、かろうじて片方だけには勝てそうな気がした。

「そっちは女を来させた。女が言うとおりにしなかったは、俺の問題じゃない」

ふたたび沈黙。さっきよりさらに長い沈黙が続いた。

「彼女は会社の車に乗って逃げた」デンマーク人がようやく口を開いた。「会社の車は、すべてGPSで追跡できるようになっている。彼女の居場所を教えたら、そちらで行って捕まえてくれるか？　彼女がカネか品物のどちらかを持っているはずだ。あるいは、両方。でなければ、どこにあるかを知っているはずだ。彼女をわたしのところへ連れもどしてほしい」

「約束と違う」ユッァスは怒りをかみ殺した声で言った。自分はさっさとカネを手にして、この何でもかんでも馬鹿みたいにカネのかかる国からおさらばしたいのだ。魚まで丸々と太っていやがって。

「一万ドル余分に払おう」デンマーク人が即座に言った。「カネと品物を取り返して、彼女を連れもどしてくれたら」

ジェットコースターから聞こえる絶叫が神経を苛立たせていた。しかし、一万ドルは一万ドルだ。

「わかった」ユッァスは言った。「場所を教えろ」

ニーナは男児の細いからだに毛布をきっちり巻きつけ、両腕で抱きかかえてアランの診療所を出た。アントンに比べると羽根のような軽さだが、むろんアントンは幼児ではない。いまでは学校に通うりっぱなお兄ちゃんだ。

診療所の玄関ドアが背後でカチッと音をたてて確実にロックしたのを確認する。ありがたいことに、駐車場はまだ空っぽだった。ニーナは男児のからだを後部座席にそろそろと下ろし、ドアをそっと閉めた。六時四四分。

「ええと、これからどうするんだっけ？」つぶやいてから、ニーナはそんな自分に苛立った。いい年をした大人がひとりごとなんか、みっともない。中学にはいって、同級生たちにからかわれないように子どもっぽい癖をやめた。それ以来、ひとりごとはほとんど言わなくなった。でも、プレシャーがかかったときなど、つい昔の癖が出てしまう。口に出してつぶやいてみると集中できるような気がするのだ。

車を発進させ、砂利敷きの私道を進む。また両手が震えている。ニーナは、庭の餌台に飛来した珍しい小鳥を眺めるような突き放した感覚で、震える自分の両手を見た。そして、ハンドルを握る指に力を入れた。そうしないと、指先から腕まで震えが伝染しそうだった。

カーリンからは、まだ電話がない。モーテンからも。警察からも、ほかの機関からも。電話などかかってくるはずもないのだが、どうしても追われているような気がしてならなかった。自分の子でもない三歳児を何時間も車で連れ回しているのに、どこからも何も言ってこないなんて、尋常とは思えない。誰か、この男児を探している人間がいるはずなのだ。駅で見たあの狂暴な男とは別の誰かが。

ニュースを聞こうと思ってラジオの音量を上げた。携帯電話は六時四六分を表示している。ニーナは車のスピードを落とし、こわばった指先をほぐして、もう一度カーリンの電話番号を打ちこんだ。

長い呼び出し音を七回聞いたあと、ようやく電話がつながった。

「もしもし？」

カーリンの声はすがるようでもあり、身構えているようにも聞こえた。

ニーナは深呼吸した。きつい口調で問いつめれば、カーリンは電話を切ってしまうだろう。慎重にやらなくては。カーリンをなだめて必要なことを聞き出さなくてはならない。

「カーリン？」

ニーナは穏やかな口調で話しかけた。怖い夢を見て目をさましたアントンを落ち着かせるときのように。優しく、優しく。

「カーリン？　ニーナだけど。男の子、ここにいるわよ。わたしの車の中。だいじょうぶだからね」

沈黙。そして、長くしゃくりあげるように息を吸う音と、深いため息をもらすように息を吐く音が続いた。カーリンは震える声を懸命にコントロールしているようだ。

「ああ、よかった……ニーナ、ありがとう……ほんとうに……あの子を助け出してくれて……」

ふたたび長い沈黙。これだけ？　ニーナは心の中で親友をののしった。助け出してくれてありがとう、だけ？　説明はないの？　もう少し何か言えないの？　こんな三歳児を押しつけられて、こっちはどうすりゃいいのよ？　何でもいいから、何か言ってよ！

「この子のこと、もう少し教えてくれない？」ニーナは言った。「どうすればいいのか、見当もつかなくて……。警察に連れていけばいいの？　この子、どこから来たのか知ってる？」

自分の声がだんだん甲高くなっていくのがわかった。カーリンが怯えて電話を切ったんじゃないかと一瞬思った。が、かすかに鼻をすするような音が聞こえてきた。傷を負って追い詰められた動物のような。

「わたし何も知らないの……ニーナならコネがあるかと思って……例のネットワーク

なら、あの子を助けられるんじゃないか、って……」

ニーナはため息をついた。

「こっちも当てにできる人間はいないのよ」そう言ったあとで、初めて、言葉の重みが腹の底に響いた。「ねえ、ちゃんと話がしたいんだけど。いま、どこにいるの？」

カーリンは返事をためらっている。胸中に渦巻く不信や恐怖が聞こえるような気がした。

「別荘……」

「どこの？」

カーリンは言いよどんでいる。ニーナは張りつめた気持ちで返事を待った。

「わたし、巻き込まれたくない……わたしには無理……まさか、子どもが来るなんて思ってなかったんだもの……」

最後はほとんど泣き声だった。高く細い悲鳴のような泣き声。カーリンは激しいすすり泣きを抑えられなくなっている。おそらく、電話に出る前からそういう状態だったのだろう。

「別荘はどこにあるの？」ニーナはできるだけ落ち着いた声でもう一度尋ねた。「どこにいるのか教えて、カーリン。わたし、行ってあげるから。だいじょうぶだから。ね？」

激しく乱れた息づかいが聞こえたあと、ふたたび沈黙が続いた。長い長い沈黙。ニーナ自身、これほど必死でなかったら、ここで電話を切っていたかもしれない。

「……チスヴィレライエ……」

ほとんど聞き取れないくらい小さな声が返ってきた。

「いとこの別荘……」電話のむこうで何かを手探りする音が聞こえた。メモを探しているらしい。「スコウバッケン一二番地。道のいちばん奥。林のすぐ手前の家」

カチッと音がして、こんどは本当に電話が切れた。

ニーナは後ろを振り返って、眠っている男児を見た。そして、スーツケースの中から男児を見つけてからの六時間で初めて、心からの笑みを浮かべた。

「よし、見えてきた……」ハンドルを握りしめていた両手の力が自然に緩む。「さあ、これで何がどうなってるのか、わかるわ。そしたら、もとの場所に戻してあげるからね」

ダリウスに来てくれと懇願するほど、シギータは追い詰められた気持ちになっていた。携帯電話から聞こえるダリウスの声は、あきらかにあわてていた。

「シギータ……そりゃ、無理だよ」

「どうして無理なの？」

「仕事があるし」

ダリウスはドイツの建設会社で働いている。エンジニアだと人には言っているが、要は配管工だ。

「だって、ミカスのことなのよ、ダリウス」

「ああ、けど……」

期待など、するべきではなかった。ダリウスを当てにできたことなんて、いままで一度だってあっただろうか？　でも、ことはミカスなのだ。ダリウスにとってミカスがそれほど取るに足らない存在だとは思わなかった。ダリウスはミカスをかわいがっていたし、たっぷり一時間も遊び相手をしてやることだって珍しくなかった。ミカスにとって、父親はヒーローだった。いつも思いもよらないときに現れて、セロファンに包んだおもちゃを両手一杯持ってきてくれる。

「自分の息子より他人の家のトイレのほうがだいじなの？」シギータは涙声になっていた。

「シギータ……」

シギータは電話を切った。来られないのは、仕事のせいではない。そんなことはわかっている。サッカーの試合のように絶対に行きたい用事があれば、ダリウスは躊躇なく病欠を申請する。けっして仕事ひとすじの人間ではないのだ。仕事はダリウスにとってそれほど重要なものではない。

来られないのではなくて、来る気がないのだ。ダリウスは新しい生活に水を差されたくないのだ。おそらく女もいるのだろう。ヴィリニュスだの、タウラゲだの、シギータだの、家族サービスだの、そういう面倒な生活に引き戻されたくないのだ。

ピロン、ピローン。携帯メールの着信音が鳴った。ダリウスから、メール。

ミカスが帰ってきたら電話ください、だって。

まるで、脱走した犬なんぞ腹がすけばそのうち戻ってくるさ、みたいな調子。

「奥さん、だいじょうぶですか？」

顔を上げると、グレーのスーツを着て黒い杖をついた年配の紳士が数メートル先で立ち止まってシギータを見ていた。

「はい……あの、もうだいじょうぶです……」

老紳士はシギータに手を貸して立ち上がらせ、散らばった物を拾いはじめた。

「この暑さですからね、水分補給はだいじですよ」老紳士は親切に話しかけてきた。

「医者からいつも言われるんですが、すぐに忘れてしまってね……」

「そう……ですね。ほんとにそうだと思います」

老紳士はシギータに向かってグレーの中折れ帽のつばをちょっと持ち上げたあと、去って行った。

「それではごきげんよう、奥さん」


シギータはビルジェリオ23番通りの警察署に向かった。戻ってきたシギータを見たグージャス刑事は、諦めの表情になった。

「ラモシュキエネさん、家に帰ると言っていませんでしたか？」

「ダリウスじゃなかったんです。ダリウスはミカスを連れ出していないんです。わからないんですか？　ミカスは誘拐されたんです」

諦めの表情が「いいかげん勘弁してくださいよ」という表情に変わった。

「ラモシュキエネさん、さっき、あなたは、ご主人が息子さんを連れていってしまった、と言ってきましたよね？　それはちがってた、ということですか？」

「そうです！　そう言ってるじゃありませんか！」

「でも、おたくの隣に住んでる人が——」

「見間違いだと思います。年寄りで、目がよく見えないから。それに、ダリウスには一度しか会ったことがないはずだし」

カチカチ、カチカチ。ボールペンの先が出たりひっこんだり、出たりひっこんだり。どうやら、ものを考えるときの癖らしい。シギータは爆発しそうだった。ボールペンを刑事の手からひったくってやりたかった。この場では理性的で素面《しらふ》に見せないと、という思いだけでがまんした。とにかく信じてほしい、わたしの言っていることを信じてほしい、と思った。

ようやく、グージャス刑事はメモ用紙に手を伸ばした。

「お掛けください、ラモシュキエネさん。一連のできごとについて、もう一度説明してください」

シギータはそれまでに起こったことをできるだけ順序だてて説明した。サマーコートを着た背の高い金髪の女のこと。チョコレートのこと。だが、そこから先が思い出せない。そこから二四時間ほどの記憶がブラックホールに吸い込まれたように消えている。

「保育園の名前は？」

「ボベリーテ。ミカスはリス組です」

「電話番号、わかりますか？」

シギータは保育園の電話番号を教えた。刑事はすぐに電話をかけ、園長から事情を聴きはじめた。小柄で上品な姿が脳裏に浮かんだ。いつ見ても、一分の隙もないスーツを着て、ストッキングにローヒールの黒いパンプスをはいている。そこそこ大きな企業の役員会議に出席するような服装。年は五〇前後、栗色の髪はショートカット。天性の貫禄が備わっていて、園長が教室に現れると、どんな大騒ぎもたちどころに静まる。シギータにとって、園長はちょっと怖い存在だった。

グージャスが用件を説明した。ミカス・ラモーシュカという名の男児が行方不明になっておりまして、この件に関わっていると思われる女が保育園のあそび場でこの子と接触していた可能性があります。そちらの職員で、この女またはその他の部外者を見かけた人はいるでしょうか？　子どもたちに話しかけているところとか、子どもたちをじっと見ているような場面を見た、というようなことは？

「チョコレートの件も」シギータが脇から口をはさんだ。「チョコレートも忘れないで」

刑事はサラスキエネ園長の返事を聞きながら、ところどころでうなずいていた。

そのあと、刑事はシギータがその場にいることをまるっきり無視して、ずばりと尋ねた。「ミカス・ラモーシュカの母親は、園長先生から見てどんな印象ですか？」

シギータは顔が赤くなるのを感じた。なんという無神経！　サラスキエネ園長がどう思うか！

「……わかりました、ありがとうございます。ミカスくんの担任の先生にもお話をお聞きしたいので、手が空きしだいこの番号に電話をいただきたい、とお伝え願えますか？　お時間をいただきまして、ありがとうございました」

グージャス刑事は電話を切った。

「たしかに、保育園の職員の中に、あなたが言う金髪の女を見かけて、子どもたちに甘いものを与えないでほしいと注意した者がいたそうです。でも、女が声をかけていた子はミカスくんだけではないそうです」

「そうかもしれませんけど、いなくなったのはミカスだけでしょう！」

「そうですね」

尋ねるつもりはなかったし、尋ねたいとも思わなかったが、思わず質問が口をついて出た。

「園長先生、わたしのこと何て言ってました？」

グージャス刑事が上唇の端でほんの少しニッと笑った。シギータが初めて見たグージャスの人間っぽい側面だった。

「あなたは良い母親できちんとした人だ、と言っていました。私費負担も払っているし、と。一所懸命やっておられる、と評価していましたよ」

保育料は、基本的には無料だ。ただし、保育園には任意参加の知育プログラムがあって、希望する保護者は毎月ある程度の私費負担分を支払うシステムになっている。親たちが負担した金は保育の維持向上に使われ、また、市の予算ではカバーされない子どもたちの知育活動のために使われる。それなりの金額だし、とくにアパートを買った最初の年はきつかったが、シギータにとって「私費負担分を払う親」であることは重要だった。

「それじゃ、わたしが言ってること、信用してもらえますか？」

グージャス刑事はシギータを眺めてしばらく考えていた。いまいましいボールペンをカチカチ鳴らしながら。

「あなたの言っていることは、いくつかの点で確認が取れましたからね」不承不承に聞こえるような口調で、刑事は言った。

「だったら、何かしてください！」シギータは、切羽詰まった気持ちを抑えることができなかった。「ミカスを見つけてください！」

カチカチ、カチカチ。

「あなたの供述は、ここに記録しました。もちろん、ミカスくんについて、行方不明者の照会を出します。ええ、探しますよ」

やっと信じてもらえた……。シギータは心からほっとして、バッグのビニールポケットからミカスの写真を取り出した。保育園の夏至祭のときに撮った写真で、ミカスはいちばん上等な服を着て、両手でオークの葉の冠を握りしめ、困ったような笑顔を見せている。女の子みたいに見えるのがいやだと言って、冠をかぶろうとしなかったっけ……。

「よろしくお願いします。この写真でいいですか？　ミカスの特徴がよく撮れていると思うんですけど」

シギータはグージャス刑事の前に写真を置いた。グージャスは写真を手に取りはしたが、そのしぐさには微妙なものがあった。どこか躊躇しているような。写真がどのくらい役に立つか疑っているような。まだ安堵にはほど遠い状況であることを、そのときシギータは悟った。

「ラモシュキエネさん、その……ミカスくんを連れ出した男女の二人組ですが、あなたが知っている人物という可能性はありますか？　あるいは、あなたと何らかの関係がある人物とか……？」

「いいえ、そういうことはない……と思います。女のほうは、間違いなく知らない女でしたから。でも、男のほうについては、マゼキエネさんに詳しく確かめたわけではありません。ダリウスだと思ったので」

「お隣の方にも二人組の特徴を聞いてみましょう。誘拐犯から何らかの形で接触はありましたか？　要求とか、脅迫とか。あと、何らかの理由であなたに圧力をかけたいと考えそうな人物は思い当たりますか？」

シギータは黙って首を横に振った。ヤヌス建設と関係のあること……？　ドブロボルスキーのような顧客の関係？　それとも、自分の頭の中だけにしまってある数字に関係すること？　でも、どうして？　理屈が通らない。それに、いまのところ、誰からも何の接触もない。脅迫もないし、要求もない。

気がつくと、グージャス刑事が自分をじっと見つめていた。ボールペンのカチカチは止まっている。

「ミカスをどうするつもりなんでしょうか？」シギータは小さな声で言った。声に出して言うのが怖いような気持ちだった。声に出せば、それだけ現実味が増してしまう。「どういう目的で他人の子どもをさらったりするんですか？」

「子どもの誘拐に関しては、特定の人物を狙ったケースが多いです。特定の子を、特定の理由があって。親権がらみとか、その子の親に何かを要求する目的とか。ただ、それとは別のカテゴリーがあって、この第二のカテゴリーでは狙いがそれほど特定の人物に向いていないんですよ。そういうケースでは……」グージャス刑事は言葉をにごした。シギータが続きを促した。

「そういうケースでは、何なんですか？」

「そういうケースでは、犯人はただ子どもをさらうんです。どういう子どもでもいいということです……」

それ以上はっきりは言わなかったが、シギータは即座に意味を理解した。そういう子どもは売り飛ばされるのだ。女性が売り飛ばされるのと同じように。声にならない嗚咽が漏れた。エス・カルタス、エス・カルタス、エス・ラバイ・カルタス。ぜんぶ自分のせいなのだ……。シギータは頭の中で明滅する映像を必死で振り払おうとした。そんな犯人どもの手にミカスが捕らえられているなんて、考えられない。考えたくない。とても耐えられない。

「お願いです！　お願いですからミカスを見つけてください！　お願いします！」シギータは哀願した。とめどなくあふれる熱い涙で目の前がかすみ、まともに喋ることもできない。

「やってみますから」刑事は言った。「でも、ミカスくんのケースが第一のカテゴリーであることを祈りましょう。それなら、たいていは見つかりますから。遅かれ早かれ」

ここでもグージャス刑事は口に出さなかったが、シギータは無言のメッセージを理解した。それ以外のケースはまず見つかりません、と。

時間がない。

買い物どころの気分ではなかったが、結局のところ、神だろうが悪魔だろうが肝腎なものは細部に宿るのではないか。周囲から不要な注目を浴びずに男児を連れ歩くためには、最低限、Tシャツ一枚、パンツ数枚、あと三歳児サイズのサンダル、くらいは必要だ。

ニーナはスタションス通りに並ぶ店を見渡して、ろくに選択肢のないことを小声で呪った。そもそもそれほど多くの店が並ぶ地域ではないことに加えて、ほとんどの店がすでに閉店し、ショーウインドウの照明さえ消えている。しかし、通りの端まで行くと、いくつか店が目にはいった。驚くべきことに、子ども服の店も二つあった。両方ともあきらかに高級志向の店だ。片方の店など、フランス語の店名がついている。ラ・メゾン・デ・プティット。店の外には流行の色鮮やかな七〇年代風レトロスタイルのロンパースが飾ってあり、ショーウインドウから中をのぞくと、ちょうどよさそうなサイズのマネキンが目についた。しかも、店はまだ開いている。できればクヴィックリュのような大手スーパーで売っている服のほうが安いしありきたりで望ましいが、ここまで来るあいだに目についたスーパーといえば生協の店くらいで、食品しか置いてなかった。とにかく時間がないのだ。後部座席で眠っている男児は小さな時限爆弾のようなもの。金切り声を上げて騒ぐ三歳児を連れて人目を引かぬよう移動するだけでも困難なのに、素っ裸の子を連れて逃げるなんて不可能だ。生き延びるための第一原則は、目立たないこと。

ニーナはオルガス通りにはいり、歩道ぞいに駐車している大型車のすきまにおんぼろのフィアットをねじこんだ。運転席から後ろへ手を伸ばして、男児をブランケットでしっかり覆う。男児はいまにも意識を取り戻しそうに見えた。小さな手が上がってきて、顔にかかったウールのブランケットを無意識に払いのけた。

ニーナは車から降り、すばやく周囲を見回した。こんな暑い日にはヴェドベクの住人はほとんどが砂浜へ逃げ出したか、さもなければ涼しい木蔭でバーベキュー・パーティーでも楽しんでいるのだろう。それでも通りを行きかう人影はあった。郊外から来たらしい家族連れがむかいの歩道をぞろぞろ歩いていく。父親は丈の短すぎるショートパンツから細い足をのぞかせ、白いトップスの母親は日焼けで皮膚がむけはじめた肩口を露出している。二人の幼い娘たちはそれぞれに巨大なアイスクリームコーンを握りしめ、父親と母親はおしゃべりに夢中になっている。ニーナがいる側の歩道の少し先では、老人がずんぐりしたバセットハウンドを散歩させている。いまちょうどスタションス通りからオルガス通りへはいってきたのは髪の長いティーンエージャーたちのグループ。数人がかたまって歩いてくる。

「じゃ、いいわね」ニーナはわざと車のドアを開けたまま、後部座席をのぞきこむ芝居をしながら言った。「アイスクリームを買ってきてあげる。でも、アイスクリームだけよ？　いいわね？　それ以上のおねだりは、なしですよ」ニーナはそこでいったん間を置いて、犬を散歩させている老人をこっそりうかがった。のろのろした歩みでいっこうに近づいてこないが、声は十分に届いているはずだ。「ママは、すぐに戻ってくるからね」

ニーナは手早く車をロックし、迷いのない足取りでスタションス通りの方向へ歩きだした。ティーンエージャーの集団は、ニーナの存在自体に気づかないのか、それともニーナの小芝居に気づかなかったのか、少しだけ脇へよけてニーナを通した。会話に興じながらさかんにメールをやりとりしている様子が背後から伝わってくる。よかった、あの調子なら自分たちのことに夢中だから面倒なことにはならないだろう。

世の親はみな七〇年代の自分たちをそっくり複製したような服装の我が子を連れて歩きたがっているというのがラ・メゾン・デ・プティットのコンセプトらしく、店に置いてある服は派手な原色ばかりだった。素材はほとんどがリネンや有機栽培のコットン。子どもたちを化学物質から守るという配慮らしい。結構なことだが、そのために自分の預金残高がどれほどの打撃を被るのかと思うと、ニーナとしては素直に喜べなかった。

カチューシャ代わりに洒落た大ぶりのサングラスで髪を押さえた若い母親が丸々と太った赤ん坊を腰抱きにし、控えめな香水の香りを漂わせながらニーナの横を通り過ぎた。あらためて、ニーナは自分のべたついたTシャツと汗のにおいが気になった。加えて、恐怖の体臭も立ちのぼっているに違いない。いまの自分は、この裕福な郊外ののんびりした空気の中で、まるっきり場違いな存在に見えやしないか。二間きりのアパートに入れられたセントバーナードのような居心地の悪さだった。

ニーナは店の中央に置かれた「サマーセール」の箱に手をつっこんで、下着のパンツを五枚掘り出した。それから、棚に重ねてあるジーンズとTシャツの山を片っ端から見た。何日分、必要だろう？　いつまであの子を預かることになるのだろう？　見当もつかなかったが、どうせはずすなら楽観的なほうへ、と思って、ジーンズを一枚、ショートパンツを一枚、薄手の長袖Tシャツを二枚選んだ。当面、これでいいだろう。迷いながら、こんどは靴の並ぶ棚へ目をやる。サンダル一足ぐらいは、どうしても必要だ。ニーナは選んだ商品をカウンターにのせ、店員がカラフルな値札をスキャンしていくのをなるべく見ないようにした。

「合計で二、四五八クローネになります」カウンターのむこうの若い女性店員が営業用の笑顔で言った。ニーナも無理に笑顔で応じた。ため息をつきたい気分でクレジットカードの暗証番号を打ちこみ、小さくうなずいて、白い大きなショッピングバッグを受け取る。

外はあいかわらずの暑さだ。時計を見る。七時二分。車を離れてから、一二分。ニーナはスタションス通りとオルガス通りの交差点まで戻ってフィアットのほうを見た。何も変わったことはなさそうだ。心配そうな顔の人だかりもできていないし、好奇心丸出しの野次馬も集まっていない。だぶだぶのTシャツを着た老人が足をひきずりながら車の横を通り過ぎていったが、車には見向きもしなかった。よかった、まだ眠っているに違いない。通りのすぐ向かいにスーパーマーケットがあった。急げば、ちょっとした食べ物を買ってこられそうだ。とくに空腹は感じなかったが、朝から何も食べていなかったし、遅かれ早かれ何か食べる物が必要になることは見えている。

ニーナは大急ぎで買い物をすませた。食パン一斤、リンゴ一袋、水のボトル二本。それしか思いつかなかったが、レジの近くまで来ると日用品の横にアイスクリームがあった。冷たくて、甘くて、高カロリー。ちょうどいい。ニーナはフリーザーの中からアルミホイルに包まれたアイスクリームコーンを選んでカゴに入れたあと、レジのところへ行って、コンベヤーベルトに商品をのせた。ニキビ面の一〇代とおぼしきレジ係の女の子のほかには、生きた人間は一人も見当たらない。なぜか、ニーナはディスプレイにカチカチと当たるレジ係の異様に長く四角い爪から目をそらすことができなかった。

買ったものを黄色いレジ袋に放りこみ、足早に明るい日差しの中へ戻る。車を離れていた時間は、ぜんぶで一六分。急に、一六分という時間は長過ぎたような気がしてきた。重要な時間を、生命を左右する貴重な時間を、またもや自分の指のあいだから取り逃がしてしまったような気がした。ニーナは小走りでフィアットのほうへ戻った。

車はもちろん駐車したままの場所にあったが、案の定、まずいことになっていた。親指を吸っている幼児をベビーカーにのせた女性が車から少し離れたところに仁王立ちして、いらいらとオルガス通りのむこうを見たりこっちを見たりしている。ニーナははげんなりしながらも、歩くスピードをやや落とし、少し疲れて車に戻ってきたふつうの母親に見えそうな歩き方で近づいていった。

「これ、あなたの車？　この子、あなたの子なの？」

ニーナの姿を認めたとたん、女性が義憤に満ちた声をはりあげた。

ニーナは黙ってうなずいた。車までの距離が無限に遠く感じられる。怒りの対象を見つけた女性は、一気に癇癪《かんしゃく》を爆発させた。近くまで来てみると、最初の印象よりも年を取っているのがわかった。三〇いくつ、といったところか。念入りに化粧しているが、笑ったときや顔をしかめたときにできる目尻の小じわは隠せない。怒りに駆られて目もとをしかめているせいで、女性は何歳も老けて見えた。こんなに怒った顔しなければ美人なのに、と思いながら、ニーナは自分も顔がこわばるのを感じた。

女性は歩道全体を通せんぼする形でベビーカーを止め、両手を腰に当てて立っている。

「わたし、ここにずっと立って見てたんですよ、二〇分近くも」女性は腕時計を強調し、声高に糾弾した。「こんなふうに車の中に子どもを置いていくなんて、とんでもないことです。この暑さなのに！　熱中症で死ぬかもしれないんですよ？　母親の責任感ゼロです。はっきり言って、命にかかわりますよ」

どうあしらおうか。その女がそこに二〇分も立っていなかったことはわかっているし、フィアットも大きなクリの並木で日が遮られる場所に停めるよう気をつけたつもりだし、窓も四つとも少し開けておいた。こんな短時間で命にかかわるような熱中症になるおそれはない。そんなことは、ニーナが誰よりもよく知っている。気温五〇℃近い炎天下にろくな日よけもなしに何日も寝かされたまま生きつづけたあげくに結局は栄養不良で死んでいった子どもたちを、何人見てきたことか。目の前で怒っている女は、自分がどんなにりっぱな母親かを誇示したがっているだけの単なる独善バカだ。でも、そんなことがわかっていたところで、何の役にも立たない。とにかくここは、これ以上自分や男児に注目を集めないようにして早く去ることだ。

ニーナは目を伏せて殊勝な笑顔を作り、「アイスクリームを買ってきてあげると約束したので。レジが混んでいて……」と言い訳しながら、意地悪く道をふさいでいるベビーカーの横をすり抜けようとした。

「あら、そう？　メゾン・デ・プティットも、すごく混んでいたのかしら？」女はなおも食い下がる。ニーナは相手に聞こえないように悪態をついた。ファッション・ブティックの白い大きなショッピングバッグは、言い訳しにくい。こういうときは相手にしないのがいちばんだ。ニーナは糾弾しつづける女に背を向けて車のロックを解除した。そして、びっくりして一歩下がった拍子に女とベビーカーを押し倒しそうになった。

男児が起きて座っていた。

ブランケットはまだ下半身を覆っている。小さく開けた窓の奥から、大きなダークブルーの瞳が見つめていた。

ニーナは意識して動かずにいた。頭の中では、さまざまな選択肢や中途半端な計画が飛びかっている。このまま黙って車を発進させ、走り去ってしまおうか？　男児に話しかけたほうがいいのだろうか？　話しかけたとして、男児が答えたらどうなるか？

そのとき、アイスクリームを思い出した。

ニーナは混乱と恐怖の眼差しから無理に視線をそらし、黄色いレジ袋をかきまわしてアイスクリームをつかみ出した。青いアルミホイルの包みをはがし、男児とほとんど目を合わせないようにしながら、開いた窓からアイスクリームを差し入れる。目を合わせる必要はなかった。小さな青白い手が開いた窓の縁までそろそろと伸びてきて、アイスクリームを受け取った。

「アチュ」

弱々しい声だったが、男児はその言葉をゆっくり、はっきり、発音した。ちゃんと伝わるように、というように。

「ううん」ニーナは急いで言った。「それは売り切れだったの。だから、これでがまんしてね」

ニーナはできるだけ足早に車の前を回り、運転席に座った。糾弾しつづける女の金切り声は、車をバックさせて方向転換するあいだも開いた窓から追いすがるようにはいってきた。

「チャイルドシートもつけていないんですか？　よくそれで母親だなんて言えますね。よくそれで……」

シギータはそのままずっと警察署に詰めていたかったが、グージャス刑事が礼儀正しく、しかしきっぱりと、シギータを追い立てた。電話番号をうかがっているのですから必要があれば電話します、と。そして、もうお帰りになったほうがいいですよ、と繰り返した。

「ただ、一人きりにはならないほうがいいかもしれないですね。ミカスくんのお父さんは？」

「ドイツで働いています。来られないと言っています」

「だったら、親戚の方とか？　あるいは、お友だちとか？」

シギータは黙ってうなずいた。まるで、いまでも自分に親戚や友人がいるかのように。自分がどれほど孤独な身の上か、刑事の前では認めたくなかった。恥ずべきことのような気がした。恥ずかしい病気のような。

頭痛があまりに強烈で、痛みが視野の端に黒い輪になって漂っているような気がした。繰り返し吐き気が襲ってくる。胃に何か入れないと。少なくとも、何か少し飲まないと。さっきの老紳士が言ったように。**この暑さですからね、水分補給はだいじですよ。**シギータは、鮮やかなグリーンの屋台を出して菓子や絵葉書や琥珀《こはく》の小物などを売っている男から、馬鹿馬鹿しいような高い値段で小さな四角い紙パック入りのオレンジジュースを買った。ジュースは生ぬるくて、とくにおいしいとも感じなかった。酸味が荒れたのどにしみて痛かった。

きっと見つけてくれる、とシギータは自分に小声で言い聞かせた。きっと見つけてくれる、きっとミカスはだいじょうぶ……。

その言葉に力はなかった。もともと、シギータは想像力の豊かなタイプではない。行ったこともない場所や会ったこともない人のことを思い描くよりも、細かい数字を正確に思い出すことのほうがずっと得意だ。小説もあまり読まないし、映画もテレビでやっていれば見る、という程度だった。

しかし、いま、シギータにはミカスの姿が想像できた。車に乗せられ、外から見えないようじゅうたんをかぶせられているミカス。知らない人に押さえつけられて、もがきながら泣いているミカス。ママ、ママ、ママ……むなしく呼びつづけるミカス。

犯人はミカスに何をした？　なぜミカスをさらった？

足が震えた。シギータは、川へ下りていく広い石段に腰を下ろした。二年ほど前、市がここにベンチを設置したが、すぐに麻薬中毒者やホームレスのたまり場になってしまい、ベンチは撤去された。いまでは亜鉛メッキの支柱だけがコンクリートの土台から切り株のように突き立っている。下の方では、ネリス川がコンクリートの河床をゆるゆると流れていく。水は茶色く濁り、水位は低く、冬の荒れた川とは別物のようだ。

ダリウスと付き合うようになった初めての夏、川は密会の場所だった。橋のたもとから河岸に下りて歩いていくと、舗装された遊歩道がぬかるんだ小道になり、アシの茂みの中へ消えていく。ブユや小さなクロバエのような虫がブンブン飛び回っているが、人気《ひとけ》はない。詮索する目もなければ、噂をする口もない。それはタウラゲでは珍しいことだった。そこまで行けば、二人で水にはいることもできた。一緒に。

ダリウスのような少年を、シギータは見たことがなかった。ほかの少年たちは、みんな馬鹿だった。教科書にペニスの卑猥な絵を描いては、げらげらと笑っていた。ミルダの兄など、シギータの左の乳首をつねりながらキスしようとしたことさえあった。妹のミルダと同じように意地悪で、ただ意地悪のやり方が少しちがうだけだった。

ダリウスは、ほかの連中とはまったくちがっていた。悠々として、落ち着いていて、ほかの少年たちよりはるかに大人だった。ぼくの名前は英雄的パイロットのステポナス・ダリウスにちなんでつけられたんだ、とシギータに語ったことがあった。タウラゲのメインストリート、ダリウス・イル・ジレノ通りみたいにね、と。ダリウスにぴったりの名前だ、いつかきっとダリウスはすごい人になる、とシギータは思った。

ダリウスがブラウスを脱がせようとしたとき、シギータはからだを硬くした。ダリウスは脱がせようとするのをやめて、両手をシギータの腰へすべらせた。

「細いねえ。ぼくの両手が届いちゃいそうだよ」

シギータの奥深くに震えが走った。寒さとは関係のない震えが。ダリウスの両手がブラウスの中を上がってきて、胸をそっと優しく撫でた。シギータは太陽に顔を向けた。そんなことしてはだめよ、と頭の中でユリヤばあちゃんの声が聞こえた。目が見えなくなりますよ……。シギータは目がくらむほど太陽を見たあと、目を閉じた。両手が痙攣を起こしたようにダリウスのシャツの背中を握りしめていた。ダリウスの舌がシギータの舌に触れ、くちびるを舐め、口の中へはいってきた。ダリウスはブラウスを諦め、スカートと下着に集中している。シギータはよろけてバランスを崩した。ダリウスはシギータを支えるどころか、そのまま体重を預けてきた。二人は太陽に温められた川べりのぬかるみに音をたてて倒れた。重いダリウスに上からのしかかられて、シギータは息ができず、動くことも声を出すこともできなかった。その状態を、ダリウスはシギータが受け容れたものと解釈した。

「ああ、すてきだよ」ダリウスは欲望にはやる両手でシギータの太ももを広げながらささやいた。

その段階でダリウスを止めることもできた。でも、シギータはダリウスが欲しかった。肉体が欲していた。ある意味、頭も欲していた。どんなものなのか知りたかった。罪深きこととは、どのようなことなのかを。それに、自分は何もせずダリウスに任せていればいい、というのもよかった。きっと痛いに違いない、と覚悟した。学校の女子トイレで、こそこそと、くすくすと、ささやかれていたから。最初はうまくいかない、そして痛い、と。

でも、そうではなかった。あっけないくらい簡単で自然なことだった。ダリウスと一緒にからだを横たえ、ダリウスの重みで温かくぬかるんだ泥に背中がめりこんで、両足のあいだにダリウスが来て、それからダリウスが中にはいってきて。実際にかかった短い時間がむしろ名残り惜しいくらいだった。

ダリウスはシギータの上で背中を丸めてするりと出ていき、しばらくのあいだ疲れはててそのまま寝ころがっていた。やがてまた虫たちが近くで羽音を立てるようになり、遠くの橋を通過する列車の音が聞こえ、風にそよぐアシの葉音が聞こえた。鮮やかな青い色のトンボがダリウスの肩口で一瞬止まり、飛び去った。

こういうことだったの？　シギータは思った。これだけ？

ダリウスがごろんと転がってシギータの上から下りた。服はぜんぶ着たままで、ズボンの前だけが開いている。シギータは自分の乱れた姿が急に恥ずかしくなった。パンティは片方の足首にひっかかり、スカートはくしゃくしゃにまくり上げられて、大切なところが丸見えだった。どうやったのか、ダリウスはシギータのブラウスとブラジャーも押し上げたらしく、乳房もあらわになっていた。ほかのことに気を取られていて、ぜんぜん気づかなかった。シギータはあわててスカートを下ろし、ブラウスも引っぱり下ろそうとした。

しかし、ここから、ダリウスは他の少年たちが誰もやらないであろうことをした。これこそ、まさにダリウスだった。ダリウスはシギータをやさしく泥のベッドに押し戻し、キスをした。深く舌を絡め、シギータがほとんど息もできなくなるまで。それから、ダリウスは指を使った。外と、中と。シギータはびっくりして息が止まりそうになった。

「ダリウス……」

「しーっ。そのまま」

ダリウスは両手と口だけを使って続けた。シギータが光も音もわからなくなるまで。全身がびくびく痙攣するまで。何か奔放な、いままで感じたことのない官能がシギータの内部で脈打ちはじめ、繰り返し押し寄せた。そして、シギータは自分がいかなる意味でも処女でなくなったこと、二度と処女には戻れないことを確信した。

そのときは、悪いことをしたとは思わなかった。恥ずかしいことをしたとも思わなかった。罪の意識もなければ、それがどんな結果につながるかも考えなかった。そういうことは、あとになってからやってきた。

湾の上で八月の夕闇がしだいに濃さを増してゆく。ニーナの車はかつて漁村だった地区のメインストリートをはずれて、舗装の傷んだ道をのぼっていった。道の両側には、観光客が去って人気《ひとけ》のまばらになった別荘地が続く。最近のチスヴィレライエの人口は、大半が郊外から都会へ通勤する住民か、さもなければ観光客で、学校の夏休みが終わったこの季節は人の潮が引いたように閑散としている。ひときわ大きく豪華な建物の外にはドイツのナンバープレートをつけた車がまだちらほら残っており、子どもが二人、テザーボールを打ちあって遊んでいるのが見える。子どもがボールを強打するたびに、支柱が恐ろしいほどしなっている。それを別にすれば、芝生は人影なく晩夏の容赦ない日差しにさらされている。去年は雨が多くてうっとうしい夏だったが、ことしは五月以来ずっと快晴つづきで、いまでは木々の葉も、灌木も、草も、とうに緑のみずみずしさを失って、焼けた黄色と褪せた緑色のひからびた風景が広がっていた。ニーナは腕時計をチェックした。八時二〇分ちょうど。

ニーナは別荘の私道にはいり、郵便受けのすぐ脇、青いフォルクスワーゲン・ゴルフの後ろに車を停めた。ゴルフのリア・ウインドウには横長のステッカーが貼ってある。「Mテック　問題解決の頼れるパートナー」。カーリンの車だろうか？　カーリンが乗りそうな車には思えなかったが、他にそれらしい車も見あたらない。ニーナは曲がりくねって続く長い私道の先をのぞいた。別荘はかなり古い感じだった。ベンガラ色の壁、白い枠に小さな窓ガラスの並ぶロマンチックな窓。二重ガラス以前の時代に建てられた別荘だ。隣家からはかなり離れている。カーリンの言ったとおり、背後に広がる林のすぐ手前に建っている。

ニーナは車のキーと携帯電話をジーンズのポケットにつっこみ、車を降りた。男児は半ば閉じたまぶたの下から様子をうかがっている。ニーナは後部ドアを開け、そっと男児の手首に触れた。体温が上がってきているが発熱はない、と看護師の習性で判断した。べとつき気味のブランケットで下半身を覆われたままじっと動かずにいるが、男児が完全に意識を取り戻していることは疑いない。

気配《けはい》を消そうとしているのだ、とニーナは思った。子どものとき裏庭で見つけた仔ウサギとそっくり。あのとき、仔ウサギは必死で気配を消そうとしていた。抱き上げても抵抗せず、逃げようともせず、ニーナの手の中で丸くなってじっとしていた。とても軽くて、ふわふわだった。何も知らない六歳のニーナは、仔ウサギが自分のことを好いてくれたのだと思った。けれども、ベッドに置いてやったとき、仔ウサギはすでに遠い目をしていた。後部座席に乗っている男児と同じような遠い目。そして、その夜遅く、ニーナが作ってやった靴箱のベッドで、仔ウサギはぐったりと死んでいた。

この子も同じように生きることを放棄しようとしているのだろうか？

ニーナはぞっとした。日が落ちて気温が下がってきたせいだけではなかった。この子を車に残しておくわけにはいかない。もう目がさめているし、だんだん暗くなっていく中で、場所も理由もわからぬままロックした車内に置き去りにされるよりは、見知らぬ他人だとしてもわたしと一緒に来るほうがましだろう、とニーナは考えた。

男児はぴくりとも動かずにいたが、ニーナが手を伸ばすと、いきなり後ずさりした。ブランケットが車の床に滑り落ちた。

ニーナはためらった。

子どもに怖い思いをさせるのは本意ではない。男児が自分のことを駅で見た男と何ら変わらぬ怪物を見るような目で見ているのがいやだった。かと言って、どうすればこの子の信頼を得ることができるのか、それもわからない。

「坊や、どうしてこんなことになったの？」ニーナは男児にささやきかけながら、しゃがんで男児と視線を合わせようとした。「坊やは、どこから来たの？」

男児は何も答えず、シートの端でますます小さく丸まって、できるだけニーナから遠ざかろうとしている。ブランケットが滑り落ちたあとに、黒い染みが見えた。汗と小便のすえたにおいもする。ニーナの中に慈しみの感情が生まれた。オスタブローのアパートでアントンやイーダが熱を出したり吐いたりしたときのように。病気になった子どものために砕いた氷を用意し、ベリージュースを飲ませ、冷たいタオルで拭いてやり……。守ってやりたい、治してやりたい、という気持ちで胸がいっぱいになった。あの頃、良き母親であることは、あんなにたやすいことだった。それだけなら、どんなに簡単だったことか。

ニーナは別荘を指さし、それから両手を拝むように重ねてその上に頰をのせ、眠るジェスチャーをして見せた。

「まず、何か食べないとね」ニーナは笑顔を見せながら言った。「食べたら、ベッドでねんねしようね。あとのことは、あとで考えるとして」

男児は声を出さなかったが、どうやらニーナの思いは通じたらしく、丸まっていたからだを起こしてニーナのほうへほんの少し近づいてきた。

「いい子ね」ニーナは何年か前に読んだ記事のことを思い出した。子どもには最も苛酷な環境下でも生き抜く能力が備わっている、という内容だった。子どもは小さな熱線追尾式ミサイルのようなもので、いちばん手近にある温かい存在に近寄っていく、と記事には書いてあった。母親をなくした子は、父親を求める。父親がいなくなったら、その次に近い大人のところへ行く。そして次、そして次、というぐあいに守ってくれそうな大人、できれば愛情を与えてくれそうな大人を探し求めていくのだ、と。

ニーナは買ってきた衣類を男児に見せた。着せようとすると、男児は協力した。新しいTシャツに袖を通しやすいよう素直に両腕を前に出し、上からかぶせるときには頭を下げた。次は、下着のパンツ。とりあえず、これでよし。それだけでも、男児はにわかに普通の三歳児らしく見えるようになった。ニーナが車から降ろそうとすると、男児はさっとニーナの腕に抱かれた。このときもまた、アントンと比べた軽さにあらためて驚いた。

しかし、目をさました男児は胸にぴったり縦抱きされるのをいやがり、背中を突っぱらせて抵抗した。ニーナは男児を左腰に腰抱きした恰好でベランダへ続く砂利道を歩いていった。

「おチビちゃん」ニーナは母親があやすような声でそっと話しかけた。「もう怖くないからね」

男児の温かな呼気がせわしなくなり、恐怖と嘔吐の酸っぱいにおいが漂った。

ベランダには、誰が並べたのか、大きな植木鉢にハーブやパンジーが植わっていた。水を十分に与えられて青々と育っているさまは、庭全体のひからびた印象と比べて異質な感じがした。半分開いたドアのそばに、鮮やかな黄色のゴム長靴と小さなペットキャリーが並んでいる。そういえば、例の泥酔したクリスマス・パーティーのとき、カーリンは猫の話をしていた。たしか、「ミスター・キティ」と呼んでいた。理想の男性にめぐり逢う願望をすっぱり捨て、統計的に女性が一生で産むはずの二・一人の子どもを諦めると決めたとき、カーリンはこのオス猫を飼うことにしたのだった。

いまのところ、猫の気配《けはい》もカーリンの気配もしない。

ニーナは空いているほうの手でドアをノックしようとしたが、最初に触れただけでドアが開いた。薄暗い玄関に足を踏み入れる。柑橘系の洗剤っぽいにおいが漂っている。キッチンへ続く半開きのドアの前に、カーリンの靴やブーツがきちんと並んでいる。

物音はひとつも聞こえない。

「カーリン？」

何か柔らかいものを踏んだ。クシャッと小さな音がして、かかとの下でつぶれた。ニーナはぎょっとして後ずさりし、壁によりかかってからだを支えた。

「カーリン？」ふたたび呼びかけてみたものの、こんどはほとんど返事を期待していなかった。ニーナはじりじりと前進し、ドアフレームの周辺を手でさわってプラスチックのスイッチを探りあてた。小さな音がして、電気がついた。床に落ちている食べかけのサンドイッチが目にはいった。包み紙がついたまま。地元のクヴィックリュのデリで買ったものだとわかった。

胃のあたりがキュッと冷たくなった。ミスター・キティがレジ袋に頭を突っこんで略奪品を玄関まで引きずったのかもしれないが、そうだとしても、わずか九〇分前に電話であれほど取り乱して大泣きしていたカーリンの様子を考えると、家の中はあまりにも静かすぎた。

ニーナは男児を床に下ろして玄関に立たせ、どうしようかと迷った。

「ここにいるのよ」ニーナは床を指さし、男児に小声で言った。「どこにも行かないでね」

男児は黙ったまま神妙な眼差しでニーナを見つめている。その瞳に新たな黒い恐怖が口を開けはじめていた。そもそも最初から、男児は怯えていた。そこに、ニーナのためらいが輪をかけたのだ。早く、何か行動しないと。

「カーリン！」

ニーナは足早にキッチンを通り抜け、こぢんまりとしたリビングにはいっていった。安楽椅子の上の小さな緑色のスタンドがついたままになっている。テレビもついているが、音量が絞ってあった。TV2のニュース。いつもの赤いヘッドラインと、スーツ姿のニュースキャスターが映っている。

裏手の庭に面した窓に歩み寄る。ほとんど何も見えない。別荘の裏手に広がる高いマツ林と、落ち葉や松ぼっくりが散らばったままの芝生。ニーナはポケットに手を入れて携帯電話を出し、リダイヤルボタンを押して、呼び出し音が鳴るのを待った。すぐに、家のどこかで相手の電話が鳴った。どうやら閉じたドアのむこうで鳴っているようだ。寝室だろう。距離はたいして離れていないのに、妙にくぐもった音に聞こえた。バケツの水に落としたような……。ニーナはさっと振り返り、男児の小さな影がキッチンの戸口にじっと立っているのを確かめた。ふたたび携帯電話をチェックする。八時二八分。

薄いブルーの液晶画面に表示された数字には気分を落ち着かせる効果があった。ニーナは携帯電話をポケットに戻し、寝室のドアを開けた。

カーリンはベッドの上に丸くなっていた。額を両膝にくっつけて。まるでヨガの上級ポーズを練習しているかのように。しかし、その姿が網膜に像を結んだ瞬間、ニーナにはわかった。

死んでいる。

死んだ人間の姿には、特有の何かがある。個々に見ればささやかな異常だが、総合すると紛れもない強烈なインパクトになる。だから、ニーナは見た瞬間にわかった。かすかに外にねじまがった手首。本来あるべき位置からだらりと逸脱した足。そして、頭そのものの重さ以上にマットレスにめりこんだ頭部。

ニーナは本能的に逃げようと思ったが、それを制してベッドに近づいていった。細かい認知情報がつぎつぎとはいってくる。カーリンの金髪は淡い色の光輪のように頭の周囲に広がって、そこに赤やこげ茶色が混じっている。からだの下のシーツには、大きな血だまり。上半身をそっと仰向けてみると、口が開いて吐《と》瀉物《しゃぶつ》と血の混じった液体がゴボゴボと流れ出し、下くちびるからあごを伝って、のどもとのくぼみまで落ちていった。歯が二本折れている。顔と首に赤や紫の皮下出血痕。大量の出血は、左のこめかみ、髪の生えぎわにぱっくり開いた傷口からのようだった。慎重に指先で探ってみると、頭蓋骨がぐにゃりとへこんだ。即死ではない……。カーリンは、じわじわと死んでいったのだ。ベッドの上で丸くなって、傷ついた動物が群れを離れてひとり死んでいくように。

それにしても、こんなに大量の血。

血は慣れっこでしょ……ニーナは自分を落ち着かせようとした。血は平気だ。看護学校時代も、ニーナは大量の血を見ても平静を保っていられる数少ない生徒の一人だった。（二三年前のあの日から、血は平気になった。平気になるのだと心に決めたから、平気になったのだ。）

ニーナはベッドから離れ、危ういタイミングで顔を背けて嘔吐した。何度も、何度も、全身を絞るように嘔吐した。朝から何も食べていなかったから、板張りの床を汚したのは濃い黄色の胆汁と灰色っぽい水分だけだった。

甲高い絶叫が響いたのは、そのときだった。胸を引き裂くような、細く鋭い恐怖の声。夜中にキツネに襲われたノウサギが発するような。

シギータは川べりの石段に腰を下ろし、歩ける程度まで吐き気と頭痛がおさまるのを待った。使えるほうの手は携帯電話を握りしめている。もうすぐ鳴るはずだ。もうすぐ鳴って、ミカスの無事を知らせてくるはずなのだ。少なくとも、グージャス刑事が言っていた二番目のカテゴリー、二度と見つからないという二番目のカテゴリーではなかったと判明するはずなのだ。

だめ。そんなこと、考えるだけでもだめ。どこの誰だか知らない人間が傷ひとつない小さなからだに何をするかなんて、考えちゃだめ。一瞬でも考えちゃだめ。考えれば、ますます心配になるだけ。とても耐えられない。ズタズタに引き裂かれ、心臓をつかみ出されて、息もできなくなる。ミカスを救い出すどころではなくなる。だから、波間で力尽きた人間がブイにしがみつくように、シギータは携帯電話にしがみついていた。

けれども電話は鳴らなかった。とうとう、シギータは自分から電話をかけた。隣人に。

「マゼキエネさん、ミカスを連れていった男のことなんですけど、見た目、どんな男でしたか?」

老女の混乱が電話の声からも伝わってきた。

「どんな男って？　だって、ミカスのおとうさんでしょ？」

「そうじゃなかったんですよ、マゼキエネさん。ダリウスはドイツにいるんです」

長い沈黙があった。

「もしもし、マゼキエネさん？」

「そりゃ、たしかに、ずいぶん太ったな、とは思ったけどねえ……。昔より大きく見えたから……」

「大きいって、どのくらい？」

「さあ……。そうだねえ、いま考えてみると、大きくて、背も高かったかしらねえ。それと、髪の毛がほとんどないくらい短かったわ。だけど、最近は誰でもそんな頭してるでしょ？」

「じゃ、どうしてミカスの父親だと思ったんですか？」

「車が似てたんだよ。それに、ほかにミカスを連れて出かける人なんか、いないでしょ？」

シギータは取り返しのつかない暴言を口にしないよう、くちびるをきつく噛みしめた。しかたない、ただの年寄りだもの……わざとじゃないんだし……。でも、マゼキエネ夫人の思い違いのせいで、四八時間近くも無駄になった。そのことは許しがたい。

「どんな感じの車だったんですか？」シギータはいくらか自制を取り戻してから尋ねた。

「灰色……だったかねえ……」マゼキエネ夫人の答えは曖昧だった。

「車のメーカーはわかります？」尋ねる前から無理な質問とわかっていた。

「車のことは、よくわからないからねえ」マゼキエネ夫人は困ったような声で言った。

「その……ふつうの感じ、だったかねえ。ミカスのおとうさんが乗ってるみたいな」

シギータが最後にダリウスに会ったとき、乗っていた車はダークグレーのスズキ〝エスクード〟だった。ということは、灰色のSUV車？　あるいはワゴン車？　バン？　マゼキエネ夫人の識別能力ときたら、すらりとした体型のダリウスと門番みたいにマッチョなクルーカットの男さえ区別できないくらいだから、オフロード車とプジョー〝パートナー〟の区別だってつくとは思えない。こんな質問をしても無駄だ。

「屋根の上に荷物入れが乗っかってたよ！」不意にマゼキエネ夫人が言った。「そうだ、思い出したよ！」

ドブロボルスキーのいちばん上の息子パヴェルが、ときどき銀色のポルシェ〝カイエン〟に乗っていた。あれならスズキ〝エスクード〟に似ていると言えないこともない。ポニーと農耕馬が似ている程度には。あの高級車の屋根に荷物入れをつけて走っているのは見たことがないが、それでもアルギルダスに確かめてみようという気にはなった。

「おう、シギータ。少しは良くなったのか？」電話のむこうでアルギルダスが言った。

シギータはそれには答えず、「ドブロボルスキーさんとの打ち合わせは、どうでした？」と聞いた。

「まああさ。おまえがいないんで、御大《おんたい》、きげん悪かったぞ」

「でも、その……まずいことにはなりませんでした？」

「何が言いたいんだよ、シギータ？」

どこまで打ち明けたものか、シギータは迷った。これまで、アルギルダスには私生活に関することをほとんど話したことがなかった。いまさら話すのも変な感じがしたが、しかし、万が一ということがある。万が一、ミカスの行方不明事件に職場の事情が関係していたら……？

「ミカスが行方不明なんです」

たしか、自分に息子がいることぐらいはアルギルダスも知っていたと思う。去年、クリスマスのパントマイムにミカスを連れていったから。ヤヌス建設が唐突に、従業員の子どもたちのために何かをやろうと思いついて企画した行事だった。

「ミカス？　息子さんのこと？」

「ええ。誘拐されたんです」

少しのあいだ、ぎこちない沈黙があった。シギータには、アルギルダスの頭の中でギアが切り替わる音が聞こえたような気がした。この件が自分にとって損をもたらすかどうか計算しているのだ。アルギルダスは雇い主としては上等なほうだ。友好的だし、融通もきくし、いばりちらしたり無理難題を押しつけてくることもない。けれども、シギータにしてみると、従業員である自分はアルギルダスにとって所詮コンピュータと同じなのだと感じることが少なくなかった。要するに、仕事に使えればいいのであって、中がどうなっていようと、そんなことはどうでもいいのだ。

いまの自分は、まさに、使えなくなったコンピューターだ。そして、アルギルダスは、どこに修理を頼めばいいのかわからなくて困っている。

「それ、こないだの脳震盪と関係あるのか?」ようやく、アルギルダスから言葉が返ってきた。

「かもしれません。何が起こったか、わたし、おぼえていないんです」ミカスはダリウスが連れていったものと思っていたら、そうじゃなかったんです」

「で、なんでドブロボルスキーのことを聞くんだ?」

「パヴェル・ドブロボルスキーが銀色のカイエンに乗っていたから。ミカスはグレーか銀色のSUVで連れていかれたんです」自分の推論に信憑性を持たせるために事実を少しばかり歪曲しているという自覚はあったが、もしドブロボルスキーがやったのなら、ミカスは二番目のカテゴリーではないということになる。ドブロボルスキーが犯人なら、動機を調べ、必要な手を打てば、ミカスを取り戻せる。

「悪いけど、シギータ、あんた頭が少しおかしくなってるんじゃないか？　いったい何だってドブロボルスキーがあんたの息子をさらわなくちゃならんのだ？　それに、パヴェルはカイエンを売っ払ったと思うよ。あのバカでかい車をヴィリニュスのダウンタウンの駐車場に入れるくらいならゾウをマッチ箱に入れるほうが簡単だ、なんてぼやいてたから。警察には言ったのかい？」

「ええ」

「なら、警察に任しときゃいいじゃないか」

「だって、警察は何もしてくれないんです！　バカみたいにボールペンをカチカチやってるばっかりで！」

「ボールペンとどういう関係があるって？」

「ミカスを探してくれるって言うけど、実際には何ひとつ進んでないんです！　絶対見つからないんですよ、個人的な恨みがないケースでは！」自分の言っていることは支離滅裂だ。アルギルダスにはこういう持っていき方ではダメだ、相手を尻込みさせるだけだ……。シギータは意識的に深呼吸をして、ちゃんと筋道立てて話せるように自分を落ち着かせた。「ひとつ聞きたいんですけど。ドブロボルスキーさんを怒らせるようなこと、何かしませんでしたか？　支払うべきものを支払ってない、というようなことはありませんか？」

「いいかげんにしてくれ、シギータ。数字はあんたの頭ん中だろうが。俺は、あんたが言うとおりに金を動かしてるだけだよ」

そのとおりだ。ふつうなら、この自分が支払いを忘れることはない。ただの一リタスだって勘定が合わなければ、この自分が気づくはずなのだ。

「それに、あんたの言い方じゃ、まるでドブロボルスキーがギャングみたいじゃないか。それはちがうぞ」

「でも、ドブロボルスキーさんは、そういう人たちと関わりがあるでしょう？」シギータは食い下がった。眼下の川面を黒いビニール袋がぷかぷかと流れていく。空気で大きくふくらんで。一瞬、シギータの頭にグロテスクな考えがよぎった。あの大きさなら、子どもの死体がはいる……。

「もしもし、シギータ？　息子さんが行方不明なのは同情するけど、ドブロボルスキーが絡んでるなんてこと、ありえないよ。勘弁してくれよ、ややこしい言い掛かりはやめてくれ」

シギータは黙って電話を切った。ほぼ同時に腹がぎゅっと縮んでオレンジジュースと生ぬるい胃液が口から噴き出し、スカートとはだしの足を派手に汚した。

振り返った瞬間、男児の影が戸口から消えるのが見えた。パタパタと裸足の足音がリビングを走り抜けていき、ドアのきしむ音がした。ニーナは両足が熱で溶けたようになって立ちすくんでいたが、無理に足を動かした。膝と足首がガクガクして崩れそうだった。

大またで寝室から走り出てキッチンまで戻った。シンクの上の窓から外を見ると、暗闇の中で上下する白っぽい金髪の頭が見えた。逃げようとしている。ニーナはぐらつく足で玄関からベランダに出た。蒸し暑い外気の中で、頭に血がのぼって顔とのどが熱い。

別荘の背後に広がる黒いマツ林は靄《もや》にかすんでいた。男児の姿は見えないが、枝が折れる音で、木立の中を遠ざかっていくのがわかった。ニーナは音のする方向へ全力で走りだした。

マツの枝が顔を打ち、林の縁に生い茂る乾いた背の高い草が足にまとわりついて追跡を妨げた。しだいに濃くなる夕闇の中で、男児の白っぽい金髪が黒い木々のあいだから鬼火のように見え隠れする。距離がだんだん縮まっていく。

低く張り出した枝をくぐり、地面から突き出ている朽ち木を横にステップして避《よ》ける。右の足首が悲鳴を上げていたが、ニーナはかまわずスピードを上げた。一瞬、男児の肩に手がかかったが、男児はニーナの手をすり抜けて、なおも逃げようとする。もう一度……こんどは腕をつかまえた。

無言のまま、ニーナは男児を両腕で抱きかかえて下生えに倒れこんだ。Tシャツがめくれ上がり、むき出しになったあばらの下で男児の心臓が激しく打っている。熱い息がニーナの首すじにかかった。

そのとき、音が聞こえた。

まるっきり無関係な音かもしれないが……カチリと、かすかな音。ドアをそっと閉めたような。夏の夜のどこかで。マツ林の周囲に建つ他の別荘から聞こえた音かもしれないと思いつつ、ニーナは男児を連れたまま、じりじりと林の奥へ後退した。カーリンのいとこの別荘は見えなくなったが、曲がりくねった私道の先に停めてある赤いフィアットははっきり見える位置だ。

ふたたび音が聞こえた。こんどは足音。そして、ざわざわという葉音。誰かが背の高い乾いた草を分けて歩いているような。駅で見た男の姿が頭に浮かんだ。細くしかめた目つき、色の薄い瞳。奥歯を食いしばったような口もと。ロッカーを蹴り壊した狂暴な力。

あの男がカーリンを探し出して、狂暴な怒りをカーリンに向けたのだろうか？

腕時計を見る。

八時三六分。

腕時計は携帯電話の正確な時刻表示よりいつも二九秒遅れている。どういうわけか、ニーナは遅れを修正せずにいる。正確な時刻を計算して出すほうが好きだから。

ニーナは男児を胸にきつく抱きしめた。小さな温かいからだはのけぞって抵抗を試みるが、声は出さない。静かにしていないと危ないとわかっているのだろうか？　それとも、これまで恐ろしい思いをして、声を出しても無駄だと悟っただけ？

ニーナはふたたび耳をすました。ざわざわという足音（足音だったとして）は、もう聞こえない。警察に電話しようか？　ニーナはジーンズのポケットを探った。右のポケット。左のポケット。

携帯電話がない。

もういちど確かめた。無駄だとわかっていたけれど。どこかで落としたらしい。いつ、どこで？　見当もつかない。

頭の中に新たなアドレナリンが噴出した。携帯電話は現実世界とつながる唯一の手段だった。モーテンと。ネットワークと。職場と。そして、警察と。これで自分は孤立してしまった。男児と二人、完全に孤立してしまった。

バーン！とドアを叩きつけるように閉める音が静寂の暗闇に響いた。

汗にまみれたTシャツの下で心臓が大きく飛び跳ね、ますますものすごいスピードで打ちはじめた。ニーナは両腕で男児をきつく抱きしめたまま、よろよろと立ち上がった。

そして、走りだした。

男児はからだを硬直させて抵抗し、そのぶん走りにくくて膝や足首に負担がかかった。年取ったな、と思う。子どもを抱きかかえて逃げるには、少し年を取りすぎたようだ……。

数十秒後、ニーナは車まで戻って力まかせに運転席のドアを開けた。私道の両側に続くシラカバのあいだから別荘を見上げる。人の気配《けはい》はない。一瞬、自分の錯覚だったかと思いかけた。足音だと思ったのは、ほんとうに足音だったのだろうか？　それとも、風が吹いて草が揺れただけ？　あるいは、ミスター・キティ？　そうだ、電話……。戻って探そうか？　やめたほうがいいだろうか？　あそこに横たわる亡骸《なきがら》を守らなければ、守ってやらなければ、という理屈にならない衝動が突き上げてきた。

守る？　何から？　もう手遅れだ。カーリンにとっては、何もかも手遅れなのだ。いまは男児のこと、そして自分のことが先決だ。それでもなお、ニーナは男児を腰に抱いたまま、白っぽくひからびた木の葉のあいだから別荘を見上げて立ちつくしていた。そして、凍りついた。キッチンの明かりがついたのだ。人が歩き回っている。黒い人影が窓に近づいてきて、ぐんぐん大きくなる。一瞬、おぼろげに顔の輪郭が見えた。

ニーナは男児を助手席に放りこみ、無我夢中でエンジン・キーを差し、エンジンがかかった瞬間に全速でバックを始めた。車体が左右に蛇行しながら私道を下っていく。丈の高い草が車の側面に当たってこすれる音がした。石だか、木の根だか、車の腹にゴツンと当たる音もした。周辺の別荘はどれも窓が真っ暗で、車も停まっていない。助けを求める先はない。途中で切り返して前向きに方向転換する。タイヤにはね上げられた砂利がフロントガラスに激しく当たった。なおも猛烈なスピードで舗装の悪い道を海に向かって下る。そのときになって、ようやく、ニーナはヘッドライトをつけていなかったことに気づいた。助手席の男児は大声で絶叫している。他人が聞いたら、殺されかけていると思うに違いない。

ニーナは腹の底まで深く息を吸い込み、車のスピードをほんの少し落としてヘッドライトをつけた。カチッとかわいた音がした。男児は助手席の足もとにうずくまり、両腕で頭をぎゅっと抱えている。甲高い絶叫は徐々におさまって、すすり泣きになっている。小さく咳きこみながらすすりなく男児の口から、言葉がこぼれ出た。

「Mama. Noriu pas Mama!」

え、何!?　この子、どこかに母親がいるんだ！

ヤンは都心のラクセ通りにある会社のアパートに泊ることにした。最大の理由は、アンネと顔を合わせたくないから。アンネは例の鋭い勘でもって何かが計画通りに進んでいないことを察しているに違いないから、いまは距離を置きたい。でないと、いかにひどいことになっているか、何もかもバレてしまう。それに、カーリンと話をつけるにしても、アンネが近くにいないほうがいいだろう。

ヤンはマガジンの総菜売場で買ってきた冷凍のTVディナーを小さなキッチンの電子レンジで温めた。カーリンの裏切りが苦い後味を残している。自分はこんなに人を見る目がなかっただろうか？　しかし、こういうことになったからには、彼女は自分が思っていたほど忠実ではなくて、もっと欲得ずくの人間だったのかもしれない。自宅に帰り、ガレージの上階にあるカーリンの部屋にはいってみたら、二つのものが残されていた。空っぽのブリーフケースと、黒々と大きな字で書かれた「辞めます」のメモ。

こういう形で恩を返してきたというわけか。通常、ヤンは警戒すべき相手と信頼できる相手を見分ける目は確かなほうだ。しかも、カーリンは、今回のことがどれほど重要かわかっていたはずだ。こうなったいまでも、ヤンは、これはすべて何かの誤解ではないかという思いを捨てきれなかった。彼女とちゃんと話ができれば、すべて丸くおさまるはずだ、と。

しかし、例のリトアニア人からは電話がない。ということは、カーリンはまだ見つかっていないのだ。これによって自分自身と自分の人生がどうなるかを考えると、ヤンは胃が縮む思いだった。一時間ごとに、ノーマルな人生を取り戻すチャンスが遠のいていく。悠長に待っている時間はないのだ。そんなことぐらい、カーリンはわかっているだろうに。

コーヒーを入れてテレビのニュースをつけたが、集中できない。コンゲンス公園あたりへランニングに行こうか？　でも、ランニング用のウエアもシューズも持って来ていない。マガジンの男性用品売り場はすぐ角を回ったところだが、また買い物に出かける気にはなれなかった。さっき、着替え用のシャツと下着を買ってきたばかりなのだ。仕事で夜遅くなって家まで運転して帰るのが億劫なときには、よくそうしている。

アパートは自宅に比べたら棺桶のように狭苦しいスペースだが、ヤンは何となくここが気に入っていた。リフォームを担当したアシスタントのマリアンネが居心地のいい空間になるよう工夫してくれたのだ。いわば、学生下宿の豪華版といった設《しつら》え。古い肘掛け椅子には明るい色のラグがかぶせてあり、レトロ調のランプは蚤《のみ》の市で見つけたもの。七枚ある皿は揃いのセットではなくて、模様がばらばら。マグカップも、ひとつひとつぜんぶちがう柄。マリアンネはこういうことが好きで、「部屋には住む人なりの個性が必要ですよね」と言っていた。「そうでなければ、ホテルに泊ればいいんですから」

この場所が好きなのは、学生時代にルームメイトのクリスチャンと共同で借りていた小さなアパートを思い出すからかもしれない。あの頃は、まだ世の中が真新しく見えた。二人ともIT長者を夢見ていた。いまごろクリスチャンはどうしているだろう？　自分が知るかぎり、億万長者になる夢を実現したのは自分一人だけだ。

それにしても、最低の一日だった……。伸びをしたら、腰のすぐ上の手術跡が引きつれた。ヤンは反射的に傷跡を掻いた。リトアニア人め、何をしてるんだ？　カーリンも、いったい何を考えてるんだ？

そのとき、ドアホンが勢いよく鳴った。ヤンはマグカップをキッチンカウンターに置いて、応答ボタンを押した。

「はい？」

「インガです」

一瞬、どのインガか考えた……そうか、妻の母親だ。

「ああ、お義母さんですか」ヤンは愛想のいい声を作った。「どうぞ、どうぞ」

インガは金髪で、ほっそりした体型で、アンネとそっくりだ。今夜は鮮やかな配色のアフリカ風ノースリーブ・ドレスを着て、日焼けした腕に象牙のブレスレットを四、五本揺らしている。インガならではの着こなし。こういう服をさらりと普通に着てしまう人なのだ。

「アンネから、あなたがこっちにいると聞いたので、ちょっとお邪魔しようと思って」インガは言った。

「うれしい不意打ちですね、大歓迎ですよ」ヤンは言った。「コーヒーでもいかがですか？」

「いいえ、けっこうよ。あなたと話がしたくて来たの」

「おっと……！」ヤンはわざとふざけてみせた。「ぼく、何かいけないこと、しました？」

インガはヤンの軽口に乗ってこなかった。

「アンネがひどく動揺してるのよ」

「彼女がそう言ったんですか？」

「言うはずないでしょ。アンネはああいう子だもの。そんなこと、自分からは絶対に言わないわよ。でも、何かおかしいの。だから、あなたに聞きに来たわけ。アレクサンダーのことなの？」

心臓がバクバクしている。

「いえ、いえ。そっちのほうは問題ないですよ」

インガは真正面からヤンを見据えた。アンネの瞳ほど青くない、もう少し灰色がかった瞳だ。

「じゃ、何？　あなたたち二人、うまくいっていないの？」

笑顔が顔に貼りついている感じがした。この不自然さ、義母はお見通しに違いない。なんで、こううまくいかないのだろう？　義母はヤンにとって崇拝の対象だ。すばらしい女性だ。女性らしく、しかも強さを備えている。まさに、ケルのような男性が心から愛するにふさわしい女性だ。義母に気に入られたいと、ヤンはどれほど願っていたことか。

「ぼくはアンネを傷つけるようなことなんか誓ってしませんよ」ヤンは言った。

インガの眉がクイッと上がった。

「もちろん。それは、わかっているわ。でも、わたしが聞いているのは、そういうことではないの」

また不正解か。

頭の中にクイズのミニチュア司会者がいて解答をまちがえるたびにビッビ〜ッ！とブザーを鳴らされているような気がする。

「意味がわかりませんが……。ぼくたちは、ちゃんとやってますよ」

　インガがため息をつき、首を振った。

「わたしには、そうは思えないけど」義母は立ち上がり、しゃれたフリンジのついたバッグをノースリーブの肩にかけた。

「もうお帰りですか？」

「いても仕方がなさそうだから」またまた、訳のわからないままテストで答えをまちがったらしい。

「このこと、お義父さんとも話されたんですか？」思わずヤンの口から言葉が出た。

　今回も、インガは灰色がかった青い瞳でヤンをまっすぐ見据えた。そして、首を振った。イエスなのか、ノーなのか、ヤンにはよくわからなかった。義母はトーベクの別荘でこの件について義父と話しあってきたのだろうか？　あの温室で？　夜遅く、ワインと極上のチーズをたしなみながら、自分のことを？　自分とアンネのことを？　二人の結婚生活のことを？　順調にいっているのだろうか、と？　想像すると、胃が小さく硬いしこりになったような気がした。

「それじゃ。うまくやってちょうだい」インガはヤンの腕に一瞬手を置き、去っていった。その瞳には、まぎれもない憐れみの色が見えた。

　ヤンは窓辺に立ち、通りを去っていくインガを見つめた。後ろ姿だけなら、若い女性と言っても通用するかもしれない。この年齢になっても、インガははつらつとした優雅な足取りで、つま先をやや外へ開き気味にして歩く。いつだったか、インガが笑いながらヤンに話したものだ。自分は子どもの頃丸三年くらいバレエ漬けの日々を送った時期があって、結局ものにはならなかったが、「そのせいで、生涯このアヒルみたいな歩き方が身についたのよ」と。いまでも、インガは夜のダンスレッスンに通っている。

気がつくと、ヤンはわなわなと震えていた。落ち着け！　もうすぐリトアニア人から電話があるはずだ。カーリンを見つけたと言ってくるはずだ。まだ時間はある。だいじょうぶ、うまくいく……。

日付が変わる直前に電話が鳴った。しかし、ノキアではなかった。プライベート用の携帯電話にかけてきたのは、アンネだった。

「さっきまで、警察が来てたの」アンネの声は細くうわずっていた。「カーリンが殺された、って」

ドブロボルスキー一家はロシア系だが、ソビエト時代になってからではなく、一〇〇年以上も前からヴィリニュスに住んでいる。家長であるドブロボルスキー老は、いまでもズナメンスカヤ（ロシア正教聖母教会）の裏手に建つ木造の大邸宅に住んでいる。シギータもアルギルダスについて一度行ったことがあり、ポーチでロシア紅茶をごちそうになった。金の装飾がびっしりでほとんどガラスの部分が見えないような背の高いグラスにはいった紅茶が出てきた。

裏庭の門の前まで来たら急に決心が揺らいで、シギータは足を止めた。実際に来てみると、この塗装しなおしたばかりの美しい邸宅のどこかにミカスが閉じこめられているとは想像しにくかった。それに、銀色のポルシェ・カイエンも停まっていない。

万が一ドブロボルスキーがかかわっているとしても、ここではやらないだろう。生まれ育ったこの家で、教会のすぐ裏手で、木々の梢ごしに銀色の巨大なドーム屋根が見えるこんな場所で。金持ちになったとたんに古い木造の家を取り壊して現代的なレンガ作りの豪邸を建てる人間も多い中で、ドブロボルスキーは旧来の建物を丁寧に修復して住んでいる。繊細な彫刻の縁飾りが黄色く塗りなおされて日の光に輝き、手の込んだ造りの窓枠や鎧戸も同じようにペンキを塗りなおして修復された。裏庭にはいまでも井戸が残されているかもしれないが、それは単なる装飾にすぎず、家の内部に新品の贅沢なバスルームが三ヵ所もあることを、シギータは知っている。それも、ヤヌス建設とドブロボルスキー御大とのあいだで合意された条件の一つだった。

シギータがいつまでも立っているので、家人が気づいた。窓にかかった白いレースのカーテンが小さく揺れ、まもなく、黒っぽい髪の若い女性がポーチに姿を見せた。

「ドブロボルスカヤ夫人が、何かご用でしょうか、と申しております」強い訛《なまり》のあるリトアニア語だ。ほっそりとした少女っぽいからだつきの女性。白いTシャツにカルバン・クラインの黒いパンツをはいている。ロシアから来ている親戚だろうか。それとも、家事手伝いをしながらホームステイさせてもらっている留学生だろうか。あるいは、その両方かもしれない。

シギータは咳払いをしてから口を開いた。

「すみません、変なことをうかがいますけど、パヴェル・ドブロボルスキーさんはいまでも銀色のポルシェ・カイエンに乗っておられますか?」

「何かありましたのですか?」女性はシギータのギプスを見つめている。「事故? 彼はだいじょうぶです?」

「いいえ、事故ではないんです。そういうことではなくて……。あ、これは階段から落ちたんですけど」

「折れましたですか？」

「そうです」

「かわいそう。すぐ新しくなるといいね」女性はばつの悪そうな笑顔を見せた。「ごめんなさい、わたしのリトアニア語、あまり良くない。わたしはアンナで、パヴェルのフィアンセです。パヴェルをどうやって知ってますか？」

「わたし自身というより、わたしの上司が知っているんです。アルギルダス・ヤヌセーヴィチュスという人間です。ときどき、おたくの会社と共同で事業をさせていただくので。わたしはシギータと申します」

二人は握手をした。

「で、ポルシエですけど」シギータが言った。「いまでも乗っていますか？」

アンナがにっこり笑った。

「いまは売ろうとします。ゾウさんみたいに大きい、と言います。でも、誰もまだ買わない。欲しかったら、スーパー・オートのショールームで見れます。プシュ通りの。ここからたった二ブロックです」

ポルシエ・カイエンはスーパー・オートのショーウインドウの特等席に堂々とおさまっていた。鉄格子と強化ガラスに守られ、ナンバープレートをはずされて。価格表示を見ると、シギータでもほんの六年分の賃金さえ払えば晴れてこの車のオーナーになれるとわかった。アルギルダスが言ったとおりだ、とシギータはみじめな思いで納得した。ドブロボルスキーがミカスを連れ去ったという証拠は、どこにもない。

一縷《いちる》の望みが途絶えた。シギータは自分がどれほどその望みにすがっていたかを痛感した。ドブロボルスキーでなければならない、なぜならドブロボルスキーは自分の知っている人間であり、顔の見える相手であり、住んでいるところもわかっているから。ドブロボルスキーならば、ミカスを取り戻すことができる。

だが、ドブロボルスキーではなかった。


シギータは、自分の足ではないような足を動かして、いちばん近いトロリーバスの停留所へ向かった。バスに乗ろうと思ったわけではなく、条件反射でバス停まで行っただけだった。むかし、このあたりに住んでいたことがある。ドブロボルスキー邸と同じように木造の、ただし井戸を装飾ではなく実用として使っていた家の、屋根裏の二間を借りて住んでいた。三年のあいだ、シギータは毎日両手に一〇リットル入りのプラスチック容器を提《さ》げて狭い階段をのぼった。一つは大家のヨバイシエネ夫人が使う水、もう一つは自分用の水。風呂は、数ブロック離れた公共の浴場まで行かなくてはならない。だから、ふだんは濡らしたスポンジでからだをぬぐい、ヌヴォラというエアゾール式シャンプーを使った。それを髪にスプレーし、数分置いてから勢いよくブラッシングすると、シャンプーしたてのように髪がきれいになる。少なくとも、効能書きによれば。週に一度、シギータはヨバイシエネ夫人の小さな手回し式洗濯機を借りて洗濯をした。しかし、たいていは洗面所で手で洗った。タウラゲの家でやっていたのと同じように。

ヨバイシエネ夫人は、もう生きていないだろう。当時すでに九〇を超していたから。シギータは意識的にその家があったヴィーキント通りを避けた。そっちを通れば近道だが、見たくなかった。当時のことは思い出したくない。いまはミカス以外のことはどうでもいい。

パシリャイチャイのアパートに戻っても、何ひとつ変わっているわけではなかった。白くて、新しくて、空っぽで。シギータはブラインドを閉めて午後の日差しを遮り、服を着たままベッドに横になって、まもなく眠りに落ちた。

シギータが妊娠した年、タウラゲの冬は早くやってきた。一〇月末には初雪が降った。シギータの父親は、ブロニスラバス・トムクスが出て行ったあとを引き継いでアパートの管理人になったばかりだった。それは、要するに、シギータが母親を手伝ってアパート周辺の歩道の雪かきをしなければならないということを意味した。シギータは学校へ行く前に、母親は郵便局に出勤する前に。シギータの父親は例によって「ちょっと腰が……」と言って、手を出さなかった。そのくせ口だけは出したがり、面白おかしいことを言ってはシギータと母親の士気を鼓舞しようとした。

「こいつはロシアの秘密兵器だな」そう言って、シギータの父親は固く締まった雪を指さした。「シベリアからの直撃弾だ。しかし、こっちだって負けんぞ。おまえたちのような立派で力持ちの女たちがいるかぎりはな！」

雪かき中の歩道を通る人々に向かって、父親は冗談をまじえてシギータと母親を「独立の勇敢なる防衛隊」だと褒めちぎった。雪かきはますます耐えがたい作業となった。

少なくとも、早い冬の到来には、厚手のセーターを着ていてもとやかく言われずにすむというメリットはあった。シギータは体育の授業を毎回見学するようになった。そんなことを続けていれば、いずれ担任のベンディカイテ先生から校長に報告が行き、遠からず両親に連絡が来るであろうことはわかっていた。

タウラゲの小学校や中学校では性教育は何ひとつ行われなかったが、それでも八月に生理が来ず、九月にも生理が来なければ、シギータにもそれがどういうことを意味するかぐらいはわかった。わからなかったのは、だからどうすればいいのか、ということだった。町の中心の広場にある薬局で妊娠検査薬を買って調べてみるという手はあるが、レジを打っているラグツキエネ夫人は母親の同級生だ。それに、テストで結果がわかったとしても、そんなことに意味はない。何が起こっているかは、わかっていたのだから。

ダリウスには言わなかった。八月の末に、ダリウスはアメリカ留学に旅立った。アメリカに住んでいるおじさんの家で世話になって、一年間アメリカの高校に通うことになったのだ。お膳立てされた留学話は、おそらく、ダリウスの母親がシギータを自慢の息子の相手としてふさわしく思わなかったからだろう。シギータはダリウスに手紙を書いたが、からだの変調については触れなかった。シギータの母親は郵便局で働いている。タウラゲから発送されるすべての郵便物は、母親が仕分けている。そして、航空便の紙は中身が透けて見えるほど薄かった。

シギータはダリウスが恋しかった。恋しくて、恋しくて、乳房や下腹部がうずいた。ダリウスを求める気持ちも、懺悔のリストに入れられぬ秘めたる罪の一つとなった。どのみち、パウリウス神父に懺悔するつもりなど、なかったけれど。そのうちに、乳房の敏感さは単に行き場を失った恋情のせいではないことがわかった。けれども、「赤ちゃんができました」とか「あなたの赤ちゃんを産みます」などという言葉を手紙に書くことはできなかった。どうしても。

一二月初めの木曜の夜、シギータはできるだけたくさんの衣類を体育用のバッグに詰めこんだ。体育用のバッグというのは、スーツケースがしまってあるアパートの細長くて窓のない屋根裏倉庫には鍵がかかっていたし、ダリウス・イル・ジレノ通りをスーツケースを持って歩いたりしたら好奇の目を引くに決まっているからだ。誰かに止められるかもしれないし。木曜日というのも、理由があった。木曜日は母親がユリヤばあちゃんの家へ出かけて留守になる日で、それをいいことに父親は缶詰工場時代からの仕事仲間とカードゲームに興じる習慣だった。

シギータは置き手紙もしなかった。何と書けばいいか、考えつかなかったから。家を出るところを見ていたのは、弟のトマスだけだった。

「おねえちゃん、どこ行くの？」

「出かけるの」シギータは弟の顔を見ることさえできなかった。

「ママからぼくの世話をしなさいって言われてんでしょ？」

「トマス、あんたはもう一二歳なんだから、自分のことは自分でしなさい」

シギータはヴィリニュス行きの終バスに乗った。五時間近くかかってヴィリニュスに着いたのは、午前零時過ぎだった。夢に見た大都会は夜の眠りに沈んでいた。トロリーバスは動いていないし、タクシーに乗る金はない。シギータはバスの運転手に道を尋ね、ブーツで凍えそうに冷たい雪を踏みしめながら静まりかえった街路を歩きだした。

伯母は玄関に現れたシギータを見て驚愕した。思い出してもらえるまでに、シギータは二度も名前を言わなくてはならなかった。

「シギータ。いったい、こんなとこで何してるの？　お母さんからは何の連絡もなかったわよ？」

「伯母さんの家に来たかったの。お母さんには言ってないの」

ジョリータはシギータの母親より年上だが、若く見えた。肩に届くほど伸ばした髪はまだ黒々として、耳たぶには大きな金の輪が揺れていた。群青色《ぐんじょういろ》のキモノ風ガウンをはおって出てきたわりには、呼び鈴でたたき起された直後には見えなかった。背後の部屋には静かなジャズ音楽が流れ、タバコのにおいがした。

ジョリータ伯母が眉墨で描いた眉を上げた。

「あたしの家に来たかった、って？」

「そう」シギータは泣きだした。

「あんた、いったい……」

「助けて、伯母さん」シギータはしゃくり上げながら言った。「赤ちゃんができちゃったの」

「まあ、なんてことなの、シギータ」ジョリータ伯母はタバコのにおいのするシルクの胸にシギータを抱き寄せた。あの抱擁で、どれほど安堵したことか。

カーリンが死んだ。カーリンが死んだ。カーリンが死んだ。

言葉が頭の中でガンガン響いている。ニーナはキーレ通りにはいり、コペンハーゲンの方向へ車を走らせた。ここまで来れば、追われていないことはかなり確信できた。チービアケの村を抜ける林道を無我夢中で飛ばした最初の四、五キロは、一秒おきにバックミラーをチェックしたけれど。

カーリンは死んだ。ハンドルを握る両手に一層の力を込めながらニーナは考えた。グローブボックスにはいっていたジェリービーンズでべたべたのティッシュで手を拭こうとしたが、血はすでにかわいてしまい、手のひらや指先に薄いさび色のフィルムのようにこびりついて取れない。

突然、カーリンの頭蓋骨に触れたときの感触がよみがえった。モーテンの両親が毎年イースターに子どもたちに買ってきてくれるアルミホイルに包まれた大きくて豪華なイースターエッグみたい……いつも最後には床に落っことして割ってしまう……アルミホイルの下で殻がぐしゃっとつぶれて……カーリンの頭みたいに……。傷口を触診したとき、砕けた骨片のひとつひとつが頭皮の下で動くのがわかった。

カーリンは殺された。殴り殺された。誰かに死ぬまで殴られたのだ。

ニーナはハンドルを抱えるようにして吐き気をこらえた。どうしてカーリンを殺さなくちゃいけないの？　ニーナが知るかぎり、カーリンほど無害な人間はいないのに。母親のような包容力があって、温かいミルクと手作りパンをイメージさせるカーリン。とても安定した、とても安心できる存在だった。

ニーナは片手で目をこすった。どこまでも続く白いセンターラインに視線がつい吸い寄せられそうになる。ニーナは意志の力で視線を上げて前方を見据えた。

看護学校の学生だった頃、カーリンとニーナはいつも一緒だった。学校でも、パーティーでも、金曜の夜に遊びに行くときも。一見すると、あまり共通点のなさそうな取り合わせだったかもしれない。ニーナは小さくて痩せっぽちで、収容所に入れられたら衰弱して死んでいくタイプ。一方のカーリンは、ナチのプロパガンダ映画に出てきそうな健康美あふれるタイプ。背が高くて、金髪で、豊かなヒップと輝く肌。しかも、カーリンはほんとうにうらやましいくらい「ややこしくない」性格だった。断じて「まぬけ」という意味ではない。心根がまっすぐで、ものごとを楽しく受け止めることのできるすばらしい素質に恵まれていた。少なくとも、ニーナにはそういうふうに見えていた。だから、いつも一緒にいたのかもしれない。幸せの素質が自分にも少し伝染するようにと願って。容貌そのままの満ち足りた完璧な世界に生きている人と一緒にいたくて。

結果として、夫と子どもを得て家庭を築くという夢に手が届かなかったのがカーリンのほうだったという巡り合わせは、ニーナには理解しがたい謎だった。なぜか、男たちはカーリンから離れていった。熱望したわけでもないのに家族の夢を丸ごと手に入れたのは、ニーナのほうだった。そして、それが結局、二人のあいだを遠ざける原因となったのかもしれない。

ニーナが最初の子を出産したあと人道援助と称して世界各地を飛び回るようになった一方で、カーリンはブリュッセル在住のデンマーク人家庭に専属看護師として雇われ、その後、スイスにあるセレブ相手のおそらく目が飛び出るほど高額な治療費を取るクリニックで働くようになった。そんな合間に、互いがタイミングよくデンマークに戻っていたりすると会うこともあったが、ニーナとカーリンのあいだがしだいに疎遠になってきていることは明らかだった。

たとえば、ニーナがアントンを妊娠していたときのこと。臨月にはいり、もうすぐ産まれそうな時期に、ニーナとモーテンが引っ越したばかりのオスタブローの新しいアパートにカーリンが訪ねてきた。ドアを開けたニーナの姿を見た瞬間にカーリンの瞳に浮かんだ傷ついた色を、いまでもニーナははっきりとおぼえている。あれは、ニーナの人生で何もかもが絶妙に折り合っていた奇跡的な時期だった。人生で初めて、そしてたった一度だけ、ニーナが自分自身に対して心穏やかでいられた時期だった。

体重も二五キロ近く増え、丸みと安定感と柔らかさを増した肉体の変化を嬉しく感じていた時期だった。

カーリンは何も言わなかった。おめでとう、とさえ言わなかった。そのとき以来、電話をかけあうことも間遠くなっていった。そして四年後、あの不幸なクリスマス・パーティーで、二人はひさしぶりに顔を合わせた。あのとき、カーリンはすでにほろ酔い気分で、頭にキラキラ光るトナカイの角をつけていた。ニーナもかなり速いピッチで飲んで酔っぱらったが、カーリンがこれからずっとデンマークにいることになったと話していたのをおぼえている。すごくいい働き口が見つかったから、と。カールンボーの近く……じゃなかったっけ？　あと、何を話したっけ？

ニーナは顔をしかめ、あのときの場面をもっとよく思い出そうとした。テーブルに小さな手吹きのシュナップス・グラスが並んでいた。小さくて丸っこいサンタのキャンドルが並んでいた。生ビールの樽がたくさんあって、なぜか年越しパーティーに使うような紙吹雪もあった。

カーリンは、ふたたび個人家庭の住み込み看護師に戻ったと言っていた。ものすごい高給がもらえるのだ、と。あのときカーリンの目に奇妙な倦怠感が漂っていたのを、ニーナは急に思い出した。すでにシュナップスが相当回っていた。カーリンは両手でプラスチックのビールコップをくるくる回しながら喋っていた。月給の手取額まで、具体的に。しかも、家賃も払わなくていいのだ、と。看護師用にすばらしい居住スペースが用意してあって、湾の絶景が一望できるのだ、と。薄暗い照明の下でカーリンの額のしわが強調され、口もとの小さな縦じわが目立っていた。ニーナは初めてカーリンに対して嫌悪を抱いた。親友がまるで知らない人間になってしまったような気がした。パーティーの夜が更けるにつれ、ニーナの心の中でカーリンが選んだ道に対する軽蔑の思いが大きくなっていった。カーリンもニーナも、ぐでんぐでんに酔っていた。学生時代に二人でパーティーに出かけていた頃よりはるかにひどく泥酔していた。ニーナは疲れて、気分がくさくさして、何もかも面白くなかった。

おそらく、そのせいで、あんなことを言ってしまったのだろう。自分はいまだって世界を救うために奔走しているのだ、と。それに満足している、と。完璧な家族に恵まれ、完璧な夫がいて、余った時間に不幸な子どもや女性や役立たずの男たちの支援をがんばっているのだ、このろくでもない国が見向きもしない人々の支援を。

ネットワークのことも、カーリンに話した。

話の前半は嘘八百だが、言ってみるのは気分が良かった。後半は、本当のこと。事実、ニーナはネットワークのために多くの時間を割いていた。モーテンに言わせれば「多すぎる」時間を。きみはアドレナリンの快感が欲しくてやってるだけだろう、とモーテンは皮肉った。でも、それだけではなかったのだ。正直、世界を救う役に立ちたかった。そして、自分が無力ではないと実感したかった。

ニーナはふたたび目をぬぐい、アクセルを踏み込む力を少し緩めた。ここは高速道路ではない。高速で飛ばしているドライバーは自分だけではないけれど。男児は静かになった。助手席で膝を胸に引き寄せてうずくまり、車窓を飛ぶように過ぎていく原野や木蔭でうたた寝している馬たちのシルエットを大きな目で見つめている。

さっき、男児が泣き叫びながら口にした言葉を、ニーナは思い出そうとした。聞いたことのない言葉だった。「ママ」はすぐわかったけれど、それ以外は、ひとつの音も聞き取れなかった。ひとつも。全体の語調も、聞いたことのない感じだった。たぶん、どこか東欧の言葉なのだろう。男児の髪や肌の色から考えても。ただし、ロシアやポーランドではないと思う。Zの音が少なすぎるから。自分の貧弱な語学力がうらめしい。ニーナは片手で鼻すじをこすった。疲労困憊……何日も寝ていないような疲労感が襲ってくる。車の時計を見るにも、デジタル表示に目の焦点を合わせるのに苦労するほど疲れていた。

八時五八分。

モーテンと子どもたちは、いま頃どうしているだろう。イーダは自分の部屋できりのないコンピューターゲームに没頭しているだろう。アントンはベッドにはいって、寝る前のお話を読んでもらったところかな？　モーテンにそんな精神的余裕があればの話だが。腹立ちのあまり、お話どころではないかもしれない。モーテンは、こんなことに関わるな、と言わなかったっけ？　何て言ったっけ？　もう正確な言葉すら思い出せない。

帰っておいで、と言ったっけ？

たぶん、言わなかったと思う……。胸から腹にかけて、すうっと冷静さが広がった。

モーテンは、めったに怒らない。

ニーナにとって、モーテンは大きくて気のいい犬のイメージだ。どれだけ耳をつまんでも、どれだけしっぽを引っぱっても、絶対に怒らない犬。こんな気だてのいい犬はいないと安心しきっていたら、ある日、ついに堪忍袋の緒を切らして、しつこい悪ガキの足をガブリと……。

そういうときには、ニーナも少しびびる。とくに、モーテンの場合、怒りが周囲全般に向けられるから。引き金となるのはたいていニーナの行為なのだが。ニーナと大げんかすると、モーテンはイーダやアントンに対してぶっきらぼうな口をきき、そっけない態度を取る。まるで二人の子どもがニーナの延長であるかのように。ニーナに関して腹に据えかねているあらゆることの延長であるかのように。アントンにきつくあたったり、イーダに子ども部屋のテレビを消せと命じたり。単にテレビがついているのが気に入らないというだけの理由で。

ニーナは想像した。いま頃、モーテンはひとりでソファに座ってノートパソコンを低いコーヒーテーブルに置き、いらいらしながらネットサーフィンをしているに違いない。求人広告、トレッキング用品、ボルネオやノボシビルスクへの格安旅行……。何でもいいから、とにかくニーナのいない人生をひととき夢見させてくれるサイトを。

車内には蒸し暑い空気がこもっていたが、ニーナは急に肌寒さを感じた。これからどうすればいいのだろう？　カーリンからは、これ以上もう何も聞き出すことはできない。これまでだって、ほとんど何も聞き出せていないけれど。

ニーナはファーロムで一六号線を下りて、ガソリンスタンドにはいった。こわばったからだをねじって男児を見ると、目を閉じて眠っていた。ぐったりと小動物のように丸くなって助手席のドアに背中を預けている。疲れはてたらしい。

あと数分で赤十字センターという地点まで来ていた。それで？　この子を「エレンズ・ハウス」に連れていって、ベビーブルーの子ども用ベッドに寝かしつけて、ベッドサイドに座って祈る？　駅にいた例の男に見つかりませんように、と？

あの男は、すでにカーリンを探し出した。そうに違いない。ニーナには確信に近いものがあった。カーリンを探し出して、殺したのだ。仕事を捨てて、湾を一望できるすばらしい居室も捨てて、北の海岸の小さな別荘に身を隠そうとしたカーリンを。

ニーナが車から降りても、男児はぴくりとも動かなかった。ニーナは男児が目をさまさないよう車のドアをそっと閉め、レンタル用トレーラーが並ぶ横をすりぬけて売店へ向かった。店の入口には紫色の袋にはいった焚き付け用の薪がうずたかく積み上げてあり、反対側にはフロントガラスに貼りついた虫の死骸除去に効果抜群と謳ったウォッシャー液が巨大な金属製のかごに山盛り売られている。いまのニーナには、こういう品物に心を向ける人間がいること自体、ありえない不条理のように感じられた。

カウンターで店番をしていたのは、この仕事にはまだ若すぎる少年だった。少年は店にはいってきたニーナに、夜間の店番特有の警戒の眼差しを向けた。ヤバいヤツか？　こいつが銃を突きつけてレジを開けろって言うんだろうか？　ニーナが女性だと気づくと、店員の警戒レベルは一気に下がった。ニーナは相手をもっと安心させるために愛想良くにっこりしようとしたが、口が開いただけで笑顔にはならなかった。

まずい、手に血がついたままだった……Tシャツにもついてるかも……。チェックしてみることさえ思いつかなかった。頭がぜんぜん働いていない。ニーナは両手をポケットにつっこんで、電話を貸してください、と頼んだ。ついでにトイレもいいですか？

店員は親切に店の奥の小さなラウンジ風スペースへ通してくれた。ニーナはまずトイレにはいり、ディスペンサーから香りのきつすぎる液体石鹸を押し出して、爪のあいだや関節のしわのあいだまで丹念に赤さび色の染みを洗い落とした。Tシャツには奇跡的に血が付いていてなかった。エアドライヤーで手を乾かす時間を惜しんで、濡れた手をジーンズで拭いた。

次は電話だ。

ニーナは北部シェラン警察の番号をダイヤルした。電話の横の掲示板に、地元のタクシー会社、自動車修理サービス、救急救命センターなどの電話番号と並んで、警察の電話番号が出ていたのだ。しかし、小さな音がして電話がつながった瞬間、ニーナはカウンターの上のモニター画面に映っている自分の姿に気がついた。

「北部シェラン警察です」

ニーナはその場に立ちつくしていた。疲れた頭が決断できなくて迷っている。いまの時代、本当の意味での匿名電話などありえないのだ。

「もしもし？　こちら、北部シェラン警察です。どうしました？」

どうしました、と言われても……。ニーナは電話を切った。いまとなっては、もう、カーリンのためにしてやれることは何もない。いまは男児のことに集中するしかない。

男児は動いていなかった。車を離れたときと同じように、ドアにもたれて丸くなっている。後部座席に寝かしてやったほうが楽だろうかとも考えたが、追われている、見られている、という感覚がふたたび襲ってきた。ニーナはフィアットを発進させ、フレデリクスボー通りにはいった。少なくとも、頭はさっきよりはっきりしている。これなら、なんとかまともに考えられそうだ。ニーナはヴェアリョーセから高速にはいり、蒸し暑い夏の夜を首都へ向かう車の流れに乗った。ひとつだけ、はっきりしていることがある。この男児がどこから来たのか、謎を解く手がかりは男児以外にないということ。

電話の音で目がさめた。ダリウスからだった。

「シギータ、ふざけんなよ、警察なんかよこしやがって！」

「うそ……なんで……わたし、あのあとまた警察に行って、あなたじゃなかったって言ったのよ？　あなたが連れ出したんじゃなかった、って」

「そんなら、なんでさっきまで警察から礼儀もろくに知らないような連中が二人来てたのか、説明してもらいたいね。家じゅう、ひっくり返しやがって！」

本気で怒っているのが声の調子からわかった。でも、シギータは満足だった。グージャスは本当に仕事をしているんだ。ボールペンカチカチのグージャス刑事が、デュッセルドルフの警察に照会をかけたのだ。ダリウスはいまデュッセルドルフに住んでいる。

「ダリウス、警察も一応確認しなくちゃならないのよ。親が離婚してる場合には、まずそっちを疑うのが順番だから」

「まだ離婚してないぞ」

「じゃ、別居でも」

「俺がミカスを連れ出すなんて、本気で思ったのか？」

シギータはサマーコートを着た女のことやマゼキエネ夫人が思い違いをした経緯を

説明しようとしたが、ダリウスはカンカンで聞く耳を持たなかった。

「いいか、シギータ、いいかげんにしないと本気で怒るぞ！」

カチッと音がして、電話が切れた。

頭がぼんやりしたまま、シギータはしばらくベッドに座っていた。眠ったのは、ほんの一時間たらず。まだ午後の日が差していた。そして、まだ頭痛が続いていた。シギータはバルコニーのドアを開けた。部屋に新鮮な空気を入れようと思って。何より、自分の頭に新鮮な空気を入れたくて。

隣のマゼキエネ夫人が、トマトとアジサイがジャングルのように育った自宅のバルコニーに座っていた。このときを待ち構えていたのだろうか。

「あら、帰ってきたの？　何か知らせは？」

「何も……」

「さっき警察の人が来たのよ。供述を取らせてください、って！」マゼキエネ夫人は誇らしげに言った。

「何を供述したんですか？」

「若い男女の二人組のこととか、車のこととか。それと……その……あなたのことも聞かれたわ」

「でしょうね」

「ほかに男友だちはいるのか、とか。だって、あなた、また独り身に戻ったしね」

「で、何を喋ったんですか？」

「喋るなんて、とんでもない。あたしゃ、よそ様の噂話をするような人間じゃありませんよ。このアパートじゃ、みんな他人のことはとやこう申しません、って言っといたわ」

「わたしに男友だちなんかいないこと、わかってるじゃありませんか。どうして、そう言わなかったんですか？」

「あら、あたしが知るはずないじゃないの、そんなこと。おたくを監視してるわけじゃなし。あたしはのぞきの趣味なんかありませんからね！」

「ええ、もちろん、それはわかっていますけど」シギータはため息をついた。

マゼキエネ夫人はバルコニーの手すりから身を乗り出すようにして言った。「ツェペリナイを作ったんだけど、少しいかが？」

もちもちした薄黄色のジャガイモの団子を思い浮かべただけで、また吐き気が上がってきた。

「せっかくですが、いまはけっこうですので……」

「心が悲しくても、おなかのことを忘れちゃだめよ」マゼキエネ夫人が言った。「うちの母さんが、いつもそう言ってたものよ。母さんの魂に平安あれ」

心が悲しい、なんてもんじゃない。悲しいどころか、真っ暗だ。真っ暗な闇がふたたび襲ってきた。シギータはマゼキエネ夫人の善意の押し売りをがまんできなくなった。

「ごめんなさい、わたしちょっと……」

シギータはバルコニーのドアも閉めずにアパートの中へ逃げ帰った。襲ってきたのは吐き気ではなく、涙だった。はらわたを絞り出すような長く痛ましい声を上げて、シギータは号泣した。洗面所にもたれて、折れていないほうの手でからだを支えて、ほんとうに嘔吐するような姿勢で、シギータは泣いた。

しばらくして、ようやく息ができるようになった。バルコニーの絶好の位置からマゼキエネ夫人が注視していることは、わかっていた。「さあ、さあ……、さあ、もう……」とくりかえす小さな声が、ずっと聞こえていたから。老女がリモコンで慰めようとしているような声が。

「こんなつらいことはないわねえ……」嗚咽がややおさまったタイミングでマゼキエネ夫人が言った。「子どもを亡くすほどつらいことはないからねえ……」

シギータは牛追い棒で突かれた牛のようにパッと頭を上げた。

「亡くしてなんかいません！」シギータは怒ってそう言い返し、大股で歩いていってバルコニーのドアを力いっぱい閉めた。ガラスが震えた。

けれども、二重の嘘はシギータをナイフのように切り裂いた。

ジョリータ伯母はヴィリニュス大学で働いていた。数学科の秘書として勤めていたが、実際にはジェミースという名の教授の個人秘書のようなものだった。シギータの母親とジョリータ伯母が口もきかなくなった理由は、比較的すぐに判明した。毎週月曜と木曜、教授はジョリータ伯母の家を訪ねてきた。シギータが田舎から出てきた木曜日、ジョリータ伯母は帰っていく教授に玄関先でキスをして見送った直後だったのだ。タバコのにおいは、教授の残り香だった。

最初、シギータは、なぜこの程度のことがこれほどショックなのか、自分でもわからなかった。ジョリータ伯母は独身なのだから何をしようと勝手だし、ここはタウラゲとは違う。教授には妻がいるが、それは教授の側の問題だ。

結局、この件がこれほどショックだったのは、話があまりにけちくさいからだ、とシギータは結論づけた。ジョリータ伯母については、昔から、何かとんでもないことをしたのだと母に聞かされていた。寛大なるカトリックの慈悲をもってしてもとうてい許しがたいことをしたのだ、と。ジョリータ伯母は罪深いことをした……けれど、何がどう罪深いのか、シギータに説明してくれる人は誰もいなかった。たぶん伯母さんはお酒で酔っぱらった男たちが見ている前でテーブルに上がってダンスを踊るというようなことをしたのだろう、とシギータは子どもごころに思っていた。どこからそんな奇妙な情景が思い浮かんだのか、自分でもわからなかった。たぶん、映画か何かで見たのだろう。

そしていま、本当のことがわかってみれば、なんともありきたりでつまらない話だった。毎週月曜と、木曜。あごひげを生やした猫背の男。一五歳以上も年上の男。ジョリータ伯母が気をつけてやらなければ毎回必ず眼鏡だの何だの忘れていきそうになる男。伯母は、ほとんど夫婦同然の歳月を過ごしてきた。かつての情熱は、もう遠い昔のことになった。

タウラゲの町で後ろ指をさされながら生きるのがいやで、シギータはヴィリニュスに逃げてきた。他人の詮索や噂話から解放されたくて。道徳をふりかざす教会の偏見から逃れたくて。田舎くさいありとあらゆることから逃れたくて。九歳や一〇歳の頃から、シギータはひそかにジョリータ伯母の勇気ある生き方を崇拝していた。伯母こそは、自分が夢見るありとあらゆることをやってのけた人だと思っていた。古いしがらみを振り切って、自分の思うように自立して生きている人だと思っていた。想像もできないくらい遠くの大都会で。だからこそ、シギータはジョリータ伯母を頼って都会へ出てきたのだった。伯母さんなら理解してくれるだろうと思って。自分たち二人はきっと反逆と自由の精神を持った似た者同士に違いない、と信じて。ジョリータ伯母が何も聞かずに自分を抱きしめて家に入れてくれたとき、やはり自分の夢見ていたことは正しかったのだと思った。

けれども、毎週月曜と木曜、ジョリータ伯母はそわそわと落ち着かなくなった。アパートを掃除し、ワインを用意し、シギータに向かってばつが悪そうにどこかへ出かけていてほしい、夕方五時から早くとも午前零時までは帰ってこないでほしい、と言った。一五歳で男に孕《はら》まされたような愚かな田舎出の姪っ子が教授の目に触れたら大恥だから、と。シギータがなかなか出かけないでぐずぐずしていると、ジョリータ伯母は見苦しいほど焦りはじめ、しまいにはシギータに金を持たせて、どこかで食事して映画でも見ておいで、そしたら楽しいでしょう?と言った。汗で湿ったくしゃくしゃの札をシギータの手に押しこみながら、ジョリータ伯母はほとんど追い出すようにシギータを送り出した。その冬、シギータはたくさん映画を見た。

ジョリータ伯母は自由でもなければ自立もしていないということが、シギータにもわかってきた。たしかに、伯母は教授と寝るという手段で仕事を得たわけではない。仕事が先にあって、教授とはそのあとで始まったことだ。しかし、それは一七年も前の話。いまでは記憶のかなただ。もし教授が地位を失うことになれば、ジョリータ伯母も当然職を失うことになる。大学においても、ほかの多くの組織と同様、国の独立はバラ色の歓喜や愛国賛歌だけではすまなかった。最小限しかない財源に誰も彼もが取り分を求めてハイエナのごとく群がった。ジョリータ伯母の人生すべてが、地位も俸給もアパートも、教授という細いクモの糸にぶら下がっているようなものだった。

月曜と、木曜。

ジョリータ伯母は、シギータに学校へ行けとは言わなかった。

「来年になったら行けばいいでしょ、ぜんぶすんだあとで」伯母はコーヒーポットを揺すって残りの量を測りながら言った。「もう一杯、どう？」

「いいえ、もういいです」シギータはコーヒーどころではなかった。台所の木の椅子は、ぐらぐら揺れる。おなかが大きくせり出してきたシギータは、足を開かないと座れなくなっていた。「でも、伯母さん、そしたらこんどは赤ちゃんがいるでしょう？」

ジョリータ伯母はコーヒーポットを武器のように顔の前にかざしたまま、しばらく固まっていた。そして、真剣な眼差しで言った。

「シギータ。あんた、頭のいい子だからわかってると思うけど……。赤ちゃんを手もとに置くことなんか、考えていないわよね？」

クリニックはジヴェリーナス地区の古い大きな屋敷を改造して最近できたばかりの施設だった。塗りたてのペンキと新しいリノリウムのにおいがした。待合室の椅子はぴかぴかの新品で、まだビニールカバーがかかったままのところもあった。シギータはその椅子のひとつにどっかり腰を下ろし、便秘に苦しむ乳牛のようにうずくまっていた。汗が背中を流れ落ち、派手な黄色のみっともないマタニティ・ドレスをぐっしより濡らした。ジョリータ伯母が大学で伝手《つて》を頼って手に入れたマタニティ・ドレスだった。最後の四週間、シギータの巨大化した腹を包める服はこれしかなかった。シギータは心の底からこの服を嫌悪した。

とにかく、あと少しで終わるから……陣痛が襲ってくるたびに、シギータはその思いにすがって耐えた。深いうなり声が口をついて漏れる。自分がケモノになったような気がした。ウシ……クジラ……ゾウ。なんで、こんなことになったのだろう？　シギータはテーブルの縁につかまって、教わった呼吸をやろうとした。息を吸って～、深く～、息を吐いて～、深く～。しかし、そんなのは何の役にも立たなかった。

「あああ～、あああ～、あああ～～～！」

いやだ、ケモノなんかになりたくない、わたしはシギータにもどりたいの！

ジョリータ伯母が小柄な赤毛の女性を連れて戻ってきた。薄緑色の制服を着ている。どうして白じゃないの？　壁のミント・グリーンとお揃いなの？

「ユリヤと言います」女性はそう言って手を差し出したが、シギータはテーブルにつかまっている手を放せなかった。ユリヤは差し出した手でシギータをなだめるように肩をポンポンとたたいた。「お部屋の用意ができていますよ。歩けるようだったら、そのほうが楽だと思いますけど」

「歩け……ま……す……」シギータはテーブルにつかまったまま、よいしょ、と立ち上がった。そして、ユリヤばあちゃんと同じ名前の看護師のあとについて、よたよた歩きはじめた。そのとき、ジョリータ伯母が一緒に来ないのに気づいて、シギータは立ち止まった。

ジョリータ伯母は両手を揉むようにして立っていた。文字どおり。細い指をした片方の手で、もう一方の手をさすっている。ガラスでも磨くように。

「だいじょうぶだからね、シギータ。またあとで戻ってくるわ」

シギータはその場で固まったまま動けなかった。ウソでしょ？　まさか、一人で産めなんて言わないわよね？　シギータは思わず伯母のほうへ手を伸ばしたが、助けを求めて手を伸ばしたことを数秒後には後悔していた。ジョリータ伯母はシギータの手が届かないところまで後ずさりした。

「そうだ、チョコレートを持ってきてあげるわ」ジョリータ伯母は不自然に明るい笑顔で言った。「それと、コーラも。気分が悪いときには、そういうのが効くのよ」そう言って、ジョリータ伯母は去っていった。足早に。ほとんど走るように。そのとき、シギータは気がついた。

その日は木曜だった。

ニーナはレーヴェントロウス通りにフィアットを停めた。片側にはヴェスタブロー沿いに古風なアパートが続き、反対側は堤防の上を走るティットゲンス通りを見上げる、狭い石畳の道だ。堤防の上では、人や車が流れたり滞ったりしながら騒々しく往来している。

ニーナがズボンを細い腰に引っぱり上げてはかせようとすると、男児はからだをねじって抵抗した。しかし、少し大きめのサンダルは気に入ったようだった。ぷくぷくの指先でマジックテープ式のストラップをつけたりはずしたりしている。ニーナはそっと男児の髪をなで、水のはいったペットボトルのキャップを開けて差し出した。

「アチュ」

男児はうれしそうにボトルを受け取り、不器用にがぶ飲みした。水があごを伝って新品のTシャツを濡らす。男児は黙ったまま手の甲で口もとをぬぐった。

そのしぐさがあまりに自然で日常的だったので、一瞬、ニーナは保育園で長い一日を過ごしたごくふつうの子どもを迎えにいって帰る途中のような気がした。ゆっくりと、ニーナはさっきの言葉をつぶやいてみた。アチュ。前にアイスクリームをあげたときにも、この言葉を言わなかったか？

ありがとう、という意味に違いない。

伏し目がちに小さくうなずくような男児のしぐさを、ニーナは見逃さなかった。ほとんどの子どもが自然に見せるしぐさだ。「ありがとう」は、子どもを多少なりとも礼儀正しく育てようと思う親ならば最初に教える言葉だ。偶然の一致ではない。二回とも、ニーナが男児に何かを与えた場面だった。あきらかに、そういう状況で使う言葉なのだ。だから、「ありがとう」に違いない。これで、親探しが多少は楽になった。「ママ」だけでは、世界共通すぎて手がかりにならない。

ニーナはドアを開けて車から降りた。歩道にも、建物のレンガ壁にも、まだ昼間の熱がこもっている。中央駅から大量に立ちのぼるディーゼルの煙が一呼吸ごとに鼻を刺す。かすかな風が吹いて、くしゃくしゃになったタバコのパッケージが歩道の縁石にそって転がり、石畳のあいだから生えている黄色い草にひっかかって止まった。

男児は不承不承に抱き上げられて車から降りたが、いったん外に出たら、自分で歩くと主張した。ニーナの腕に抱かれた男児はからだを突っ張り、頭と背中を反らせて無言の抵抗を続けた。ニーナが諦めて歩道に下ろしてやると、男児の眠そうな瞳に勝利のきらめきが宿ったように見えた。男児は新しいサンダルで歩道にストンと着地した。そして、ニーナと手をつないだ。そうするのが当たり前のように。この子はこうやって歩いていたのだ。誰かと手をつないで歩く日常を送っていたのだ。

ニーナは男児の手を引いてスタンペス通りを進んでいき、右に曲がってコルビョーンセンス通りからイーステッド通りへ向かった。チョウのようにはかない男児の手はずっとニーナの手を握りつづけている。二人はカカデュ・バーとサガ・ホテルの前をゆっくりと通り過ぎた。夏の夜は、まだかなりの人出がある。歩道に面したカフェのテラス席では、裸足にサンダルをつっかけた客がこの時刻になっても薄い夏のドレスやショートパンツといった軽装でビールやラテやコーラを口に運んでいる。

最初に目についた娼婦はアフリカ系の女たちだった。二人。どちらもがっしりした体つきをしている。ヒールの高いブーツ。引き締まった筋肉質の太ももにぴったり貼りついた派手な色のスカート。五メートルと離れずに立っているのに、二人は言葉を交わさない。一人は壁にもたれて、きつく閉じた口にタバコをくわえたまま、定期的にバッグの中をひっかきまわしている。もう一人は何もせず、ただその場に突っ立って、角を曲がってくる車を一台一台眺めている。

ニーナと男児に視線を向ける人間はいなかった。こうして手をつないで歩いている自分たちは、わりとあたりまえに見えるらしい。意外だった。たしかに、この年齢の子どもは普通ならベッドにはいっている時間で、外をうろつくには遅い時間かもしれないが、非難の眼差しを浴びるほどでもないらしい。ヴェスタブローにはコペンハーゲンの赤線地帯があるが、ふつうの世帯も数多く住んでいるし、小さな子どものいる家庭もある。トップレス・バーやポルノ・ショップと並んで最近は小洒落たカフェなども増え、この一帯は流行の街になりつつあった。

男児はやや足を引きずりぎみに歩いているが、つないだニーナの手が後ろに引っぱられることはなかった。少し先の建物の入り口あたりで二人の女が激しい言い合いをしている。二人ともブロンドで、足が細くて、痩せてやつれた顔が驚くほどそっくりだった。言い合いは唐突に始まったのと同じく唐突に終わった。すると、片方の女がハンドバッグに手を突っこんで缶ビールを出し、もう一人の女に手渡した。ニーナが立ち止まると、男児も素直にニーナの横に立ち止まった。ニーナは缶ビールを持った女が自分のほうへ視線を向けるのを待っていたが、女はニーナを無視して男児を見た。

「こんばんは、おちびちゃん」

ぶくぶくと泡を吹くような不明瞭な声で、井戸の底から話しかけてきているように聞こえた。男児が何の反応も見せず、ニーナがいつまでもそこに立っているので、女はようやく視線を上げてニーナを見た。困惑したように顔をしかめている。

「何？」

ニーナはひとつ深呼吸をして言った。「あの、ちょっと探してるんですけど……」

どう言えばいいのか。女の視線はもう他へさまよいはじめている。「東欧系の女の子を探してるんですけど、どこにいるか知りませんか？」

女は驚いたように、そして不審を抱いたように、薄いブルーの目を大きく見開いた。目を小刻みに動かし、口もとを緊張させている。どうやら、ありがたくない相手と思われたに違いない。タウンハウスに住み、安定した収入があり、夫にも恵まれてお高くとまっている女が自分たちのような人間を非難しにきたのだと思ったらしい。女性ジャーナリストか、娼婦に恨みを持つ人妻か、それとも、堕ちるところまで堕ちた女たちの世界を体験したがっている観光客と思われたか。いずれにしても、ヴェスタブローのナイトライフを案内してくれる気は毛頭ないらしい。女の目に敵意が光った。

「なんで、そんなこと聞くのさ？」

女は半歩前に出て距離を詰めてきた。女の吐く息がニーナとのあいだに重く漂う。真実……真実を喋るのがいちばんの早道だ、とニーナは考えた。とりあえず真実の一部だけでも。

「この子の母親を探してるの」ニーナは男児を抱き上げながら言った。

数秒のあいだ、女はぐらぐら揺れながら胸を突き出し、目をギロリと威嚇するように光らせて立っていたが、やがて母性本能への訴えにほだされたか、もう一口ビールをすると、前かがみになって男児をしげしげと見つめた。

「かわいそうにねえ、おちびちゃん」女は手を伸ばして、骨張った指で男児の頬に触れようとした。

男児はさっと頭を引いて女の指を避《よ》け、ニーナの肩口に顔を伏せた。缶ビールの女は顔をしかめ、連れを引きずるようにして危なっかしい足取りで行ってしまった。が、去りぎわにニーナの質問に答えた。

「この時間なら、どこにでもいるよ。スケルベク通りにもいるし、ハルム広場にもいる。ヘルゴランス通りにもいるかも。ったく、どこにだって、いやがるんだ。いつも張ってる場所を知らないと、夜じゅう探すことになるよ」

「どこの国から来た子たちなの？」

質問の声が女に届いたかどうか確信がなかったが、角を曲がって姿を消す直前に、女の連れのほうが振り向いた。

「白いのはほとんどがロシア人さ。ほかの国のもいるけど。あいつらのせいで、値が大崩れだよ。ったく、いい迷惑さ」

ドアブザーが嚙みつきそうな勢いで鳴り、シギータははっとして奇妙な空白状態から呼び戻された。眠っていたわけではない。眠れるほど心安らかではなかった。

「行方不明者捜索課のエヴァルダス・グージャスです。ちょっと、いいですか？」

シギータはエントランスの解錠ボタンを押した。心臓がバクバクしはじめて、一拍ごとに白いシャツの胸元が震えているのがわかる。ミカスが見つかったんだ、と思った。マリア様、お願いです、そうであってください。ミカスが見つかった、無事に見つかった、と……。

しかし、ドアを開けてグージャスと同僚刑事を迎え入れた瞬間に、二人がそのような朗報を持ってきたのでないことはわかった。それでも聞かずにはいられなかった。

「見つかったんですか？」

「いえ」グージャスが答えた。「まだ見つかってはいませんが、手がかりと思われる情報をつかんだので。こちらは同僚のマルティナス・ワリオニス刑事です。この件で話をしたところ、いくつかピンと来た点がある、ということで」

ワリオニス刑事はシギータと握手した。

「ちょっと座らせていただいてもよろしいですか？」

「はい、もちろん……どうぞ」シギータは礼儀正しく応じながら、そのあいだじゅう心の中で叫んでいた。早く本題にはいってよ！

ワリオニス刑事は白いソファに浅く腰掛けてブリーフケースをコーヒーテーブルに置き、無意識にテーブルの端とブリーフケースの端をきっちり揃えてから、クリアファイルを取り出した。

「ラモシュキエネさん、これから何枚か写真を見ていただきます。見おぼえのある顔があったら、おっしゃってください」

写真はきれいに写ったポートレート写真ではなく、あまり性能のよくないインクジェットプリンターで急いで印刷されたもののように見えた。ワリオニス刑事は写真を一枚ずつシギータに見せた。

「見たことありません」一枚目の写真を見てシギータは言った。二枚目の写真も知らない顔だった。

三枚目の写真は、チョコレートを持ってきた女の顔だった。

シギータは写真がくしゃくしゃになるほど強い力で握りしめた。

「この女です。この女がミカスをさらったんです」

ワリオニス刑事は満足そうにうなずいた。

「バルバラ・ウォロンスカという女です。ポーランド出身、一九七二年クラクフ生まれ。何年か前からリトアニアに住んでいたようで、表向きは警報システムや防犯システムを売る会社に勤めていることになっています」

「表向きじゃないところでは？」

「この女の名前が最初に上がってきたのは二年前で、ベルギー人のビジネスマンから、この女に恐喝されたという訴えがあったんです。どうやら、会社がこの女をクライアントの接待に使っていたようで。とくに、外国からヴィリニュスにやってきた外国人の接待に」

「売春婦なんですか？」想像してもみなかった。

「売春婦と呼ぶのは単純すぎるかもしれません。われわれは、いわゆるハニー・トラップというやつだと睨んでいます。病院用の目薬をやたら多く処方してもらっているようですし」

何の話なのか、さっぱりわからない。

「目薬？」

「そうです。本来は眼筋の緊張をやわらげる目的で使われる薬なんです、いろんな病気で。ところが、これをたとえば飲み物に入れて摂取したりすると、特殊な副作用が出るんです。短時間で意識不明や昏睡状態に陥るという……。パーティーに出かけたビジネスマンがホテルの部屋で目ざめたらロレックス〝オイスター〟から現金からクレジットカードから何から何まですっかりなくなっていた、というようなケースがけっこうあるんです。ただ、このウォロンスカという女とその背後にいる連中は、もう少し手の込んだ方法を編み出したようで、被害者が意識を失っているあいだにいわゆる恥ずかしい〝やらせ写真〟を撮っておいて強請《ゆす》るんです。そうやって、たとえばリトアニアの関係企業にとって非常においしい条件で輸出契約を結ばせる……。ただ、今回はこのベルギー人が強請《ゆすり》に屈しないで、写真をばらまくならばらまけと言って警察に通報したんです。ウォロンスカは〝やらせ写真〟を撮らせた女の一人です。もう一人、一二歳にもならないような少女も写っていましたが。被害者が警察に通報したがらないのも、無理はないですね」

一二歳にもならないような少女……シギータは頭の中からイメージを追い払おうとした。サマーコートを着たあのこぎれいでエレガントな女と同じ人物だとは、どうしても思えなかった。金を稼ぐために身を売るような女は、どこかにそういう素性が顕われるものではないのか？

シギータは印刷された写真を見つめた。よくある逮捕後の顔写真ではない。バルバラ・ウォロンスカはカメラに視線を向けていなかった。頭を少し左に傾けていて、そのせいで長い首すじがエレガントに見える。写真の画質は粗い。すごく大きく引き伸ばしたような……。それに、この顔……。奇妙な表情をしている。口が半開きで、目がうつろで……。そのとき突然、シギータは察した。写真には首から上しか写っていないが、このときウォロンスカは一糸まとわぬ姿だったに違いない、と。そして、これは〝やらせ写真〟の一部分を引き伸ばしたものなのだ、と。

「でも、どうして……どうして、この女がミカスをさらった犯人だと考えられるんですか？」

「二点あります」ワリオニス刑事が説明した。「一点は、そのベルギー人の血中アルコール濃度がとんでもない数字だったこと。しかし、本人は、愉快なウォロンスカ嬢とたった一杯のドリンクを楽しんだだけだ、と断言した。そこで、医師の診察を受けてもらったところ、ベルギー人の喉頭に挿管の際にできるのと同じ傷が見つかった。つまり、意識不明に陥っているあいだに、何者かによってチューブを突っこまれて胃に直接アルコールを入れられた、というわけです。被害者の意識や抵抗力を奪うには効果的な方法ですよ、命の危険を顧みなければ。急性アルコール中毒で死ぬケースもありますからね」

シギータが顔を上げた。

「だって……だって、それなら……」

エヴァルダス・グージャスがうなずいた。「そうです。誰もあなたの話を信じなかったのは、申し訳なかったと思います。いまとなっては、残念ながら、あなたのケースがこれと同じだったと証明することはできません。犯行時に受けた傷と、病院で挿管されたときにできた傷と、区別がつきませんから。しかし、わたしが事情聴取した範囲では、全員があなたのことをアルコールとは無縁のきちんとした人だと証言していますから……」その続きをグージャスは言わなかった。

それまでひたすら惨めだった気分が、いくらか晴れた。少なくとも、警察は自分の言っていることを信用してくれるようになった……。少なくとも、本気でミカスを捜索してくれようとしている……。

「それで……ミカスのことは？」

「ピンと来た点の二つ目なんですが、子どもが行方不明になった別のケースで、四人の容疑者の中にこのバルバラ・ウォロンスカがはいっていたんです」ワリオニス刑事はメモ帳をちらっと見て言った。

シギータの手が震えた。

「子ども、ですか？」

刑事がうなずいた。

「一ヵ月ちょっと前の話ですが、八歳の娘が行方不明になった、と母親が半狂乱で通報してきたんです。週二回ピアノのレッスンに通っていた音楽教室から帰るときに、知らない女が近所の者だと名乗って女の子を迎えに来たそうです。ピアノ教師は何も疑わなかったそうです。というのは、女の子の母親は看護師で、夜勤のときは母親以外の人間が迎えに来ることがよくあったんだそうです。残念ながらピアノ教師は女の顔をよくおぼえていなくて、これかもしれないという顔を四人まで絞り込むくらいしかできなかったんです」ワリオニスは、さっき見せた四枚の写真を人差し指でトントンとたたいた。

「その女はいまどこにいるんですか？」シギータは聞いた。「逮捕されていないんですか？」

「まだなんです、残念ながら」グージャスが言った。「勤務先の話では木曜日を最後に姿を見せていないということで、どうやら登録した住所にも三月から住んでいないようなんです」

「でも、どうして刑務所に入れられていないんですか？　これだけの犯罪をして、どうしていまだに外にいて他人の子どもをさらったりできるんですか？」

ワリオニス刑事は顔をしかめながら首を振った。

「両方とも、訴えが取り下げられたんですよ。ベルギー人のほうは急に帰国してしまって、そのあと弁護士から手紙が一通来たきりです。クライアントはすべての訴えを取り下げると言っている、と。看護師さんのほうも、突然手のひらを返したように、すべては誤解だったと言いはじめたんですよ。子どもは無事に家に帰ってきたから、と」

「それって、ちょっと変じゃないですか？」シギータは言った。

「ええ。われわれのほうでは、二件とも何らかの圧力があったに違いないと睨んでいます」エヴァルダス・グージャスは厳しい目つきでシギータを見ている。「そういうわけで、ラモシュキエネさん、もう一度お尋ねしますが、あなたに対してそういう圧力をかける理由のありそうな人間は思いあたりませんか？」

シギータは無表情のまま首を横に振った。ドブロボルスキーでなかったとしたら、それ以外に自分に圧力や脅しをかけようとする人間など想像できない。

「そういう場合は、何か言ってくるんでしょう？　わたしのところには何の接触もないんです」シギータは言った。

ふたたび無力感が襲ってきた。またも耐えがたいイメージが浮かんだ。どこかの地下室に閉じ込められたミカス。汚れたマットレスの上で泣いているミカス。怖がっているミカス。こんなの、とても耐えられない……無理……耐えられない……。

「どんなことでもいいので、犯人から接触があったら警察に連絡をください」グージャスが言った。「被害者全員が口を閉ざしてしまったら、警察としても犯人を検挙しようがないですから」

シギータは曖昧にうなずいたが、内心では、ミカスを取り戻すか警察に連絡するかの選択になったら警察に連絡なんかするはずないでしょ、と思っていた。

　ワリオニス刑事はカチリと音をたててブリーフケースを閉じた。二人の警官は立ち上がり、ワリオニス刑事がシギータに名刺を渡した。

「希望を捨てないでください」グージャス刑事がシギータと握手しながら言った。

「ユリヤ・バロニエネは娘を取り戻せたのですから」

　一瞬、心臓が発作を起こしたかと思った。

「いま、誰って言いました？」

「ユリヤ・バロニエネ。看護師さんです。知っている人ですか？」

　心臓が飛び上がり、ぶるぶる震えた。

「いえ、ぜんぜん知らない人です」


　シギータはバルコニーに立ち、二人の刑事が下の駐車場を横切って黒い車に乗り込み去って行くのを見ていた。右手が知らないうちに下腹部を押さえていた。肉体には消し去ることのできない記憶が刻まれている。

　初産についていろいろ聞いていたことと違って、シギータのお産は進行が速く、たいへんな難産になった。最初のうちは視界にはいる人間に向かって誰彼かまわず何とかしてくれと叫んでいたが、そのうち、めったやたらに絶叫するしかできなくなった。シギータは四時間も絶叫しつづけた。ユリヤの手にすがりついて。ユリヤは看護師で、どういうわけかおばあちゃんでもあった。ユリヤはずっとシギータについていてくれた。シギータにとって、ユリヤの手だけが自分と現実世界をつなぐ頼りだった。ユリヤの力強い手。ユリヤの声。ユリヤの顔。ユリヤの瞳は濃いプルーン色だった。ユリヤは諦めなかったし、シギータにも諦めさせなかった。

「がんばって！　これが終わるまで、がんばるしかないのよ！」

赤ん坊が出た瞬間、シギータは力尽きた。薄れていく意識の中で、何かが自分の外へ流れ出ていくのがわかった。何か、濡れて暗くて温かいものが。そして、あとには冷たい空虚な感覚だけが残った。

「シギータ……」

すでにユリヤの声は遠くにしか聞こえなかった。

「大出血しています！」ほかの看護師の声がした。「ドクターを呼んで！　早く！」

意識はどんどん遠くなり、シギータは冷たくて空虚で真っ暗な世界へ落ちていった。

意識が戻るまで、丸一昼夜近くかかった。シギータは窓のない狭い部屋に寝かされていて、天井には蛍光灯がついていた。その蛍光灯の光で目がさめた。まぶたはゴムマットのように重く、のどが痛かった。片方の腕はベッドの脇に縛りつけられていて、細い金属の棒に吊るした袋から液体が一滴また一滴と腕の静脈に落ちていた。

「気がついたの、シギータ？」

枕元にジョリータ伯母がいた。蛍光灯に照らされた肌は青白く、両目の下に濃いくまができていた。やつれた老婆のようだ、とシギータは思った。

「お水、飲む？」

シギータはうなずいた。声が出るかどうかわからなかったが、とにかく喋ってみた。

「ユリヤは？」

ジョリータ伯母は顔をしかめた。ペンシルで描いた左右の眉が真ん中でくっつきそうになった。

「おばあちゃんのこと？」

「ううん、べつのユリヤ」

「誰のことか、わからないわ。さ、飲みなさい。いまはとにかくしっかり休んで、からだを治して、うちに帰りましょうね」

その言葉がきっかけだった。ジョリータ伯母が「うち」という言葉を発した瞬間、シギータの頭の中で、乳房の奥で、子宮の底で、何か黒くて巨大なものが爆発した。

飛び散った破片があまりに鋭利で邪悪だったので、何かがそこで存在を主張しているような感じがした。実際には何かが欠けているせいだ、自分の中から何かが取り出されたせいでそう感じるのだ、と自分でもわかっていた。

「男の子だった？　女の子だった？」シギータは聞いた。

「考えないほうがいいわ」ジョリータ伯母が言った。「何もかも早く忘れちゃったほうがいいのよ。赤ん坊は幸せになるから。お金持ちの人にもらわれて」

シギータの鼻すじを涙が流れ落ちた。やけどしそうに熱く感じたのは、涙以外の何もかもが冷えきっていたからだ。

「お金持ちの人……」その言葉が真っ黒な怪物を追い払ってくれるかと思って、シギータは声に出してみた。

ジョリータ伯母がうなずいた。「デンマークの人なんだって」それが何か特別なことでもあるかのように、伯母の口調は明るかった。

真っ黒な怪物は消えなかった。

二日後、シギータは灰色のスウェットシャツと何ヵ月もはけなかったジーンズを身に着けてベッド脇に立っていた。立っているだけで疲れるが、座るのはとても無理だし、ベッドから下りるだけで激痛だったので、もういちどベッドに戻る気にもなれなかった。ようやくジョリータ伯母が戻ってきた。白衣を着た金髪の女性と一緒だった。シギータが初めて見る顔だった。

「それじゃ、さようなら、シギータ。元気でね」白衣の女性が手を差し出した。見も知らぬ人から「シギータ」と名前で呼ばれるのは変な感じがしたが、シギータはぎこちなくうなずいて握手を返した。女性はジョリータ伯母に茶封筒を手渡した。

「入院が延長になったぶんを差し引いてあります」女性が言った。「普通ですと、みなさん、一日で退院していくので」

ジョリータ伯母はぼんやりうなずいた。そして茶封筒を開けて中をのぞき、ふたたび封筒を閉じた。

「ここにサインをいただきたいのですが」

ジョリータ伯母がペンを持った。

「それって、わたしがサインするんじゃないの？」シギータが言った。

ジョリータ伯母が躊躇した。「そうしたいなら……。わたしのサインでも構わないと思うけど……」

シギータは書類を見た。養子縁組書ではなかった。領収証だった。「生薬用の各種薬草代金として」とある。金額は一四、四二六リタス。

養子縁組じゃないんだ。突然、氷のように冷徹な認識が襲ってきた。

これは売り買いなのだ。知らない人がお金でわたしの子を買った。そして、これがわたしの取り分なのだ、と。

「せめて、赤ん坊を見せてもらえませんか？　子どもを引き取る人に会わせてもらえませんか？」硬く張った乳房がうずいた。ユリヤがきつい伸縮包帯をくれて、少なくとも一週間はそれを胸に巻いておくように、と言った。乳の出を止めるために。白衣の女性は首を横に振った。「もう、きのう帰られました。経験上、それが双方にとっていちばんいいんですよ」

真っ黒な怪物がシギータの中でぞろりと動き、からだの内側を喰い進んでいって、血管に流れ込んだ。肌の下に冷たいものを感じた。もう取り返しがつかないのだ。残っているのはお金だけ。シギータはジョリータ伯母に向かって手を突き出した。

「それ、こっちに渡して」

「シギータ……」伯母は混乱した表情でシギータを見た。「何なの、まるでわたしが盗ろうとしてるみたいな言い方して……」

シギータは手を出したまま待った。ジョリータ伯母はシギータに封筒を渡した。札束が詰まった分厚くて重い封筒だった。シギータは片手に封筒を握りしめたまま、玄関に向かってよたよたと歩きだした。一歩ごとに縫合した傷跡が痛んだ。

「シギータ、待って」伯母の声がした。「領収証は？」

「サインしといて」シギータは肩越しに振り返って言った。「どっちみち、あんたが思いついたことでしょ」

ジョリータ伯母は急いでサインをし、白衣の女性に挨拶した。シギータはかまわず歩きつづけた。廊下を通り、待合室を通り、玄関から外へ。

雨に濡れた歩道に出たところでジョリータ伯母が追いついてきた。

「タクシーに乗りましょう。うちに帰りましょ、ね？」

シギータは足を止めた。そして振り返り、新たに自分のものとなった冷淡さのすべてを込めて言い放った。「あんたが帰れば？　わたしはホテルへ行く。あんたの顔なんか、二度と見たくないから」


ヴィリニュスの電話帳には「バロニエネ」の名前が四人載っていた。シギータは四人すべてに電話をかけてユリヤはいないかと尋ねたが、収穫はなかった。そのあと、もしかしたら夫の名前しか載せていないのかもしれないと考えて、「バロナス」を調べた。八件の掲載があった。二人は電話に出ず、一人は留守電だったがユリヤという名前の言及はなく、二人が電話に出たがユリヤという名前の人間はいないと答えた。六番目にかけた電話には女性が出て、用心深い声で「もしもし？」と言った。

シギータは耳をすましたが、聞きおぼえのある声かどうか、よくわからなかった。

「ユリヤさんですか？」

「そうですが、どちら様ですか？」

「シギータ・ラモシュキエネです。あの、少し……」

いきなり電話が切られた。

ユッァスは海岸まで一気に車を走らせた。あたりはもう暗く、人影はない。背後にはマツの木立ちが暗い壁のように続いている。ユッァスはブリーフだけを残して服を脱いだ。足の裏で踏む砂はまだ温かく、水も生ぬるくて遠浅で、泳げる深さのところまで行くのに一〇〇メートル近くも進まなくてはならなかった。

打ち寄せる波も、引く波も、ほとんどない。凪ぎわたったぬるい海水にはユッァスが求める強烈な刺激はなかった。どこかにあるはずだ……もっと沖まで行けばあるはずだ。冷たい水が。沖へぐいぐい引いていく底流が。強い力が。自分より強い何かに出会うまで沖に向かって泳ぎつづけようかと、かなり本気で考えた。

バルバラがホテルで待っている。詳しいことは話してない。ただ、カネが手にはいる前に例のデンマーク人にちょっと手を貸してやらなければならない用事ができた、とだけ。

これでもうクラクフの夢は消えたな、と思った。ユッァスは激しく水を掻いて泳いだ。ようやく筋肉が少し燃えはじめた。頭の中には、いまでも笑顔で食卓を囲む家族の情景が見える。母親と、父親と、二人の子ども。だが大きな茶色いネズミどもが寄ってたかって家をかじりはじめていて、楽しい光景が一かじりごとに消えていこうとしている。ネズミの一匹がいちばん小さい子どもの足をかじりはじめた。だが、子どもも両親もあいかわらずにこにこ笑っている。

突然、ユツァスは水を掻くのをやめて立ち泳ぎに変えた。あのネズミどもがどこから来たのか、自分にはわかっている。あいつらがあわてて逃げていく光景をいまでもおぼえている。ランタンを持って家畜小屋にはいっていったとき。ばあちゃんが床に倒れていた。飼料箱のすぐそばに。なんでばあちゃんが死んだのか、誰も説明してくれなかった。けど、ばあちゃんは死んでいた。七歳のガキにだって、それくらいはわかった。ネズミどもにも、わかっていたらしい。

ようやく足が立たないほど深いところまで来たが、ユツァスはきれいなストロークで岸に向かって戻りはじめた。ネズミどもに負けてなるものか。まだ打つ手がなくなったわけではない。

服はどうしようか。ユツァスは考えたあげく、シャツの袖を車のガソリンタンクに浸して、海岸で小さなたき火を燃やした。DNAだの繊維鑑定だの詳しくは知らないが、燃やしてしまえばたいていの問題は消えちまうだろう。

ケチのつきはじめは、あの女だ。駅で見た痩せっぽちでクルーカットのガキ女じゃなかった。バルバラみたいな金髪で、バルバラよりもっとでかい乳をした女だった。ガキ女のほうなら話は簡単だったのに。

だが、ブロンド女は俺を見たとたんに逃げようとした。何もなけりゃ、逃げようとするはずがない。追いかけて、つかまえて、反射的に女の腕や足を何発か殴った。逃げようという気をなくさせるために。女は死ぬほど怖がっていた。俺の知らない言葉でべらべら喋りやがった。たぶんデンマーク語だろう。そのうちに、俺に通じてないことに気づいたらしい。こんどは英語で喋りだした。あなたは誰？　何をしにきたの？　でも、女の目つきから、何もかも承知だってことはすぐにわかった。震えあがって小便をちびりやがった。黄色い小便が片方の足を伝って流れ落ちて、白いドレスの真ん中が染みになった。

なんで素直に喋らないんだ、バカ女め。何を考えてるんだ？　「ノー」と言いつづけりゃ、そのうち俺がすみませんお邪魔しましたと言って帰っていくとでも思ったのか？

どんなヤツでも、いずれは吐く。逃げようとするヤツもいれば、大声で助けてくださいと絶叫するヤツもいる。抵抗もせず諦めるヤツもいる。でも、どんなヤツも、いずれは吐く。身を守っているものをはぎ取っちまえば。しゃれた服だとか、りっぱな家だとか。礼儀作法だとか、糊のきいたカーテンだとか。名前とか、肩書きとか、権力や安全の幻想とか。どいつもみんな、こんなことが自分の身に起こるはずがない、と思いたがる。そうじゃないんだよ、これは現実におまえさんの身に起こってることさ、誰にでも起こりうることが、いま、おまえさんの身に起こってるんだよ――要は、それをわからせてやることだ。嘘だ、ありえない、という気持ちさえなくなれば、あとはナマの現実を見るしかない。俺の要求に応じないかぎり終わりはないんだ、と。

あれほどびびってたくせに、あの金髪のデンマーク女め、なかなかそういう素直な気持ちにならなかった。リトアニア人なら、もっと簡単に落ちるのに。たぶん、この国じゃ安全に対する確信みたいなものの皮が分厚いんだろう。チボリ公園の池の魚が分厚い脂肪を着てやがったように。それをはぎ取るのに、思いのほか時間がかかった。だが、最後には、あの女も俺が聞きたがってることを喋ろうという気になりはじめたようだった。

カネはどうした、と俺は聞いた。元に戻しました、と女は言った。ヤンが持っています、と。何度責めても、そう言いつづけた。だから、たぶん本当のことを言っていたのだろう。

そのあと、ガキはどうした、と俺は聞いた。ガキを取りに来た女は誰なんだ、と。ガキはいまどこにいる、誰がかくまっているのか、と。

あのブロンド女の柔らかい肉の下にある抵抗の壁にブチ当たったのは、そのときだった。女はどうしても口を割ろうとしなかった。自分は知らない、と嘘をつきやがった。

た。そのときだ、俺の怒りが爆発したのは。

俺はしばらく女のそばから離れることにした。制御不能になりそうで。実際、もう制御不能になってたかもしれない。何分か、外のポーチに出て呼吸を整えようとした。蚊どもが極小のエンジンをやたらチューンナップしたみたいな音で飛び回りやがって、うっとうしいったらなかった。芝生の向こうの茂みの下から小さな灰色のトラ猫が出てきた。こっちへ来かけたが、途中で止まって、何か尋ねるような妙な声色で鳴いた。が、何か普通じゃないのを感じ取ったらしい。それ以上は近づいてこずに、すぐに茂みの下に逃げ込んで見えなくなった。

家の中に戻ってみると、女は自力でベッドに這い上がっていた。むせたような、泡を吹いているような、おかしな音で呼吸していた。俺が部屋にはいっていっても反応しなかった。

「ニ……ナ……」女がのどをゴボゴボさせながらつぶやいた。「ニ……ナ……」

それがさっきの質問に対する答えなのか、それともただ助けを求めて誰かの名前を呼んでいるのか、それさえはっきりしなかったが、ベッド脇のナイトテーブルに置いてあった携帯をチェックしたら「ニーナ」の名前があった。俺は電話番号と苗字を書きとめてから、携帯をベッドの上に放った。

「ニ……ナ……」もう一度、女は言った。

俺がすぐ近くにいることも、もうわからないようだった。頭の下にできた血だまりがどんどん大きくなっていくのが見えた。

火は消えかけている。ユッァスは残り火に足で砂をかけたが、考えなおして、たき火のあとをきちんと埋めることにした。運が良けりゃ、発見されずにすむだろう。そのあと、ユッァスは車に積んであったバッグからきれいに洗ったシャツを出して着た。

頭をはっきりさせて、いまの状況をよく考えないといけない。現在のところ、カネの所在はわからない。ブロンド女はデンマーク野郎に返したと言った。デンマーク野郎はブロンド女が持っていると言う。ユッァスはデンマーク野郎よりブロンドのほうが信用できると思った。

で、ガキは？　たぶん、のどをゴボゴボさせながら言っていた「ニ……ナ……」というのが答えなのだろう。きっと、あの女はニーナという名前なのだ。黒っぽい髪をしたガキ女。駅でこっちを見てやがった、あの女。あの女がガキを連れて逃げているとしたら？　それでデンマーク野郎が急にカネを払うのを渋りだしたとしたら？　あの取引額では、カネを渡す前にブツの引き渡しを要求するのも当然といえば当然だが。

きちんと服を着たあと、ユッアスはバルバラに電話した。コペンハーゲンの街を出る前に、バルバラをホテルにチェックインさせてあった。また余計な出費がかかったが、バルバラを連れてくるわけにはいかなかった。

「部屋に電話帳はあるか？」

あるわよ、とバルバラが答えた。

「住所を探してほしいんだ。番号案内に電話するんじゃないぞ。それと、交換手にも聞いちゃだめだ。わかったか？」

「あなた、いつ戻ってくるの？」バルバラの声は不安そうだった。

「すぐに戻る。とにかく言うとおりにしてくれ。だいじなことなんだ」

「ええ。わかったわ。それで、何を探せばいいの？」

「電話帳で探してほしい名前がある。〝ニーナ・ボーウ〟が出てるかどうか、見てくれ」

ヘルゴランス通り。

道は狭くて、閉じ込められたような圧迫感があった。片側には新しく改装したホテル・アクセルが正面入口の上に大きな金色のトンボをつけて白く輝いている。ヴェスタブローで娼婦やスリを眺めながら夜を楽しむのが最近のトレンドなのかな、とニーナは思った。

一〇代の少女たちのグループがホテルの向かいにたむろしている。ごく普通の女子高生のように見えるのが意外だった。レザーを着ているわけでもなく、網タイツをはいているわけでもなく、髪をブリーチしているわけでもない。都会で夜遊びするごく普通の若者に見える。しかし、少女たちが何を目的にここにたむろしているのかは明らかだった。

四人の少女は頻繁に通りをチェックし、通行人を目で追っている。そのうちに一人が群れから離れて数歩ほど歩き、携帯を取り出す。かといって誰かに電話するわけでもなく、また仲間がたむろする場所に戻って、小さな黒いバイクによりかかる。他の人間は移動していくのに、少女たちだけはその場にとどまっている。

ニーナは男児の手をしっかり握りなおして、少女のグループに近づいていった。すれちがう酔っぱらいたちの騒々しい会話をかき消すように大きな声が響いた。訛《なまり》の強い英語だ。

「一九。あんたの負けね」

少女たちの一人が大声で笑い、高すぎるハイヒールでよろよろと二、三歩下がった。

あの子の年齢で賭けをしていたんだ、とニーナは思った。他の少女たちが実際より年上に賭けたのか、年下に賭けたのか、聞き取れなかったけれど。ニーナはぞっとした。こんどの誕生日がくれば、イーダも一四歳になる。

「あの、すみません」

ニーナは意識的にあたりさわりのない小声で話しかけた。用のない会話はいやがるだろうと直観的に察したからだ。

少女たち全員がニーナのほうを見た。その若さに、ニーナはあらためてショックを受けた。濃い化粧と白っぽいリップグロスのせいで、子どもが大人の恰好をしているように見える。グロテスクな美少女コンテストのエントリー・ナンバーをアナウンスする軽薄な声が聞こえてきそうな、そして少女たちの一人がいまにもステージ中央で歌いだしそうな、そんな錯覚に陥りかけた。

四人の少女たちの一人がニーナの前に立ちはだかった。足を広げ、腕組みをして、威嚇しているつもりらしい。小柄でひどく細身の少女は、黒い瞳で周囲を神経質に見回している。

「この子のことで助けてほしいの」ニーナは言った。「この子が喋る言葉を通訳してもらえないかしら」

少女は通りの先をちらっとうかがい、ニーナに視線を戻した。明らかに疑っている。

「アチュ」ニーナは男児を指さして言ってみた。「どういう意味か、わかる？　何語か、わかる？」

少女の不機嫌な表情の下で何かが動いた。どうやらプラスとマイナスを数え上げ、それぞれをおおざっぱに二つの山に分けて、どっちにしようか考えているらしい。ニーナは急いでジーンズのポケットに手をつっこみ、くしゃくしゃになった一〇〇クローネ札を握らせた。これは効果があった。少女は紙幣をそっとポケットに入れた。

「よくわかんないけど、リトアニア語じゃないかな」

ニーナはできる限りの優しい笑顔でうなずいた。これで持ち合わせの現金はすっかりなくなった。

「あなたはリトアニアからじゃないのね？」

答えは聞かなくてもわかったが、ニーナはすがるような思いで会話をつなごうとした。

「あたしはラトビア」少女は肩をすくめた。「マリヤがリトアニア人だよ」

少女が少し脇へ寄り、ひょろりと背の高い少女を指さした。一九歳なのかどうか知らないが、年齢で賭けをして大声で笑っていた少女だ。長い黒髪を頭のうしろでポニーテールに結んでいる。子馬みたいな子だな、とニーナは思った。からだに対して足が長すぎる。膝ばかりが大きく骨張っている。手足の動きにも成長期のティーンエージャー特有のぎこちなさがある。

この少女も不機嫌な顔をして、疑うような目でニーナを見た。

「アチュ、っていう言葉、わかる？」

一瞬、少女の顔に笑みが浮かんだ。たぶんニーナの発音がおかしかったのだろう。

「アーチゥ、って言うの。アーチゥー」

少女の「ア」は少し長目で、ニーナにはとても真似できない男児とそっくりの発音だった。言葉をくりかえす少女の顔に、柔らかな女の子らしい表情が浮かんだ。笑うと、きれいな白い歯が見えた。大人っぽい化粧とはちぐはぐな大きすぎる歯、新しすぎる歯だ。

「リトアニア語だよ」少女はまたにっこり笑い、手のひらを胸に当てて、「わたし、リトアニア人」と言った。

ニーナはふたたび男児を指さして言った。

「この子から話を聞きたいんだけど。この子もリトアニア人だと思うの」

この少女が協力してくれたら、男児からいろいろ聞き出すことができるだろう。もしかしたら、どういう事情でスーツケースに入れられてコペンハーゲン中央駅のコインロッカーに置かれるようなことになったのかも判明するかもしれない。この少女がもう少し静かに話せる場所へ同行してくれれば……。

「この子と話をしたいんだけど、助けてくれない？」

少女はちらっと肩ごしに後方を見た。不安そうな表情でためらっている。そのとき、黒いTシャツを着た若い男がヘルゴランス通りを横切って近づいてきた。少女は明らかに怯えた表情になった。

「喋ってもおカネにならないし」

少女は黒いTシャツの男から目を離さない。男は足を速めて明らかにニーナと少女のほうへ向かってくる。ポニーテールの少女は後ずさりしながらニーナに背中を向けた。

「あした」小さな声が聞こえた。少女はニーナのほうをまったく見ずに声を出している。「寝たあと。一二時。教会、わかる？」

ニーナは首を横に振った。教会なんか、コペンハーゲンに何千とある。しかも、ニーナが知っている教会は一つもない。

Tシャツの男がすぐ近くまで来た。ポニーテールの少女とあまり違わない年齢だろう。大工か配管工の見習いと言っても通じそうな感じの男だ。背はさほど高くないが、筋骨たくましく、金髪を短く刈り上げて、引き締まった腕から肩にかけて入れ墨のヘビがからみついている。

少女のくちびるが音を出さずに動いている。名前を声に出す前に練習しているみたいに。

「Sacred Heart」やっと言葉が聞こえた。

Tシャツの男が立ち止まった。少女の二の腕をぐいとつかみ、ニーナには目もくれずに歩道を引っ立てていく。数歩進んだところで、平手打ちの音が通りに響いた。少女の頭がのけぞり、ポニーテールが跳ねた。男は少女を三発殴った。三回とも本気で。そして、男は少女を放した。

ニーナは男児をさっと腕に抱き上げ、早足でイーステッド通りの方向へ歩いた。怒りが熱い血となって全身を駆け巡ったが、いま自分にできることは何もない。この男児を連れていては。連れていなくても、どうせたいしたことはできないだろうけど。そう思ってみても、怒りはおさまらなかった。

角を曲がる直前、ニーナはヘルゴランス通りを振り返った。男の姿は見えなかった。どこかへ行ってしまったのか、あるいは建物の玄関や通用口の暗闇に潜んでいるのか。ポニーテールの少女は黒いバイクのほうへ戻っていくところだった。うつむいて、ひょろ長い両腕で我が身を抱きしめるようにして歩いている。仲間の一人が少女の肩に軽く手を触れ、ポニーテールの少女はグループに戻った。ニーナがふたたび前を向いたとき、背後で少女たちのよく通る笑い声が響いた。すでにあの単調で耳障りで反抗的な笑い声に戻っていた。また賭けが始まったらしく、ポニーテールの少女は他の誰よりも大きな声で笑っていた。

ニーナは車までずっと男児を抱いたまま歩いた。男児は目をさましていたが、レーヴェントロウス通りで車から降りるときに見せたささやかな意地はなくなっていた。車足は人形のようにだらんと垂れ、一歩ごとに揺れてニーナの太ももや腹に当たる。車の横まで来てニーナが鍵を開けるあいだも、下ろしてくれとは主張しなかった。ニーナは後部座席のすえた臭いのする黒っぽい染みの上に市松模様のピクニック・ブランケットを広げ、男児を腕からそのまま座席へ滑らせた。そして自分も後部座席に乗り込み、男児の横に座ったままぼんやりとネオンに彩られた闇を見つめた。疲れきっていた。時刻は一一時ちょうど。なぜか、正時《しょうじ》ぴったりの時刻をみると、ニーナはうれしい気分になる。たぶん、ゼロが並んだ整然とした感じが好きなのだろう。

ティットゲンス通りの堤防を往来する人や車は、さっきより減っていた。反対側のヴェスタブローの古アパートでは、まだキッチンに明かりがついているのが見えた。一階のビストロで、若い男性がコーヒーを淹れながら、しょっちゅう振り返って背後の誰かに話しかけている。男性はコーヒーポットをトレーに載せ、カップを揃えて載せ、笑みを浮かべて窓に背を向けた。他人の人生はどれも見た目と同じように単純なのだろうか？　単純で幸福なのだろうか？　ニーナは考えずにいられなかった。

　そうでもないのだろう、とニーナはそっけなく答えを出した。ほらまた始まった、自分をことさらにそうやって歪めて眺める癖が……。セラピストも言ってたでしょ？　ニーナ、きみはいつも、生きにくい思いをしているのは自分一人だけだと思いたがっている。他人はみんな楽しそうにやっているのに、と。しかも、世界を救ったり不正をただしたりできるのは自分しかいない、と思いたがっている。他人はみんな薄型テレビを買うとか、キッチンをリフォームするとか、ビストロでコーヒーを淹《い》れるとか、楽しく暮らすことにしか関心がないから、と。そういう思い込みが高じた結果、ニーナはパニック状態になり、モーテンやイーダを捨てて逃げるように家を飛び出すという行為を繰り返したのだった。まだアントンが生まれる前の話。ここ数年、セラピストのオラフから「間違っているのはあなたのほうだ、そういう思い込みはあなた自身にとってもあなたの周囲の人間にとっても良くないことだ」と言われると、ニーナ自身も実際そのとおりだと納得するようになっていた。

でも、いま、こうして男児と並んで座っていると、ことはそれほど単純明快ではないような気がした。

ニーナは車のシートにからだを預けた。疲労感がまぶたの奥で脈打っている感じがする。

モーテンに電話ができたら、と思う。話をしたいわけではない。話したって、何の解決にもならない。ただ、彼の声が聞きたかった。電話の背後に流れているテレビニュースの音が聞きたかった。そこにまだ普通の世界が存在することを感じたかった。ニーナは携帯電話があるはずのポケットに手をやった。でも、携帯はもうない。

車のドアをロックして、カーラジオをつける。行方不明の子どもに関するニュースはないか。この男児の存在を証明する情報はないか。誰かがこの男児を探しているという情報はないか。ニーナは袋からパンを出して男児に一切れ差し出した。男児はパンを受け取り、ちびちびとかじった。ニーナとは視線を合わせようとしない。二人はそうやって座っていた。黙ったまま、パンをかじりながら。男児はよそよそしく無言で目を伏せている。ニーナは男児のうぶ毛に覆われた青白い首すじを片手でそっとさすってやった。パンを食べ終わった男児は、ニーナのとなりで丸くなった。ニーナはブランケットの端を折り返し、かけぶとんのようにそっと男児にかけてやった。そして、自分もシートの前のほうへ腰を滑らせ、両膝を引き上げて前の背もたれに押しつけた恰好でふたたび目を閉じた。すぐに気絶しそうな眠気が押し寄せてきた。眠る……そう、眠らなくちゃ……。あしたになったら、どこかで電話を見つけてモーテンに電話しよう。たぶん、あしたなら、モーテンの声もそれほど冷たくけんか腰ではなくなるだろう。いつもモーテンは朝のほうが機嫌がいいから。もしかしたら、この子のことも説明できるかもしれない。

ニーナはもういちど無理に目を開けて男児を見た。男児は薄目を開けたまま、すでに眠っている。まぶたの下の眼球が小刻みに動いているのは、安心しきっていないからだろうか。しかし、男児の呼吸はおだやかで、規則的で、くちびるは少し開いていた。アントンと同じだ。スパイダーマンの蜘蛛の巣が描かれた枕に頭をのせて熟睡しているアントンの顔と同じ。

ニーナのまぶたも閉じた。

ようやくアパートに平和が戻った。アントンは寝ないと言ってぐずり、九時まで手こずったモーテンはニュースを見逃した。イーダはヘッドフォンを使うことになっている家のルールをわざと無視して大音量で音楽をかけていたが、モーテンには小言を言うエネルギーも残っていなかった。そのうちにイーダはティーンエージャーの反抗を大音量で表現するのはおしまいにしたらしく、こんどはトコトコ……パタッ……ボワン……というコンピューターゲームの奇妙で不規則な音が聞こえはじめた。だが、これは無視できる程度の音量だった。

風を入れようと思ってキッチンとリビングの窓を開けたが、空気は凝固したように動かず、長かった一日は汗で貼りついたシャツのように背中から離れなかった。シャワーを浴びようかと思ったが、学童にアントンを迎えに行って以来ひと休みする暇もなく、ようやくコーヒーと新聞を手に腰を下ろしたところだった。シャワーはあとにしよう、そのほうが良く寝つけるだろうし……。

詮無《せんな》い思いが頭をかすめる日がないわけではない。あれもこれもみんなタイムカプセルに密封しておいて、たとえば四年後に戻ってきて開けることができたらどんなにいいか、と。何かを「できる自由」のある自分を夢見ずにはいられない。ツンドラへ行って鉱物の試掘に没頭できたら……。もう一度グリーンランドに行けたら……。あと、スヴァールバルにも……。いやというほど蚊に刺しまくられ、北極グマを見飽きるほど見たら、そのあとはきっと家に戻って現実生活を真正面から受け止める気力も回復していることだろう。何もかも、この状態から再開する気力が……。ちょっと待った、一部変えたい現実もあるけれど。

この生活が何もかもいやなわけではない。子どもたちがいて、ローンは残っているもののアパートがあって、安定した給料をもらえる仕事があって。ただ、それ以外のこともかなえられれば、と思うだけ。かつては、両方実現できると思ったこともあった。三ヵ月ほどグリーンランドへ行って、そのあいだニーナが家庭を守ってくれて。そんな夢は、ニーナの最初の逃避行で泡と消えた。あれは、まさしく逃避行だった。そうとしか考えられない。想像すらしなかった。ニーナがある日突然死んでしまうことと同じくらい、考えてもみないことだった。あの日のことは、けっして忘れないだろう。あの日のことは毒薬のはいったカプセルのようにモーテンの記憶に刻みつけられていて、何かあるたびにカプセルに小さな穴が開いて毒が漏れ出す。

あれはイーダが生後五ヵ月のときだった。ニーナとモーテンは当時オーフスに住んでいた。リング通り近くの、パッとしないけれど賃料の安い二部屋のアパートだった。ニーナは看護学校を卒業したばかりで、モーテンは大学院の地質学研究室で博士論文を書いていた。ある日、研究室から帰ってくると、階段の下までイーダの泣き声というより叫び声が響いていた。モーテンは人造石の階段を二段飛ばしで駆け上がり、蝶番《ちょうつがい》が壊れそうな勢いでドアを開けて部屋に飛び込んだ。イーダはキッチン・テーブルの上でベビーチェアに安全ベルトで固定されたまま、丸ぽちゃの顔を真っ赤にして泣いていた。長いこと泣きすぎて顔が腫れていた。素っ裸で、おむつさえつけていなくて、キッチンの床に置かれた薄緑色のプラスチック製ベビーバスには、まだ水がなみなみと残っていた。ニーナは勝手口のドアに全身をぴったり押しつけるようにして立っていた。何かに追い詰められたような目をしていた。ニーナの姿を一目見た瞬間、この状態で言葉をかけても無駄だとわかった。返事も、手伝いも、行動も、何を期待しても無理だとわかった。どれほどの時間、こんなふうに立ちすくんでいたのだろう？　少なくとも、イーダもベビーチェアもおしっこまみれになるほどの時間が経過していたことは間違いない。

その翌日、ニーナはコペンハーゲン空港の公衆電話から電話してきた。これからロンドン経由でリベリアに向かう、と言う。「マーシー・メディック」という組織のボランティア看護師として。もちろん、昨日になって急に決まった話ではなかろう。かなり前から決まっていたはずだし、何週間も前から準備を進めていたはずなのに、夫には相談もなかった。事実の通告さえなかった。いまになって考えてみると、当時ニーナに手を貸していたのはカーリンだった。カーリンの知り合いのフランス人外科医が、ニーナの看護師としての経験のなさに目をつむると言ったらしい。そして、モーテンは生後五ヵ月の娘と二人、アパートに残されることになった。

ことの経緯をニーナが自分の口から多少なりとも説明したのは、ずいぶん後になってからだった。ニーナが日に日に眠れなくなってきていることはモーテンも気づいていたし、ニーナが昼も夜もつねにイーダに神経質な視線を向けていることにも気づいていたし、何か悪いこと（現実であれ想像であれ）が起こるのではないかという不安を抱いていることにも気づいていた。モーテンはニーナの不安をやわらげてやりたいと思ったが、事実の力をもってしても、理性の力をもってしても、子どもに何か恐ろしいことが起こるに違いないというニーナの強迫観念を覆すことはできなかった。

「イーダをお風呂に入れてたの」ニーナがモーテンに説明したのは、その日ではなく、一年近くたった後のことだった。「お風呂に入れてたら、急にお湯が赤くなったの。そんなはずはない、現実ではない、ってわかってた。でも、何度見ても、やっぱりお湯が真っ赤だったの」最大限の自制を働かせて、ニーナはイーダを湯から上げ、ベビーチェアに座らせて安全ベルトを締めたのだろう。しかも、ニーナはアパートから逃げ出さずに、モーテンが帰ってくるまでそこで待っていた……いまとなっては、衝動をコントロールできただけでも奇跡的と思えた。

ニーナと一緒に世界各地の紛争地帯で働いてきた同僚ボランティアたちから、モーテンはときどき話を聞く機会があった。同僚たちはニーナを絶賛した。最悪の局面でも、ニーナは超人的な冷静さで能力を発揮する、と誰もが口を揃えて褒めた。川にかかる橋が流されたとき、火炎瓶が飛んできて医療用テントが炎上したとき、地雷で手足を吹き飛ばされた患者が運び込まれてきたとき、いつも頼りになるのはニーナなのだ、と。ニーナは女性ながらたった一人で世界を救うためにたいへんな働きをしているのだ、と。ニーナをこんなに惨めで無力な状態にしてしまうのは家族だけだ、と。

イーダが戸口に立っていた。そういえば子ども部屋から聞こえていたコンピューターゲームの音が止んだことに気づかずにいた。

「あの人、帰ってくるの？」イーダが聞いた。蛍光グリーンのショートパンツに黒いTシャツ。胸には「黒より暗い色がないから黒を着てるだけ」の文字。片方の小鼻についている小さな銀色の球体は、ティーンエージャー戦争における親側の最新の敗北の証だ。

イーダは「お母さん」という言葉を使わなくなった。「あの人」か、さもなければ「ニーナ」としか母親のことを呼ばない。

「もちろん、帰ってくるよ」モーテンは言った。「でも、仕事が徹夜になるかもしれないって」最後のひと言がかなり見え透いた言い訳であることはモーテン自身にもわかっていた。いったい、誰のための言い訳なんだろう？　ニーナを弁護しようという気持ちが自分にまだ残っているから？　それとも、自分が何も知らされていないように聞こえるのが悔しいから？

「あ、そ」

イーダは安心した顔をするでもなく不満な顔をするでもなく引っ込んだ。

「寝る時間だよ」モーテンは娘の背中に声をかけた。

「はい、は〜い」寝るかも知んないけど、べつに親から言われたからじゃないし〜、とでも言うような口調の返事だった。

モーテンは新聞を置いて虚空を見つめた。文字に集中することができなかった。ニーナは自分に嘘をついた。言葉を妙に突き放したようなニーナの間の取り方に、嘘がはっきりと顕われていた。そっちのほうが、ニーナがアントンのことをすっかり忘れていたという事実よりも、モーテンにはこたえた。だが、ニーナを問いつめる気力が出なかった。ヘッドフォンのことでイーダと対決する気力が湧かなかったのと同じように。最近は、なんだか気力がすっかり渇れたようになっている。

前は、もう少しましだった。少なくともモーテンはそう思っていた。いや、確かにそうだった。オラフがニーナを支えてくれていた。実際には、ニーナと自分の両方を支えてくれていた。トビリシの情勢が不安定度を増したあと、帰還後の任務解除手続きの中で、ノルウェー人セラピストはニーナに心理カウンセリングが必要な状態であることを納得させたのだった。トビリシやダダーブやザンビアでのことが問題なのではなく、トビリシやダダーブやザンビアに自分が行かなければならないというニーナの強迫観念が問題なのである、と。

ニーナは家に帰ってきた。髪はほとんど剃り上げたように短くなり、からだはナナフシのように痩せ細っていたが、何か精神の落ち着きというかバランスのようなものが感じられた。細心の注意をもって維持されている精神の平衡。それを見て、まだ一緒にやっていけるかもしれない、家族の愛情を取り戻せるかもしれない、とモーテンは思った。そして、二人はコペンハーゲンに住まいを移した。新しくやり直すために。ニーナは赤十字センターで働きはじめ、モーテンは地質学者のあいだで「ボーリング屋」といささか見下した呼び方をされる地質調査の仕事に就いて、北海油田をはじめとする異国情緒に乏しい場所でボーリング調査をし、サンプルを分析する仕事を始めた。ニーナとモーテンは、崩壊寸前の二人の絆に回復のチャンスを与えるためには当面家族を最優先に考えるしかない、という結論に落ち着いた。

そして、いま。モーテンは、まだその場に踏みとどまっている。ニーナも踏みとどまっていたが、きょうの午後、嘘をついた。明日かあさって、ジンバブエやシエラレオネのような遠く危険な場所へ飛んでいってしまったあとで電話をかけてくるかもしれない。そんなことさえ、自分にはわからないし予測もつかないのだ。いいかげんにしてくれ、ニーナ。モーテンはマグカップを置き、自分でもよくわからない切迫した気持ちに駆られて立ち上がった。ここから逃げ出したかった。このアパートから。ほんの数時間でいいから。ほんの数年でいいから。戻ったときに何もかもがこのままの状態で残っているという保証さえあるのなら。

午前四時を少し過ぎた時刻にドアブザーが鳴って、モーテンは目をさました。ニーナが鍵をなくしたのかと思ったが、そうではなかった。玄関に立っていたのは警官で、一人は制服、一人はスーツ姿だった。

「ニーナ・ボーウさんにお話をうかがいたいのですが」スーツ姿のベテランが慣れたしぐさでＩＤを提示した。

飲み過ぎたコーヒーが胃の中で酸っぱくなったような気がした。

「ニーナは留守です。友だちのところにいます。何かあったんですか？」

「中に入れていただいて、よろしいですか？　殺人事件に関してお尋ねしたいことがありまして」

バロナス一家が暮らす小さな木造の家は、周囲から押し寄せる大規模開発プロジェクトの只中に残された小島のようにぽつんと建っていた。新しいアパート群の空き地に草木がまったく生えていないせいで、バロナス家のささやかな菜園がジャングルのように見える。フェンスには小さな赤い自転車が太いチェーンと南京錠でつないであった。

シギータは門を開け、玄関のほうへ歩いていった。タマネギを炒めるにおいが漂ってくる。ユリヤ・バロニエネは夕食の準備中らしい。シギータは青いペンキのはげかかったドア枠についている呼び鈴を押した。ほとんど間髪を入れず、一二〜一三歳くらいの少年がドアを開けた。白いシャツにネクタイを締めて、やけに清潔できちんとした身なりだ。

「こんばんは」シギータが声をかけた。「お母さんにお話があるんですけど」

「どちらさまですか？」少年は用心深く聞き返した。誰でも簡単に家に入れてはいけないと教えられているような口のきき方だった。

「教育委員会のマゼキエネと申します」シギータは言った。電話を切られたときと同じようにけんもほろろの勢いでドアを閉められてはたまらない。

少年はその場に立ったまま、なかなか動こうとしない。わかった、何か自分に関係のある問題で訪ねてきたのかと心配しているのだ。シギータは少年を安心させるように笑顔を見せた。

「あの……どうぞ」少年が言った。「母さんはいま夕飯を作ってるけど、すぐ呼んできます」

「ありがとう」

少年はシギータをリビングに通したあと、姿を消した。台所へ知らせに行ったのだろう。シギータは中央に立って部屋を見回した。薄茶色のソファは大きくて、ふかふかで、あきらかに最近買ったものだ。しかし、それ以外の家具は長年使いこんだ感じだ。床は何度もニスを塗り重ねて黒ずんだ色になっている。ソファの前には赤と白とトルコブルーの色鮮やかな敷物が敷いてある。三方の壁は床から天井まで全面が本棚になっていて、美しい彫刻が施されている。様式から察するに、家と同じくらい古いものらしい。棚板は本や楽譜の重さでたわんでいる。あとひとつの壁には背の高い二つの窓があり、窓と窓のあいだに艶やかな濃いマホガニー色のアップライトピアノがあった。鍵盤はずいぶん古く、弾きこまれた感じで、黄ばんだ象牙の表面がかすかにくぼんでいた。

ドアが開いて、小柄でがっちりした体格の女性がはいってきた。女の子がぶら下がるようにしがみついている。娘に違いない。七、八歳くらいの年恰好に見えるが、それにしてはしぐさが幼い。一緒に台所のにおいも漂ってきた。握手した手はひんやりと湿っていて、シギータはなんとなく、バロニエネ夫人はジャガイモの皮をむいていたのだろうと思った。

「ユリヤ・バロニエネです」相手が口を開いた。「この子は娘のジタです」女の子は下を向いたまま、挨拶しようとしない。髪は左右に分けて三つ編みにしてある。きっちりした分け目が黒い髪の真ん中で白い直線のように目立っていた。「ごめんなさいね、ジタは少し恥ずかしがりなんです。それに、母親べったりで……」

わたしに気づいていないんだ、とシギータは思った。無理もない、はるか昔のことだもの。でも、シギータは一目でわかった。赤っぽい髪、温かいプルーン色の瞳。あのときのユリヤに間違いない。

「それはそうでしょうね、あんなことがあったあとでは」シギータは言った。

ユリヤ・バロニエネが顔をこわばらせた。

「どうして、そんなことをおっしゃるんですか？」

この際、遠回しに探りを入れてもしようがない。

「じつは、わたし、教育委員会の者ではないんです。どうやって娘さんを取り返したのか教えてもらいたくて来ました。その……同じ犯人がわたしの息子をさらっていったので」最後は涙声になった。

女の子が溺れかけた仔猫のような細い悲鳴をもらして母親の腕に飛び込み、そのまま母親の腹に顔を埋《うず》めた。

ほんの一瞬、ユリヤ・バロニエネはナイフで刺されたような表情になったが、そのあと、あきらかに無理をして笑顔を作った。

「そんな馬鹿げた話……。いいえ、違うんですよ、誤解だったんです。ジタの友だちのお母さんが連れて帰ってくれていたのが後でわかった、というだけの話だったんです。そうだわね、ジタ？」女の子は返事をせず、母親にしがみついている手を放そうとしない。怯えた表情のせいで、年齢よりはるかに幼く見える。

「警察の方にもずいぶんと無駄に迷惑をかけてしまって……。でも、もちろん、あなたの息子さんのことはお気の毒に思いますけど。おたくも何かの誤解だった、ということはないんですか？　お友達のところにいる、とか？　どこかへぶらっと遊びに行っただけ、とか？」

「息子はまだ三歳なんです。それに、連れていかれるところを隣の人が見ているんです。それに……」シギータはためらったが、その先を口にした。「何か関係があるに違いないと思うんです。わたしのこと、おぼえていませんか？」

ユリヤは視線を泳がせたあと、シギータの顔をしっかりと見た。プルーン色の瞳にはっとした表情が浮かんだ。

「あ……」としか言葉は出なかったが。

シギータはうなずいた。「そうなんです。嘘をついたのは悪かったと思っています。でも、あんなふうに電話を切られたぐらいだから、わたしが……わたしが誰だかわかったら、話をしてもらえないと思ったんです」

ユリヤ・バロニエネはひと言も発しないまま立ちつくしていた。思いもかけぬ真実を知らされて言葉も動きも失ってしまったかのように。背後でドアがバタンと閉まる音がして話し声が聞こえたが、シギータはユリヤを見つめたまま視線をそらさなかった。

「何をどうしたのか、それだけ教えてください。警察には言いません、約束します。わたしはただ息子を、ミカスを取り戻したいだけなんです」

ユリヤ・バロニエネはまだ沈黙している。リビングのドアが開いた。

「どうも」と言いながら、男性が部屋にはいってきた。「アレクサス・バロナスです。マリウスから、教育委員会の方がおいでだと聞いたもんで」男性は礼儀正しく手を差し出した。ユリヤより少し年上だろうか。温和な印象で、髪が薄くなりかけ、灰色がかった茶色のスーツはやや大きすぎるようでだぶついている。一瞬の間を置いたあと、男性は何かが変だと気づいた。

「どうした？」娘が母親にありったけの力でしがみついているのを見て、アレクサス・バロナスは唐突に聞いた。

ユリヤは夫にどう説明したらいいのか途方に暮れている様子だったので、シギータが代わって説明した。

「わたしの幼い息子がジタちゃんを誘拐したのと同じ連中に誘拐されたんです。わたし、息子を取り返すにはどうすればいいのか知りたいんです」

夫のほうは妻よりも早く立ち直った。

「何ですか、その馬鹿げた話は？　子どもが怖がってるじゃありませんか。ジタは誘拐されたことなんかありません。これからだって、そういうことはありません、絶対に。そうだよな、ジタ？　さ、パパにキスしておくれ。ユリヤ、急がせて悪いが、すぐ夕飯にしてくれないか？　でないと、マリウスの発表会に遅れるぞ」

ジタはなだめすかされて、ようやく母親にしがみついていた手を放した。父親が娘を左腕で抱き上げた。ジタは両腕を父親の首に巻きつけるようにしてしがみついている。

「失礼なことを言うつもりはないんですが、今夜はこれから息子のピアノの発表会があるんです。うちにとっては一大イベントなので」

シギータは信じられない思いで首を振った。

「どうして……どうして、何もなかったふりなんかできるんですか？　どうして助けてくれないんですか？　こういう目に遭うのがどういうことか、わかっているでしょうに」シギータは片手で口もとを覆った。が、嗚咽を抑えることはできなかった。

それまで温和だったバロナスの口調が一変した。

「帰ってください。いますぐ」

シギータは、この要請にも首を横に振った。頬を流れ落ちる涙は、もう止められなかった。のどが詰まって、声も出せそうになかった。シギータはハンドバッグの中から乱暴にボールペンをつかみ出し、ピアノの上にあった手近な楽譜をひっつかむと、バロナスが思わず発した抗議の声を無視して譜面いっぱいに大きく乱雑な字で自分の名前と住所と電話番号を書きつけた。

「ここに書いておきますから。お願いです、助けてください」

こんどはユリヤ・バロニエネが泣きだした。抑えきれない嗚咽を残して、ユリヤは背を向け部屋から走り出ていった。ジタが父親の腕をすり抜けて母親のあとを追いかけようとしたが、父親が娘を止めた。

「待ちなさい、ジタ。ママは用事があるんだよ」

ジタは父親の顔を見上げた。と思ったら突然くるりと向きを変え、足早に歩いていってピアノの前に座った。そして、背中を定規のようにぴんと伸ばし、目を閉じて、音階を弾きはじめた。ゆっくりと、几帳面な指使いで、メトロノームのように正確に。音が上がっていき、音が下がってくる。ドレミファソラシド、ドシラソファミレド、ドレミファソラシド、ドシラソファミレド……。

バロナスの顔に苦痛の色が走った。父親はピアノに歩み寄り、娘の手首をつかんで、鍵盤をたたきつづける指を止めた。そして、シギータを見て言った。

「止めないと、何時間でも弾きつづけるんです」父親はうちひしがれた表情を見せた。犯人どもはバロナス一家を打ち砕いたのだ、とシギータは思った。一家を打ち砕き、叩きつぶしたのだ。どうすれば壊れた家族をもとに戻せるのか、目の前の父親は途方に暮れている。

シギータはジタの両手を見た。幼い指はすりへった黒鍵の上に置かれたまま、父親が手を放せばその瞬間に続きを弾きだしそうに見えた。シギータは身震いした。またもや頭の中に耐えがたい光景が浮かんだ。地下室に閉じこめられているミカス。暗闇の中に一人で放りこまれているミカス。痛めつけようとする男たちに取り囲まれているミカス。

「頼むから帰ってください」ジタの父親が言った。「助けてあげたくても、できないんですよ。わかるでしょう？」

家に着くまでずっと、シギータはジタの手のことを考えていた。八歳の少女の指。黄ばんだピアノの鍵盤の上で、かぎ爪のように曲がっていた。左手の小指以外は。左手の小指は他の指のように曲がっていなかった。一本だけ、まっすぐ伸びたままだった。ジタのその指は、爪がそっくりはがされていた。

ステンレスの解剖台を想像していた。天井に細長い蛍光灯が並ぶ白くて冷たいタイル張りの部屋。あるいは、冷蔵式のひきだしのようなもの。しかし、法医学研究所のチャペルは柔らかく落ち着いた照明で、動かぬ遺体は簡素な台に安置されて白布に覆われ、二本のキャンドルが思いがけなく敬虔な雰囲気を添えていた。

「ご足労いただいて、ありがとうございます」案内の職員が言った。何という名前だったか、もう忘れてしまった。「ご両親はユトランドに住んでおられるので、ここまで出てきていただく前に、まず身元確認をしておくほうがいいだろうと思いまして」

「もちろんです。わたしでお役に立てることでしたら」

顔を覆う布がめくられる前から、のどの奥が酸っぱいもので灼けるように感じた。それはモノだった。何よりもそのことに不意を突かれた。生命が失われると人間らしさもここまで失われてしまうのか。肌は蠟人形のように生気がなく、どう見ても眠っているだけとは思えなかった。

「カーリンです」自分の言葉が嘘に聞こえた。こんなのは、もうカーリンではない。

ショックは想像をはるかに超えていた。漫画でよく見る、足もとがすっかりなくなって奈落が口を開けているのにまだ気づかず宙に浮いているまぬけな男になったような、そんな気がしていた。

「カーリン・コングステッドさんとは、どのくらい親しかったのですか？」女性職員がカーリンの顔をふたたび布で覆いながら尋ねた。

「大切な友人です」ヤンは答えた。「ここ二年ほどは、うちのガレージの上の専用アパートに住んでもらっていました。わたしたちの家とは完全に別の、独立した居住スペースですが、それでも……単なる九時五時勤務の看護師とはちがったと思います」

「専属の看護師として雇用しておられたわけですね？　なぜ、そのような必要があったのですか？」

「二年ちょっと前に、わたしが腎臓の手術をしましてね。そのときにカーリンと知り合って、それ以来です。看護師としての腕だけでなく、人柄もすばらしい人だったので。かなり大きな手術だったし、いまでも問題があるんです。ときどき合併症も起こしたりするので。看護師がそばにいてくれるというのは、非常に安心なことなんです。何というか、その……彼女は非常に優秀な人だったので」

遺体となった本人の傍らに立ってこんなふうにカーリンのことを語るなんて、ひどく馬鹿げている気がした。しかし、女性職員の追及はまだ終わらなかった。

「失礼ですが、今夜どこにいらしたか、お答えいただけますか？　電話をかけたとき、お留守でしたので」

「ええ、家にはほんの短時間いただけで、そのあと会社へ行かなくてはならなかったので。経営している会社はそれなりの規模ですので」

「そのようですね」

「たしか、会社には七時頃までいたと思います。そのあと、アパートへ行きました。会社で所有している部屋ですが。アパートで少し仕事をして、そのままそこに泊るつもりでした」

「アパートはどこですか？」

「ラクサ通りです」

「このあと伺ってもよろしいですか？　正式な事情聴取が必要なので」

ヤンはあわただしく考えを巡らせた。ノキアがまだブリーフケースの中にある。ブリーフケースはまだアパートに置いてある。

「妻が待っていると思うので、まずとにかく家に帰ったほうがいいと思うんです」ヤンは言った。「取り乱しているに違いないと思うので。もしよかったら、明日、この近くの警察署に伺いますが。明日の朝とか？」協力的な態度を見せておくのだ、それがあとで役に立つかもしれない。

「そうしていただけると、ありがたいです」女性職員はていねいな口調で言った。「ただ、この事件は北シェラン地域警察の殺人課が担当することに決まりましたので……」

職員は書類かばんから小さなリーフレットを取り出した。「地域警察を身近に　相談窓口のご案内」という心躍るタイトルがついている。職員はその中の一つの住所をボールペンで丸く囲んだ。「あすの朝一一時に、こちらへおいでいただけますか？」

見張られているんだろうか？　タクシーは真夜中の街を滑るように進む。ニシンの群れを切り裂くサメのように。特定の車が後ろからついてきているかどうか、ヤンにはわからなかった。

考え過ぎだ、まだ死因さえ確定できたかどうかわからないし、カーリンと関係のあった全員を尾行するほどの人手があるはずもない……ヤンは自分に言い聞かせようとした。それでも、ラクサ通りのアパート前でタクシーを降りて歩道に立ったあと、周囲を見回さずにはいられなかった。タクシーが走り去り、夜の通りは人影もなくひっそりとしている。このあたり一帯には古き良き時代の雰囲気がある。石畳の道、ランタンのような四角いデザインの街灯。デンマーク国立銀行本店ビルでさえ、この方向から見ると、企業の社屋というより中世の城塞のように見える。

ヤンはアパートの部屋にはいり、ブリーフケースをひったくるように持ち上げた。留守のあいだ、ノキアに着信はなかった。

二〇分後、ヤンは自分の車で自宅に向かっていた。もう尾行されていないことはほぼ確実だった。この時刻に高速道路を走っている車は少なく、ロスキレとホルベクのあいだでサービスエリアにはいったとき、駐車場には自分のアウディ一台しかいなかった。

ヤンはノキアを取り出して電話をかけた。かなり長いあいだ呼び出し音が鳴りつづけたあと、リトアニア人が出た。

「もしもし」

「契約は打ち切りにする」ヤンはできるかぎり冷静な口調で告げた。

「ノー」相手から返ってきた言葉はそれだけだった。身も蓋もない「ノー」のひとことだけ。

「打ち切りにすると言っている！」

「カネが置いてなかった」リトアニア人が言った。「女はおまえに返したと言った」

「嘘をつくな。彼女が持って逃げたんだ」ヤンは言い返した。この目で空のブリーフケースを見たのだから。カーリンの部屋で。空っぽのブリーフケースの中に、紙が一枚だけ。「辞めます」と。「彼女が持って逃げたんだ。しかも、殺されていた。おまえが殺したのか？」

「ノー」

ヤンは男の言葉を信じなかった。

「わたしと家族に近づかないでくれ。これ以上、いっさいかかわりたくない。もう終わりにする」

短い沈黙。

「カネを払うまで、終わらない」リトアニア人はそう言って電話を切った。

ヤンはしばらくその場に立ったまま呼吸を整えようとした。そのあと、携帯電話が完全に壊れるまで地面に叩きつけ、悪臭のたちこめるトイレにはいって壊れた携帯電話からSIMカードを抜いて水に流した。電話機本体は水で濡らしたペーパータオルで隅々まで拭き取ってから外の大型ゴミ箱に放り込み、リンゴの芯だのピザの箱だの灰皿の中身だのドライバーたちが捨てていった鼻が曲がりそうなゴミの中に沈んで見えなくなるまで棒切れでかきまぜた。

あとは？

仕方ない。やるしかない。

まず、この小さなプラスチック・ケース。一辺が二センチ足らずの正方形。厚さはほんの二、三ミリ。大きさはSIMカードと大差ないが、中にはいっている数滴の血液には携帯電話の電子的DNAとは桁違いの膨大な遺伝子情報が含まれている。ヤンはプラスチック・ケースを靴のかかとで踏みつぶし、残骸をゴミ箱に捨てた。

あとは、写真だ。ヤンは財布の中から写真を取り出し、最後にもう一度だけ眺めた。それを失うという現実、そのことが意味するすべてのことを甘受するために。カチッと小さな音がしてロンソンに火がともり、その小さな炎が写真の角を舐め、めらめらと大きくなる。ゴミ箱の中に投げ捨てられた写真はしばらくくすぶっていた。ヤンはアウディに戻り、両手の震えがおさまるのを待った。少なくとも、まともに運転できる程度に震えがおさまるまで。

自宅アパートの玄関ドアを開けたとたん、バッグの中から携帯電話のくぐもった着信音が響き、シギータの全身を衝撃波のように貫いた。シギータはバッグの中身をコーヒーテーブルの上にぶちまけた。とにかく早く電話を取りたい一心だった。

「もしもし？」

ユリヤ・バロニエネからではなかった。気が変わって電話してきたのではなかった。ミカスを返してほしかったらこうしろ、と要求する犯人の声でもなかった。

「LTVがミカスくんの件を行方不明者の情報提供コーナーで取り上げてくれそうなんですが」エヴァルダス・グージャス刑事の声だった。「お母さんがテレビスタジオに来て直接訴えてもらえると、いちばんいいんですがね」

シギータは身じろぎもせず立ちつくしていた。数時間前なら、一も二もなく同意していただろう。でも、いまは……。シギータはユリヤ・バロニエネ一家のことを思った。一家のあからさまな恐怖を。そして、ジタのことを。小指の爪をはがされたジタのことを。

「それって、ミカスを危険にさらすことになりませんか？」シギータは聞いた。

電話のむこうで思案するグージャスの顔が浮かんだ。考えながらボールペンをカチカチやっているに違いない。

「誘拐犯から連絡はありましたか？」

「ないです」

「ということは、四八時間以上も何の接触もないまま経過しているということになりますね」グージャスが言った。「そうではありませんか？」

「ええ」

「それは、かなり例外的です。ふつう、すぐに犯人から親に対して接触があるものです。警察に電話させないように」

「ユリヤ・バロニエネは警察に電話したじゃありませんか」

「それは子どもが行方不明とわかって数時間以内の話です。ところが、それから二四時間もたたないうちに訴えを取り下げたんです」

「で、それは脅迫があったからだ、と考えられるわけですね？」

「そうです」

「ということは、危険がある、ってことですね？」

「それは選択の問題です」グージャスが言った。「こちらではミカスくんが行方不明になっている件について報告を上げて、誘拐犯と思われる人物の特徴をリトアニア国内のすべての警察に送付しました。ドイツ警察にも連絡を取りました、ミカスくんの父親がドイツ在住ということで。インターポールにも連絡しました、ミカスくんがリトアニア国外に出たという証拠はありませんが。というより、バロニエネ夫人のケースと関連があるとすれば、国内犯罪と考えるほうが妥当なような気もします。しかし、何の反応も返ってこない。息子さんの居場所も、犯人の居場所も、突きとめる手がかりさえないんです。だから、一般公開して情報提供を呼びかけようと考えたわけです」

一般公開。その言葉を聞いただけで不安でからだが震えた。

「わたし、どうすればいいのか……」

「LTVは深夜のニュース枠であなたの呼びかけを放送してくれるそうです。全国ネットですよ。これまでの経験からすると、非常に多くの情報が寄せられるはずです。解決の決め手になった通報も、過去にはありました。今回は誘拐犯と思われる女の写真を出すこともできるので、この段階においては捜査にかなり有益であろうと考えるわけです」

この人はいつも報告書みたいな話し方をする、とシギータは思った。非番のときは、どんな話し方をしているんだろう？　そう思ったら、本格的なフィッシング・ウエアを着込んで腰まで冷たい水に浸かりながら釣ったばかりの魚を自慢げに見せているグージャスのイメージが頭に浮かんだ。「水流の方向から推測して、マスは捜索区域の左手上流部分で活発に活動しているものと考えられましたので……」

わたし、よっぽど疲れてるんだ……シギータは思った。そうでないとしたら、脳震盪のせいかも。いつもなら苦もなく封じ込めておける想像力が、頭のどこか深いところから沼気《しょうき》のようにぶくぶく湧いてくるのだ。なんとも落ち着かない気分だった。

「ご主人にもこの話をしました。ご主人からは、放送してほしいというお返事でした。しかし、われわれとしては、ぜひ、あなた自身にカメラの前で直接アピールしてほしいのです。われわれの経験からすると、普通なら警察に通報してこないような人からも情報提供が期待できますから。とくに、子どもの行方不明事件となると」

シギータは使えるほうの手で顔全体をごしごしこすった。げっそり疲れていた。一日じゅう、ろくに飲み食いもしていなかったせいだ。頭痛が絶え間なく続いて、頭が痛い状態に慣れてしまいそうだった。

「どうしよう……本当に役に立つんですか？」

「誘拐犯から何らかの接触があるなら、こんなことを勧めたりはしません。交渉の余地なり、脅迫なり、そういうものがある場合には、公開捜査で世間が騒げばかえって誘拐犯にプレシャーをかけることになって、子どもの生命を危険にさらす結果となる場合もあります。しかし、犯人とのそういうコミュニケーションがありませんから。そうじゃないですか？」

わたしを試しているんだ、とシギータは思った。まだわたしのことを信用していないんだ、と。

「そうですけど、ミカスを危険にさらすなら、テレビには出たくないです」

「どっちの選択肢を取るかの問題なんです」グージャスはさっきと同じことを繰り返した。「まったく危険がないとは言いませんが、われわれの判断では、いまの時点でミカスくんの発見につながる可能性がいちばん大きい方法だということです」

シギータは自分の鼓動が聞こえるような気がした。頭が自分のものじゃないみたいな状態で、どうやってこんな重要なことを決断できるの？

「もちろん、お母さんの同意がなくても放送することはできます」長すぎる沈黙にしびれを切らしたのか、グージャスが口を開いた。

これって、脅し？　そう思ったとたん、怒りがこみあげてきた。

「いやです。やりません。わたしの同意なしにやるって言うんなら、そんなこと言うんなら……」どうすると言うのか？　自分に何の威嚇ができよう？　すべてはむこうが握っているのだ。

電話のむこうからため息が聞こえたような気がした。

「ラモシュキエネさん……われわれは敵ではないんですよ」

怒りは、こみあげたのと同じくらい唐突に引いた。

「ええ。わかっています」

しかし、電話を切ったあとで、やはり考えてしまった。グージャスのような野心的な若い警察官にとって、どっちが重要だろうか？　犯人を挙げることか？　被害者の命を救うことか？

ブラウスが汗で背中に貼り付いている。シギータは意を決し、ギプスにラップを巻きつけてシャワーを浴びることにした。シャンプーはいつものように手のひらに適量を出して使うのではなく、ボトルから直接頭皮に出して使うしかなかったし、洗髪後の髪にタオルをターバンのように巻くこともできなかった。深夜ニュースの時間になったとき、シギータはやっぱり心配になってテレビをつけた。グージャスはあんなふうに言っていたが、三歳のミカス・ラモーシュカ坊やが土曜日から行方不明になっています、というドラマチックなリポートは流れなかった。当然、あれやこれや迷う気持ちが戻ってきた。テレビに出たほうが良かっただろうか？　どこかにミカスを見かけたという人がいただろうか？　役に立つ情報を寄せてくれる人が……？

電話が鳴った。あまりにあせって取ろうとしたので、電話が床に落ちて大きな音をたてた。シギータはあわてて電話を拾い上げ、表示されている電話番号に見おぼえはなかったものの、とにかく通話ボタンを押した。

「もしもし？」

「ぼくだけど」

「え……誰？」

「トマス」

もう一度「誰？」と聞きそうになったが、すんでのところで自分の弟だと気がついた。大人になった弟の声を聞くのは初めてだった。最後に声を聞いたのは声変わりしかかった頃だったから。シギータがタウラゲを出たとき、トマスは一二歳だった。それ以来、話したことはなかった。

「トマスなの!?」

「うん」

沈黙。何と言えばいいのか。八年も口をきいていない弟に、何と言えばいいのだろう？

「ダリウスのお母さんから聞いたんだ、その……ミカスが……その、いなくなったって……」ようやくトマスのほうから切り出した。

「うん」こみあげてくるものがあって、シギータはそれしか言えなかった。

「たいへんだね。あのさ……その、なんかできることがあればと思って……」

不意に張りつめていたものが切れて、手足をかろうじて支えていた力が抜け、シギータはソファに座り込んでしまった。電話を膝の上で握ったまま、熱い涙が鼻の両脇を流れ落ちていく。いつもは決して泣かないのに、きょうはもう何度泣いたか。

「シギータ？」

「うん……」シギータはなんとか声を絞り出した。「ありがと……ほんとに……電話くれて、うれしい……」

「いや、どういたしまして。見つかるといいね」

シギータはそれ以上喋れなかった。むこうもそれを察したらしい。小さな音とともに電話が切れた。でも、とにかくトマスは電話をくれた。故郷のことは、ほんのたまにしか耳にはいってこなかった。ダリウスと別居して、タウラゲの最も信頼できる情報源が枯渇してしまったし。知りたいことは山ほどあった。学校を出てから、トマスは何をしていたのか。まだ実家に住んでいるのか。恋人はいるのか。どんな暮らしをしているのか。

わたしのことを許してくれたのか。

でも、たぶん許してくれたのだろう。だって、電話をくれたのだから。

ベッドにはいったが、とても眠れそうになかった。突然活発に働きだした想像力がまぶたの裏に次から次へと不吉なイメージを投影しつづけ、どうやって止めればいいのかわからない。

ミカスを傷つけたら、殺してやる。シギータは頭の中でつぶやいた。

それは怒りにまかせた捨てゼリフではなかった。酔っぱらいのけんかで飛びかう怒号——「てめえ、殺してやる!」——などとはぜんぜんちがった。

それは、ひとつの決意だった。

なぜか、そうつぶやいたら心が鎮まった。誘拐犯たちはわたしのこの決意を察知して、ミカスに害を加えればどういう結果になるか悟ったに違いない、とさえ思った。わたしが決意したからには、そうなるのだ、と。もちろん、何の根拠もない。理性の部分では、シギータだってよくわかっていた。それでも、そう思うことで心が据わった。**ミカスを傷つけたら、殺してやる。**

結局、眠れなかった。シギータはバルコニーに出て、いつもそこに置いてある白いプラスチックの椅子に腰を下ろした。気温が下がってきたが、コンクリートが昼間に吸収した熱を放出しているので、ネグリジェの上に何もはおらなくても快適だった。

シギータはユリヤ・バロニエネのことを考えた。ユリヤは子どもを取り返した……。グージャスとワリオニスのことも考えた。二人とも、もう家に帰ったのだろうか。まだ仕事をしているのだろうか。ミカスの件はそれなりに重要なのだろうか。それとも、行方不明の子どもなんてたくさんいるから、新たに一人の行方不明者が出たくらいでは誰も二四時間態勢では働かないのだろうか。

テレビに出てほしいと言ってきた。それは、ミカスの件を重要視しているということに違いない。イギリスで少女が行方不明になった事件があったっけ……。名前は忘れてしまったが、何ヵ月ものあいだ大々的に報道されて、ローマ法王まで出てきたけれど、それでも少女は見つからなかった。

だけど、ミカスは帰ってくる。絶対に。シギータは自分に言い聞かせた。そう信じなければ、耐えられない。

アパート前の駐車場にタクシーが止まった。シギータは反射的に時計を見た。午前二時を過ぎている。こんな時間に誰か来るなんて、珍しい。タクシーから女性が降りてきて、あたりを心もとなげに見回している。明らかに誰かを訪ねてきた様子で、どっちへ行けばいいのか迷っている。やがて、女性はシギータの棟に向かって歩きだした。

彼女だ！　シギータは気づいた。ユリヤだ！

あわてて立ち上がった拍子にドアフレームにつま先をぶつけた。痛かったが、この際、そんなことはどうでもよかった。シギータは片足けんけんでインターホンの前まで行き、ブザーが鳴った瞬間に解錠ボタンを押した。そして、片足をひきずりながら階段まで出て行き、上がってくるユリヤ・バロニエネの姿を目で追った。

シギータに気づいたユリヤが足を止めた。

「来ずにはいられなかったの」ユリヤが言った。「アレクサスは絶対にだめだと言うから、彼が眠るのを待って出てきたの。でも、来ずにはいられなかった……」

「どうぞ、はいって」シギータは言った。

こんなときにさえ「どうぞお座りください」だの「コーヒーはいかがですか？」だの言うなんて、変なものだ。人の命が、人の生き死にがかかっているというのに。

「シギータって呼ばせてもらってもいいかしら？」ユリヤはコーヒーカップを両手で包んで落ち着きなく右へ左へ回しながら言った。「いまでもあの頃のイメージがあって。もう、こんなに立派になったのにね」

「ええ、いいですよ」シギータはひじ掛け椅子に座っている……というより、ひじ掛け椅子の端に腰を乗せているだけだ。右手をきつく握りすぎて、爪が手のひらに食い込んでいる。でも、なんとなく、目の前でソファに腰掛けている女性を急かせるのは得策でない気がした。突然、祖父の伝書鳩を思い出した。家まで戻ってきて鳩小屋の屋根にとまっているのに、どうしても中にはいろうとしない。レースの記録がどんどん遅くなる。

「焦っても仕方ないさ」祖父はそう言うのだった。「さ、ここのベンチに来て、じいちゃんの隣に座りな、シギータ。鳩はその気になったら小屋にはいるさ」

祖父は一九九一年に逝った。国が独立した年だった。ユリヤばあちゃんは伝書鳩レースにはまったく興味がなくて、いちばん上等の鳩たちを隣の住人に売ったあと、残りは勝手にさせておいた。そのうち、五年か六年たった頃、冬の嵐で鳩小屋の屋根が吹き飛ばされた。

ユリヤを見ながら、黙って待て、と自分に言い聞かせた。

「警察に言わないでね」ようやくユリヤが口を開いた。「約束してくれる？」

シギータは約束した。それでも十分ではないようだった。

「警察に通報したせいで、犯人はものすごく怒ったの。警察なんかに通報したからジタを傷つけなくちゃならなくなった、何もかもおまえたちのせいだ、って……」カップを持つ手が震えていた。

「わたし、何も言いません」シギータは言った。

「約束して」

「約束します」

ユリヤはシギータの瞳をじっと見つめていた。そして唐突にコーヒーカップを置くと、うつむいて両手を首の後ろに回し、ネックレスをはずした。ただのネックレスではなくて、十字架像だった。小さな金色のキリストが黒い木の十字架にかかっている。極小サイズだが、苦痛に満ちた表情まではっきりと見えた。

「神様を信じる？」ユリヤが聞いた。

「信じます」シギータは言った。信心だの疑心だのごちゃごちゃ言っている場合ではない。

「だったら、これにかけて誓って。ここに手を置いて。わたしが話すことを何ひとつ警察に知らせないと誓って」

シギータは十字架の上にきちんと手を置いて、約束する、と繰り返した。すでにこれまで約束した以上にこの行為が何らかの保証を上乗せすることになるのかどうか、シギータにはよくわからなかったが、ユリヤの心はいくらか安らいだように見えた。

「封筒が届いたの。おまえたちのせいでこうなったんだ、よく見ろ、って。封筒にはジタの爪がはいってた。丸ごと一枚。すぐわかったわ、その前の日に遊びでわたしのマニキュアを使わせてあげてたから」ユリヤの声は震えていた。「今後も警察に言ったらまたジタを誘拐するからな、って……。こんどは売り飛ばすぞ、って……年端もいかない女の子とのセックスが好きな男に……」

シギータは唾をのんだ。

「でも、ユリヤ、その男が刑務所に入れられちゃえば、もうジタちゃんを誘拐できないでしょう？」

ユリヤは激しくかぶりを振った。

「そんな危険なこと、できると思う？　刑務所だって、いつまでもはいってるわけじゃないのよ？　それに、仲間がいることもわかってるの」

ユリヤがここへ足を運んでくれたこと自体、奇跡に近い厚情だったのだ、とシギータは思った。

「あいつがこんなことするとは思わなかったのよ」ユリヤは小さな声で言った。まるでシギータの頭の中を読んだように。「あなたの子どもをさらうなんて思わなかったのよ」

「でも、ジタちゃんは戻って来たんでしょう？」シギータは言った。「どうやって取り返したんですか？」

ユリヤの沈黙があまりに長いので、シギータは返事を聞けないかと思った。

「あなたを売ったの」とうとう、ささやくようにユリヤが言った。「あなたの名前を教えろと言われたの。それで、わたし、教えたの」

シギータは何が何だかさっぱりわからず、ユリヤを見つめるばかりだった。

「わたしの名前を……？」

「そう。赤ちゃんを産んだ女の子たちの記録は、いっさい残っていないの。クリニックに残っていない、っていう意味。名前はどこにも残さないの。出生記録は両親……両親っていうのは子どもをもらっていく夫婦のことだけど、その両親に渡すから。自分たちの実子として届けられるように」

シギータは腹の底に灼けるような痛みを感じた。やっぱりそうだったのだ……これは神様が下された罰なのだ……すべてわたしが悪いのだ……わたしが最初の子を売ったから、こういうことになったのだ……。それは理屈や理性とは別次元の原始的な確信だった。

「でも、なぜ……？　わたしに何の用があったんですか？」

ユリヤは首を横に振った。「本当の黒幕は、その男じゃないのよ。その男は単なる実行係。黒幕はもう一人のほう。デンマーク人」

「どういう意味？」

「何ヵ月か前に、デンマーク人がクリニックへ来たの。あなたが何者なのか教えてほしい、その情報を得るためなら大金を払う用意があるから、って。ユルキエネ院長は答えられなかった……記録はいっさい残っていないから。でも、デンマーク人はわたしに気がついたの。わたしが赤ちゃんを手渡した看護師だとおぼえていたのよ。あのとき、あなたの赤ちゃんを……。それで、デンマーク人はわたしに何かおぼえていないか、何でもいいから思い出せないか、って聞いたの。あなたがどういう人なのか、出身地はどこなのか。もちろん、わたしはおぼえていたわ。だって、あなた、あのとき死にかけて、わたしが何日も看護に付いていたから。でも、わたし、おぼえていないと答えたの」

ユリヤは話しながら涙を流していた。声を出さない奇妙な泣き方で。まるで目から水が漏れているだけのような。

「デンマーク人は納得しなかった。何でもいいから教えてほしい、お金ならいくらでも払うから、ってしつこく言いつづけた。そのあいだじゅう、もう一人の男が後ろに立ってた。胸の前で腕組みして。デンマーク人の安全とお金を守るために付いて歩いてるのは明らかだった。ボディガードみたいな感じで。こんなに何年もたったあとで、どうしてあなたのことを探そうとしているのか、わたしにはわからなかった。でも、そのうちやっとデンマーク人は来なくなって、それで終わったと思ったのよ。だけど、そうじゃなかった……」

「デンマーク人……」シギータは、てんでんばらばらに散らばった要素を整理しようとした。「そのデンマーク人っていうのは……」

「そう。あなたの赤ちゃんを連れていった人。最初の赤ちゃんをね」ユリヤはきらきら光る瞳でシギータを見つめた。「あの時は、良いことをしていると思っていたの。だって、そうでしょう？　未婚の母にとっても、生まれてきた赤ちゃんにとっても。どの子もお金持ちにもらわれていったし。ああいうやり方で赤ちゃんを手に入れるのは、ものすごくお金のかかることだから。きっと大切に育ててもらえるだろうと思ったし、実の子のようにしてもらえるだろうと思ったの。養子だってことを絶対知られないようにしたいっていうのは、そういうことでしょう？　奥さんのほうなんか、みんな、それは嬉しそうだし。うれし涙に暮れながら赤ちゃんを抱きしめて。だけど、そのデンマーク人のときは、赤ちゃんを受け取りにきたのは男のほうだけで、奥さんは一度も見なかった。あとからずっと気になっていたわ」

「大切に育ててもらえるだろうと思ったってことは、いまはもうそう思っていないってことですか？」

「思ってるわ、いまでも。ほとんどのケースではね。でも、もうクリニックは辞めることにしたの。もう、あそこでは働きたくない。生活は苦しくなるけれど。クリニックは給料が良かったし、アレクサスは学校の教師で給料が高くないから。でも、わたしはもうあそこでは働きたくないの」

「ちょっとわからないんですけど、ジタちゃんを誘拐したのはそのデンマーク人だったんですか？」

「直接手を下したわけではないけれど。実行犯はボディガードの男よ。名前は知らないけど。一ヵ月以上もたってデンマーク人のことなんかほとんど忘れた頃に。ボディガードのほうは、あなたのことを思い出せないって言ったわたしの言葉を嘘だと見抜いて、ジタを誘拐したわけ。それで、わたしはその男にあなたの名前はシギータだって教えたの。男はそれだけじゃ足りないって言ったわ。苗字も教えろ、どこに住んでるかも教えろ、って言った。それについては、わたしは本当に何も知らなかったのよ。そしたら、男は、かわいそうにジタは家に帰りたいママのところに帰りたいって泣いてるのにな、って言ったの。それで、結局、わたしはファイルを調べて見つけたのよ。領収証を。書いてあったのはあなたの名前じゃなくて、伯母さんの名前だったけど。でも、それで用事は足りたらしくて、ジタを返してくれた……」

生薬用の各種薬草代金として、一四、四二六リタス。

もちろん、シギータも領収証のことはおぼえていた。しかし、話の筋はいっこうに見えてこない。

「だから、むこうが言うとおりにすれば息子さんを返してくれるんじゃない？　ジタを返してくれたみたいに？」ユリヤは言った。

「でも、むこうの要求が何なのか、わからないんです」シギータは絶望のあまり声を上げて泣いた。「わたしには何も言ってこないんです！」

「たぶん、何かの手違いがあったのよ」ユリヤが言った。「ボディガードがデンマーク人と連絡が取れなくなったとか」

シギータは首を横に振るしかできなかった。「それでも話の筋が通らない……」

いきなり、シギータが顔を上げた。「産んだほうは記録を残さないって言ったけど、赤ちゃんをもらったほうは？　もらったほうの人たちの記録はあるんですか？」

「もちろんよ。だって、出生届を作らなくちゃいけないから」

「よかった。じゃ、その人の名前を教えてください」

「デンマーク人の？」

「そう。ユリヤ、わたしに対してそれくらいはしてくれる義務があるでしょう？　それから、できれば住所も」

ユリヤの顔が恐怖でひきつった。「無理よ」

「無理じゃない。ジタちゃんを取り返すために同じことをしたんでしょう？　こんどは、わたしの息子を取り返すために協力してください。でないと……」シギータは言葉をのみこんだ。こんなこと、言いたくはない。でも、ミカスのためだから。「でないと、結局、警察に行くしかないかも。そしたら、警察のほうでクリニックのファイルを探してくれると思うから」

「約束したじゃないの！　十字架のイエス様にかけて誓ったじゃないの！」

「だから、それを破りたくないんです」

ユリヤは罠にかかった動物のように固まったまま座っていた。そんな姿を見るのはつらかった。

「あしたの朝やってみるわ」ようやく、ユリヤが口を開いた。「秘書が出勤してくる前に。でも、見つからなかったら……？」

「見つかります。見つけてもらうしかないんです」シギータが言った。

翌朝、九時少し前に電話が鳴った。

「名前は、ヤン・マルカート」ユリヤが告げた。「住所は……」

目がさめたのは、誰かが車の窓をバンバンと乱暴に叩いたからだった。目を開けると、猫背の後ろ姿が千鳥足で道を渡ってコペンハーゲン中央駅のほうへ歩いていくのが見えた。レーヴェントロウス通りの街灯の上で、夜が薄い灰色に明けていく。

首の後ろが痛む。ニーナは夜のあいだ自分の頭の重みを持て余していたことをぼんやり思い出した。理想的な寝方ではなかったが、こんな窮屈な姿勢でも睡魔は襲ってきた。前のシートに押しつけていた両膝をそろそろと下ろし、ドアを開けて歩道に足を伸ばしたら、全身の腱や筋肉が抗議の悲鳴を上げた。

男児はまだ眠っている。夜のあいだに寝返りを打ったらしく、両腕を大の字に広げ、手のひらを上に向けている。自分がどこにいるか忘れているのだろう。ニーナは少しうらやましい気がした。自分にはそういう慈悲に満ちた眠りは訪れなかった。一晩眠って起きても、疲労感は変わらなかった。

ニーナはゆっくりと立ち上がり、車の横を歩きながら両足のしびれを和らげようとした。ヘルゴランス通りの娼婦と会うまでに、まだ六時間以上もある。もう少しすれば太陽が昇って、ヴェスタブローはディーゼルの臭いが立ちこめるオーブンになるだろう。自分と男児のために当面の避難先を考えなくては。できれば、シャワーの使える場所を。ニーナは自分の体臭が気になった。からだを動かすたびに汗の酸っぱい臭いが鼻を刺激し、不快感と疲労感がつのった。

後部座席の男児が動いた。まだ半分眠っているが、徐々に目ざめつつある。男児は伸びをしたあと、目をぽっかり開けて灰色のシートの背を見つめたまま長いことじっと横たわっていた。そのあと、頭の向きを変えてニーナを見た。眠っていたあいだの穏やかな表情は一瞬で消え、落胆の表情に変わった。でも、変化もあった。依然として拗ねたような表情ではあるものの、敵意はなくなっていた。見方によっては、親近感のようなもの、前日に二人で修羅場をくぐりぬけた記憶がもたらす共同体意識のようなものさえうかがうことができた。カーリンのうつろな瞳、頭の下の血だまりを見たときの嘔吐、無我夢中の逃走、ヘルゴランス通りの娼婦たち、トーストもしないまかじった食パン。

とりあえず誰を頼るべきなのか、この子はわかっているのだ。なぜそういうことになったのかがわからないだけ。

ニーナは男児に力ない笑みを見せた。それが精一杯だった。まだ朝の五時四三分。この子を連れてまた長く孤独な一日が始まるのだと思うと、全身の力が抜けそうだった。とても乗り切れそうにない。

家に帰ろうか。

きのうの長い逃避行のあとでは、とんでもない思いつきのような気がした。でも、モーテンとの冷たくぎこちない会話はもう遠い記憶になり、頭の隅っこにかすかに漂っているだけだ。モーテンは、ほんとうにカンカンだったんだろうか？　そうでもなかったかもしれない。自分と男児がなぜ姿を消さなくてはならなかったか、わかってくれるかもしれない。ちゃんと説明できれば。カーリンのことは単なる出まかせで、ほんとうはネットワークから要請があったのだ、この男児はほんの数日ほど預かるだけで、外国の……そう、イギリス……イギリスの親戚のもとへ送られる予定なのだ、と。それなら、モーテンにも何とか通用するだろう。

モーテンはニーナが不法滞在者のために奔走することにはいい顔をしないが、こうした人々に対して何らかの救済策が講じられるべきだという原則は支持している。難民や移民に関する政府の方針に対しては、一貫して批判的だ。難民が強制的に国外追放されたり家族が引き裂かれたりするニュースが流れると、モーテンは純粋な義憤に駆られ、怒りを口にする。ネットワークに対する反感やニーナがネットワークに入れ込みすぎることに対する不満は、純粋に個人的なものだ。こういう状態はニーナのために良くない、とモーテンは考えている。ニーナは自分自身や子どもたちから逃避するためにネットワークの大義を利用している、家庭生活から逃避するためにネットワークの仕事に入れ込んでいるのだ、と。それでも、機嫌が良いときは、モーテンはニーナのことを「アドレナリン・ジャンキーさん」と呼ぶ。怒っているときは、ほとんど口をきかない。ネットワークに対するモーテンの反感は、ニーナがオスタブローのアパートを留守にする夜の数に比例して大きくなる。

いま、この時点で、自宅以上に行きたい場所は思いつかなかった。自宅が恋しかった。男児を腕に抱いて、そっと階段を上がっていく。湯を沸かして、コーヒーを淹れる。男児をテレビの前に座らせておいて、小さなバスルームにはいり、タコの模様のシャワーカーテンを引いて、熱いシャワーをたっぷり浴びる。使い慣れたエコ・シャンプー。無香料の、清潔な匂いがするだけのシャンプー。それから、はだしでキッチンにはいって、朝食の用意をする。オートミール、レーズン、砂糖、ミルク。子どもたちはもちろん学校へ出かけていく。男児はアントンのベッドでもう二、三時間眠ったらいい。そのあと、ヴェスタブローに戻ってヘルゴランス通りの娼婦と会う……。

そうしよう。それがいい。家に帰ろう。深い安堵が全身を満たした。誰かが両肩の重い荷物を文字どおり取り去ってくれたような。ニーナはバックミラーごしに男児に晴れ晴れとした笑顔を送り、路肩に停めてあった車をゆっくりと出してオーブルヴァーデンへ向かった。朝の光の中で、何もかもがすっかり変わって見えた。こんな朝でも。モーテンが助けてくれるだろう。そうに決まっている。どうして疑ったりしたのだろう?

モーテンは制服の警官と自分のために二人分のコーヒーを淹れはじめた。私服警官のほうはコーヒーよりもコーラがいいと言った。

両手が勝手に動いている。いつもの慣れた手順。脳からの指令はほとんど必要ない。やかんに水を入れ、スイッチをオンにし、コーヒーポットをすすぎ、コーヒーの缶を開ける。

皮肉な声が頭の中でささやく。ニーナが生きてるのか死んでるのかもわからないのに、コーヒーなんか淹れている場合か……。

「ミルク？　砂糖？」

「ミルクでお願いします」

モーテンは冷蔵庫を開けて、ぼんやりと中を眺めた。スモーク・ハムの平たいパッケージ。マスタードの壜。キュウリ。ビーツのピクルス。午前四時半。寝汗が臭う。からだがまともに機能していないし、不潔な感じがする。

「妻は、カーリンが病気だとか具合が悪いとか、そんなことを言っていました。正確な言葉はよくおぼえていませんが。とにかく、カーリンの様子を見に行かないと、と言っていました」

「それは何時頃の話ですか？」

「きのうの午後です。五時ちょっと過ぎ。妻はアントンを迎えに行くはずだったんですが……下の子のことです。学童へ迎えに行く当番だったのに、忘れたんです」

「それは、ふだん、あまりないことですか？」

モーテンは曖昧に首を振った。明確な否定というより、よくわからないというニュアンス。

「前は、その……上の空みたいな時期もあったんですが、最近はそうでもなかったんです。妻は、その……気が散っていたんだと思います。たぶん、カーリンのことが心配で。カーリンと妻は看護学校からの友だちで、非常に親しくしていました。でも、このところしばらく間が空いていたような気がします。その……最後に会ってから、という意味ですが」

モーテンはコーヒーポットをテーブルに置いた。それから、カップを並べた。ミルクをステルトンの小さなクリーマーに入れてテーブルに出す。両親がプレゼントしてくれたものだ。

ニーナも死んでいるかもしれない。カーリンと同じように。

「ニーナの姿はぜんぜん目撃されてないんですか？」モーテンは聞いた。

「ないです。隣の人が叫び声を聞いて、そのあと遺体を発見したんです」

「叫び声？　カーリンの？」

「ではないと思います。死亡推定時刻がかなり前なので。誰の叫び声なのかはわかりませんが、隣の人は間違いなく聞いたと証言しています。人の姿は見なかったけれど、車が走り去る音は聞いた、とも言っていました。どういう車かは、わかりません。奥さんが現場から車で走り去った音なのか、他の車なのか、わかりません。警察犬を出して現場周辺の捜索を続けています。その中で、奥さんの携帯が見つかったわけです」

消息がはっきりしないのは、いまに始まったことではない。不安にさいなまれながら過ごした日々は数知れない。ニーナからはいる電話連絡がしだいに間遠くなり、ニュースで不穏な情勢が伝えられて……。だが、今回はもっと悪い。もっと具体的で、もっと近い。モーテンは奇妙な怒りが湧いてくるのを感じた。ダルフールじゃあるまいし！　国内のこんな場所でこんなことが起こるはずはないのだ。やっとニーナが家に居着くようになったのに。

警官がコーヒーを口に運んだ。

「奥さんの身長は？」

「一メートル六九センチです」自動的に答えてカップを口へ運ぼうとしたところで、モーテンは凍りついた。なぜ身長を聞いたのだろう？　身元確認のため？　遺体確認のため？

あ、そうか、それ以外にも聞く理由はありうる。

「まさか……ニーナが……ニーナが殺害に関係している、と……？」

「まだ検死の結果待ちですが、状況からすると尋常ではない力で殴られたようで……おそらく男の犯行だろうと考えているところです」

そう聞いたからといって、安心材料にはならない。

気がつくと、アントンが戸口に立っていた。髪が汗ばんで、サイズの大きすぎるスパイダーマンのパジャマが肩からずり落ちそうになっている。

「ママ、帰ってきたの？」手の甲で顔をこすりながら、アントンが聞いた。

「まだだよ」モーテンが答えた。

アントンは顔をしかめ、ようやく部屋に見知らぬ人間が二人いることに気づいた。アントンは制服姿の警官に目をみはり、口を半開きにしたが、何も言わなかった。モーテンはどう対応すればいいかわからなかった。七歳の頭で理解できるような説明など、とても考えつかない。

「さ、ベッドに戻って寝なさい」モーテンはできるだけいつもの何気ない口調で言った。アントンは小さくうなずいた。はだしの足音が廊下をパタパタと去っていく。

「もし奥さんが帰ってきたら、すぐにこちらへ連絡してほしいとお伝え願えますか？」警官が言った。「重要な目撃証人なので」
「もちろんです」答えながら、モーテンの中で無力感が大きくなっていく。
いい、もし帰ってきたら。

灰色に明けていく空の下、ヤクト通りの交通量が多くなってきた。しかし、ファイオー通り周辺の狭い道路はまだ静かで、交通量も少ない。おそらく、すぐにパトカーに気づいたのは、そのせいだろう。青い点滅灯を消したパトカーは、最初、白いタクシーのように見えた。路肩に突っ込むように斜めに無造作な停め方をしてある。きちんと縦列駐車する手間を惜しんだかのように。モーテンが見たらいやがりそうな停め方だな、とニーナは思った。子どもたちを学校に送っていくときに、ここへ下りてきてまだこの車がこんな停め方をしてあったら、きっと顔をしかめるに違いない……と、そこまで考えたとき、気づいた。白い車の屋根についているのはタクシーのライトではなく、パトカーの回転灯だった。そして、自分たちが住んでいる三階に明かりがついていて、誰か起きている。

ふだん、モーテンはこんな早い時刻には起きない。油田で働いているときは別だが、こっちにいるあいだはフレックス・タイムの勤務体制だ。きょうは一人で子どもたちの面倒を見なければならないが、それにしても、七時半に子どもたちを起こして朝食を食べさせればじゅうぶん間に合う。いまは五時五八分。早すぎる。

ニーナは自宅前をスピードを落とさずに通り過ぎた。警官が朝のコーヒーを飲むあいだけ裏通りにパトカーを停めておいた、ということもありうる。しかし、ならばなぜモーテンが起きているのか？　自分のことを探しているのだろうか？　カーリンの件で？　それとも男児の件で？

できれば信じたくなかった。熱いシャワーとごくあたりまえの朝食という夢を諦めるのかと思うと、すでに疲労困憊している全身に新たな疲労感が広がる。ニーナは通りの先の空きスペースにフィアットを入れ、両手をハンドルに置いて、クラッチを踏み込んだまま、どうしようかと考えた。

心のどこかで、もう終わりにしたいと思っている自分がいた。

何も劇的な展開を望んでいるわけではないのだ。慌てず騒がず専門家の手にこの男児を委ねられれば、これ以上いたずらに不安な目に遭わせることもない。そうするのが正しいのだと納得しようとすれば、できないこともないかもしれない。男児はアマーにある施設で安全に保護され、駅で見た男のことは幸せな幼年時代のただ一つの忌まわしい記憶でしかなくなるかもしれない。移民局なら、ちゃんとした通訳もいる。ポニーテールに子馬のような足をしたリトアニア人娼婦を探して歩き回る必要もない。この男児に愛する母親がいるならば、きっと移民局が探し出してくれるだろう。

そう思うことができたら、どんなにいいか。毎日、毎日、デタッチメントの練習をしてきた。世界じゅうの不条理をいちいち自分の心痛として受け止めないように、と。受け止めてもいいけれど、程度をわきまえるように、と。一所懸命がんばるのはいいけれど、モーテンや子どもたちの待つ家庭に戻ってきたら、そういうことは心の中から追い出すように、と。バランスのとれた人道的信念にもとづいて行動するように、と。いまの自分ときたら、過激な動物愛護をふりかざす活動家みたいだ。険しい目つきで。なりふりかまわず。たしかに心穏やかな日々もあった。ありがたいことに。けれど、そういう穏やかな日々がこの先ずっと続くかと期待しかけるたびに、ナターシャやリナが目の前に現れ、ザイードやリィ・ホワが現れ、デタッチメントうんぬんは粉々に吹っ飛んで、現実がむき出しの肌をガリガリ削るのだ。

ニーナはエンジンを切り、車から降りてそっとドアを閉めた。振り返って、どっしりとした茶色い玄関ドアを眺め、その上方に並ぶ窓を見上げた。あとは決心するだけだ。ほかの誰もが選択するのと同じ道を。男児の手をやさしく取って階段を上がり、警察の前に出る。責任ある大人として精一杯のことをしたと胸を張って思えるはず。そして、モーテンにすべてを話す。すべてを告白する熱い陶酔感の中で、いつもの口論になるだろう。きみは何を大切と考えているのか、ぼくがどれだけ心配したかわかっているのか。そして最後には……最後には涙の中で心が深く通じ合う。わたしは両手で彼の顔を包み、その手を彼の額から頬へと滑らせ、そして首の後ろ、短い茶色の髪が湿っている中に指を這わせる。果てしない安堵。

そうしたことすべてを手にできるのだ、ほかの誰もが苦もなく信じられることを自分も信じることさえできれば。デンマークは人生に敗れて岸辺に打ち上げられた人々にとって安全な避難所たりうる国である、と。

三階の窓の奥で人影が動いた。行ったり来たり、ぎくしゃくと、狭い檻に閉じ込められた猛獣のように。それが長身でスポーツマン体型のモーテンの影だとわかって、ニーナは心が痛んだ。と、別の人影が現れた。モーテンより背が低くずんぐりとしたシルエット。ゆっくりと相手をなだめるような身振り手振り。

プロだな、と思った瞬間、ニーナの中で反感が増大した。モーテンは、いま、警官の管理下にある。プレシャーにさらされた一般市民への接し方をたたきこまれているプロの手の中に。

「可能なありとあらゆる手を打っていますから、われわれに安心して任せてください」などと言っているに違いない。あるいは、「われわれは訓練を積んだプロフェッショナルです。いま、あなたがニーナさんのためにできる最善のことは、われわれを信頼してもらうことです」とか。

わたしの手からこの男児を預かるときも、同じようなことを言うのだろう。「われわれのほうで全力を尽くして対応しますから」とか。

突然モーテンが窓際に歩み寄って外を見た。思わず、ニーナは二歩あとずさりした。見られただろうか？　夜明けの薄暗さはすっかり消え、朝の光がニーナの姿をくっきりと照らしている。ただ、窓からは距離があるし、フィアットは他の車の陰に停めてある。ニーナは動かずじっとしていた。動けば注目を引くと思ったから。でも、自宅の窓から目をそらすことはできなかった。やがて、モーテンが窓に背を向けた。ニーナは一気に行動に出た。車に飛び乗り、勢いよくドアを閉め、エンジンをかける。フィアットは道路に飛び出すような勢いで走り出し、そこでエンストした。パーキング・ブレーキを引いたままだった。ニーナは悪態をつきながらエンジンをかけなおし、クラッチから足を上げた。逃げなければ、という思いが全身を支配していた。戻るという選択はありえない。

モーテンはわたしに気づいただろうか？　気づいたとしたら、警察に言うだろうか？

唐突に、疲れた頭にひとつの情景がよみがえった。はるか遠い昔のこと、はじめてモーテンと愛を交わしたとき。モーテンはニーナの顔を自分の顔に引き寄せて、じっと瞳をのぞきこんだ。究極の愛情、究極の信頼を感じた瞬間だった。それがいまではどうか。モーテンが追っ手をかけずに自分を逃がしてくれるかどうかさえ、わからない。そうであってほしいと願うしかできない。

バックミラーにちらりと目をやる。パトカーはまだライトを消したまま路駐してある。そのとき、やぼったいルーフボックスを積んだ不恰好な灰色のSUV車がすぐあとから道路に出てきて、後方の視界をさえぎった。まあいいか、とりあえず警察からは遠ざかっているし、男児は無事に後ろの座席に乗っているし。もしかしたらモーテンは気づいていたのかもしれない、そしてわざと逃がしてくれたのかもしれない、という根拠もないささやかな希望がちらりと頭に浮かんだ。もしかしたら、そっと小さく手を振ってくれていたのかも？　いまでも言葉には出さないけれど自分を応援してくれていて、この件が無事に解決するよう祈っていてくれるのかも？　今回だけは待っていてくれるつもりなのかも？　彼のもとに戻るまで。アパートに戻るまで。冷蔵庫のドアにアントンのでたらめな絵が貼ってある、あのアパートに戻るまで。最近バスルームの棚にイーダのスタイリングジェルやラメ入りの安い口紅が増えはじめている、あのアパートに戻るまで。この件に片がついたら、アパートとそこにある生活で自分は満足できるようになるはず……きっと、そのはず……そうなるはず。

信号が黄色に変わった瞬間にニーナはヤクト通りへ曲がった。朝の交通量は交差点付近が渋滞するほど混んではいなかったが、ニーナの車のすぐ後ろでクラクションの音とタイヤのきしる音が響いた。後方からついてきていた灰色のSUV車が後を追うようにかなり遅れて交差点に進入し、直進してきた同じような大型SUV車と衝突したのだ。二台の車がフェンダーどうしをぶつけあって、ノアブロー方面へ向かう道路を完全にふさぐ形でとまっている。

いい気味だと思いながら、ニーナはギアをトップに入れて平凡な小型車を軽快に走らせた。二酸化炭素ガスをまき散らして走るＳＵＶ車どうしでせいぜい罵声と連絡先を交換しあって、馬鹿みたいに大きなフェンダーに傷がついた無念を噛みしめればいいんだわ、と。ある意味、天罰みたいなものよ。大きくなればなるほど、いろんなものにぶつかるってこと。

ランドローバーを運転していた男がユツァスに向かって怒鳴り、人差し指を突き出している。ユツァスには相手のアホが言っていることなどひとつも理解できなかったが、そんなことはどうでもいい。ユツァスは相手に両手のひらを見せて敵意がないことを態度で示した。二〇〇メートル足らず後方にパトカーが停まっているという鋭い認識だけが、相手の男にノックアウトパンチを食らわせたい衝動を抑え込んでいた。怒りと呼ぶほどでもない、ただ面倒なだけだが、この独善的な傲慢野郎の顔に一発ぶちこんで軟骨が砕ける音が聞けたらどんなにスカッとするだろう。

ユツァスは無理に笑顔を作った。

「ダメージないね？」ランドローバーの無傷のフロント部分を指さしてユツァスは言った。「そっちの車は、ダメージなし。わたしの車、あまりよくないが、オーケー。ごきげんよう」ミツビシ車のヘッドライトが割れ、ミルキーホワイトの破片が歩道に散らばっているが、この場ではどうすることもできない。いまはとにかくここから早くずらかりたい、あのガキ女を見失う前に。ランドローバーの男はこんどは英語で文句を言いはじめたが、ユツァスは無視して車に戻り、バックして相手の車から離れた。

「……無茶な運転をしやがって。赤信号は何のためだと思ってるんだ？　クリスマスの電飾じゃないんだぞ！」

ユツァスは構わず相手の男に手を振って車を発進させた。あの女、次の交差点で右折しなかったか？

「女がどっちへ行ったか、見たか？」ユツァスはバルバラに聞いた。

答えが返ってくるまでに、しばらく時間があった。

「いいえ」返事はそれだけだった。

ユツァスはちらっとバルバラのほうを見た。妙によそよそしい感じだ。まるで、もう何もかも自分の知ったことじゃない、というような。いや、さっきの接触事故で少しショックを受けただけだろう。

「だいじょうぶだ」ユツァスはバルバラに話しかけた。「ヘッドライトが割れただけだ。自分で直せる、設備さえあれば」

バルバラは返事をしないが、いまは女の機嫌を取ったり不満を聞いている暇はない。ユツァスは右折のウィンカーを出したが、もちろん、次から次へと交差点を渡っていく果てしない自転車の群れが通り過ぎるのをじりじりと待つしかなかった。いったい、この国の人間どもはどうなっているのだ？　車を買うカネがないのか？　人口の半分が自転車にまたがってフラフラ走り回っては交通の邪魔をしやがる。

次の交差点にさしかかった。ユツァスはどっちへ進もうか迷い、後続の車列から盛大なクラクションを浴びた。フィアットの影はどこにも見えない。思いきって左折してみたら、一方通行だらけの「コミュニティ・ゾーン」に迷いこんでしまった。いまいましい花壇なんぞがわざと道路の真ん中に作ってある。ユツァスは車を乱暴にバックさせて幹線道路に戻ろうとした。しかし、もう手遅れだ。一方通行の道を三、四本走ったあたりで、諦めざるをえなかった。

「くそっ！」

ユツァスは両手をハンドルに叩きつけ、いきなりブレーキを踏んだ。そして、そのまましばらく怒りと戦っていた。

「あの女、子どもを連れてたわ」バルバラが唐突に口を開いた。

「本当に？」ユツァスは鋭い目でバルバラを見た。「間違いないか？」

「ええ。後ろに座ってたわ。髪が見えたもの」

カネが手にはいればそれに越したことはないが、ガキが手近にいるというのなら、何もないよりましだ。

「あの子は養子になるんだ、って言ってたじゃない」バルバラが言った。

「何だって？　ああ。そうだ。養子だ」

「じゃあ、どうしてあの車に乗ってるわけ？　養子をもらう両親が迎えにくるんじゃなかったの？」

「ああ、俺もそう思ってた。けど、あのニーナ・ボーウって女が邪魔しやがったんだ」

「それに、どうして服を脱がせたの？」バルバラはなおも追及する。「写真を撮るときに？」

ユツァスは空気を深く吸い込んで、ゆっくりと吐き出した。落ち着け。

「跡をつけにくくするためだ。おい、いいかげんにしないか。あれこれ聞いて、ますますややこしくなるばっかりだろうが」

いまのバルバラの視線は耐えがたい。まるで、もうあなたを信用できなくなった、というような目で見ている。

「ちくしょう」ユツァスは押し殺した声で言った。「俺は変態なんかじゃないぞ。そんなこと、ちっとでも考えやがったら……」

「考えてないわ」バルバラが即座に言った。「そんなこと、考えてないから」

「そんなら、いい。くだらないこと言うんじゃない」

それでもなおしばらく車を走らせたが、結局フィアットは見つからなかった。ユツァスはさっきのアパートまで戻り、玄関の近くに車を停めた。

「車の中にいろ」ユッァスはバルバラに言った。「戻ってくるはずだから。お巡りが帰ってったら、電話をくれ。それか、あの女とガキを見かけたら」

「どこへ行くの？」バルバラがユッァスの顔を見た。こんどはさっきとは違う目だ。

ユッァスは笑顔で応じた。そうだ、この目ならいい。まだ俺に守ってもらいたいと言ってる目だ。もちろん守ってやるとも。

「ちょっと用事があるんだ。すぐ戻る」

午前七時七分。ヘルガス通りの市営プールは、きっちり七分前に開いたところだ。ニーナは切符売り場で保証金を払ってタオルを二本受け取り、広い茶色の階段をさらに上がって二階の女性更衣室にはいった。

空っぽのロッカーが並ぶ更衣室は人影もまばらだ。三人いた女性は、互いに無言で前を向いたまま、公衆の場で人目をはばかって背中を向け合い、脱いだ服をたたんでいる。一人は若く見えた。あとの二人は中年だが、よく鍛えたからだをしている。誰もニーナのほうを見なかった。濡れたタイルの床に一緒に立っている男児に目をくれる者もいなかった。男児は背中をやや丸めて、早朝のひんやりした空気の中で少し震えている。

トイレに連れていくと、男児は素直に小便をした。腰を前に突き出し、両手を首の後ろに組んだ恰好で。アントンも同じことをしたっけ。こうすれば、あとで手を洗わない言い訳になるから。幼い男の子はどの国でも同じことを考えるらしい。そう思ったら、ニーナの顔に笑みが浮かんだ。

更衣室に戻ってみると、三人の女性はすでに音の反響する洞窟のようなプールへ出て行ったあとだった。ニーナはぎくしゃくした動作で服を脱ぎはじめた。筋肉も、関節も、腱も、あちこちがこわばっている。ちょうど、インフルエンザにかかったあとのような感じ。時間をかけて服を脱ぐ。急ぐ必要もない。頑丈そうなブラケットで壁に取り付けられた木製ベンチに男児を座らせておいて、ニーナは蛇口をひねり、熱いシャワーを胸と腹に浴びた。

このところ、ちゃんと食べていなかったせいで、肋骨が浮き出て見える。もともと瘦せすぎくらいに瘦せていたが、子どもを二人産んだあとは何を食べても肉がつかなくなった。顔も頰がこけ、鎖骨や肩や腰まわりの多少なりともふっくらしていた部分さえ、いまでは柔らかな曲線を失っていた。食事を抜いたのは、まずかった。でも、仕事が忙しすぎるときやモーテンがエスビェア沖の油田に行っているあいだは、いつもそうなってしまう。食欲というものが失せて、子どもたちには機械的に食べさせるものの、自分の食事は抜いてしまう。

「あとで何か食べるものを買うからね」ニーナは男児に約束した。「豪勢なイングリッシュ・ブレックファストなんか、どう？」

男児はニーナの声には無反応なまま、ただそこに座って目を大きくみひらき、足をぶらぶらさせながらニーナを見ている。ニーナはふたたび男児に背中を向けて、壁に備え付けのボディソープを全身に塗りつけた。灰色のシャワールームには不似合いな甘い香り。ニーナはつかの間の快感を味わい、お湯の熱さとソープの香りを楽しんだ。肌が温まり、生気が戻った。あたりに湯気が立ちこめて鏡やガラスの仕切りが曇る。ニーナは泡のソープをもう一押し出して、髪を乱暴に洗った。髪は少し前にベリーショートにカットしたばかりだった。モーテンは理解しかねる表情だったが、ボリュームの出すぎる縮れ毛で苦労するのはモーテンではない。切る前は、縮れ毛は肩の近くまであった。切ってしまって、ほんとうにすっきりした。とくに職場では。ベリーショートなら、毎日「適切な髪型」とやらに悩む必要はない。赤十字センターに収容されている男性の多くは、女性スタッフを半ば看守として半ば性的対象として見ている。優越感と屈辱感がせめぎあっているのだ、とセンターの心理学者が解説してくれたことがあった。そのとおりかもしれない。原因は何であれ、何かにつけて問題が起きた。だからニーナはできるだけ女らしくなく中性的に見えるよう気を遣っていた。髪をベリーショートに切ったとき、自分自身も周囲の他人も妙にほっとした感じがした。切り落とした髪と一緒に面倒な女らしさも捨てたような気がして、ニーナは髪を切ったことをちっとも惜しいとは思わなかった。モーテンは残念に思ったようだったが、ニーナはもうずいぶん前からモーテンの好みなど気にしなくなっていた。

ニーナは濡れた手を腹へ滑らせた。腹筋がくっきりとわかる。二度の妊娠にもかかわらず、ニーナの肉体は成熟した女らしさとはまるっきり無縁だった。モーテンも気の毒に。

ベンチに座らされた男児がもぞもぞ動きはじめた。ニーナはとりとめのない考えごとを終わりにしてシャワーを止め、シャワールームのあちこちに置いてある白いプラスチックの子ども用バスタブを一個持ってきて、湯をはった。ニーナが服を脱がせようとすると、男児は素直に従い、バスタブの中に腰を下ろした。ニーナは男児の横にしゃがんで、そっとからだを洗ってやった。肩、胸、背中、足。それ以外の場所には意図的に触れず、男児を湯の中に座らせたままシャワーでせっけんを流した。そのあいだじゅう、男児は意外なほど落ち着いていた。何の警戒心も見せず、胸から腹へ流れ落ちる湯を指でなぞっている。泡のかたまりが生き物のようにバスタブの縁を乗り越えてタイルの床にぽたりと落ちたとき、男児は喜びと驚きのまじった満面の笑みを浮かべてニーナを見た。きのうの午後に二人の逃避行が始まって以来、こんな笑顔は初めてだった。

腹の底に新たな安堵感が広がっていく。確証を得たわけではないし、ニーナ自身は小児性愛や幼児虐待の被害児童が見せる反応に詳しいわけでもないが、目の前の男児はそういう忌まわしい体験はしていないように見えた。もしそのような目に遭っていれば、もっと違う反応を見せるはずではないだろうか？　もっと怯えた、もっと警戒した反応を？

それは痛みを感じるほど強烈な救いだった。この子はまだどこも傷ついていない。

完全な意味での救済が、まだ可能なのだ。

ニーナはシャワーを止め、タオルでそっと男児のからだを拭いてやった。それから無言で更衣室に戻り、男児の髪を手ぐしで整えてやった。

この子は誰なのだろう?

Tシャツを自分で着ると主張する男児をニーナは辛抱強く見守った。売春とか虐待とかの目的でデンマークに密入国させられた子だろうか? でも、それだったら、まるで荷物のようにコペンハーゲン中央駅のコインロッカーに入れておかれるだろうか? この手の犯罪についてニーナは詳しくないが、尊厳を奪われ虐待を受けた人間の姿は職業柄それなりに見てきている。そういうケースでは、通常、動機がはっきりしているし、方法もほとんど知能を必要としないほど荒っぽい。仲介人に有り金ほとんど支払って国境までたどりついたイラク難民一家の父親を痛めつけてなけなしの小金まで吐き出させるくらいのことは、超一流の頭脳がなくてもできる。東欧の少女たちをだましてデンマークのスケルベク通り界隈で時間いくらの稼ぎをさせるのだって、さほど難しいことではない。何発か殴り倒して、一度か二度くらい輪姦《まわ》して、エストニアの故郷に住む家族の住所はわかってるんだぞ、と脅せば、どんなに強情な女でも、まず落ちる。しかも、これがおいしいのは、一般市民が無関心であるという点だ。一般市民からすれば、難民にしろ、娼婦にしろ、玉の輿狙いにしろ、孤児にしろ、頼んでデンマークへ来てもらったわけではない。そういう人間がこの国にいったい何人いるのか、実態も把握されていない。そういう種類の人間に対して犯罪がおこなわれたとしても、一般市民には何ら関係がない。日常生活の法と秩序が乱れるわけでもない。そういうことに無関心でいられないのは、ニーナのようなものわかりの悪い薄ら馬鹿だけだ。

ニーナは感受性が強すぎるのだ。自分でもわかっている。とくに子どもが関係するケースでは、我が身を傷つけられるような気がする。傷口にやっとできかけた薄くて頼りないピンクの皮膚を引き裂かれるような。イーダを産んだ直後からすでにそういう感覚が痛切にあったが、アントンを産んだあと、赤十字センターに収容された子どもたちに対する思いはニーナの中で異様なまでに大きな部分を占めるようになった。もちろん、それは想像の産物にすぎないのだが、それでも、子どもたちの視線が自分の脆弱さを見抜いて、しがみつき、非力な防御を突き破って魂にまで食い込んでくるような気がして、どうにもならなかった。

親から引き離された子といっても、通常はスーツケースの男児よりは年長だ。一〇歳は超えているだろう。赤十字センター職員の記憶にほとんど残らないケースも多い。とくに東欧からの子どもは親に売り飛ばされたケースが多く、連れてこられた国で盗みや物乞いを教え込まれることが多い。街頭で保護されたら隙を見て施設からできるだけ早く脱走するように、と教えられている。携帯が鳴った瞬間に逃げ出して電車に飛び乗り、都会の暗黒街に舞い戻る。あるいは、親類のいるスウェーデンやイギリスへ送られていく子もいる。かと思えば、あきらかに天涯孤独の子もいる。そういうのは所有者の金儲けに使われるためだけにデンマークへ連れてこられた子たちだ。総体的に見て、七割以上の子どもたちが赤十字センターから姿を消してそのまま消息不明になる。

だが、どんな冷血な悪党から見ても、スーツケースの男児は働かせるには幼すぎる。だとしたら、何かの人質だろうか？　あるいは、社会保障制度を悪用した詐欺に使うとか？　前にそんな事件を聞いたことがあった。イギリスだったか。

この子は美しい。唐突にニーナは思った。そういうことが小児性愛者にとってどれくらい価値のあることなのか知らないが、なんとなく、美しいぶん男児に降りかかる危険が大きいような気がした。想像してみれば、それほどあり得ないことではないかもしれない。どこかの変態男が一夜の（あるいは数夜にわたる）快楽のためにヨーロッパ系の幼い男児を注文した……。Tシャツを前後逆にかぶって、細い小さな足に新しいサンダルをはいて立っている男児を見ながら、ニーナは想像した。この子がどこかの知らない大人の男性に抱かれてベッドに……吐き気をもよおす耐えがたい図だった。

ニーナは無理に笑顔を作って男児を見た。

この子を警察に渡したら、どういうことになるだろう？　リトアニアのどこかにある孤児院に送られる？　それとも親戚のところへ送り届けられたあげく、あらためてもっと高い値段で売りとばされるだけ？　もしかして、クルーカットで肩をいからせた継父のもとへ？　大きな手でカーリンを殴り殺した男のもとへ？　ニーナは腹の底から寒気を感じた。もっと知らなくては。もっと解明しなくては。

ニーナは更衣室のドアを押し開け、男児の手をしっかりと握った。これから朝食を手に入れて、そのあと、ヘルゴランス通りの若い娼婦が言っていた〝Sacred Heart〟という教会を探しにいこう。

住所はデンマークだった。考えてみれば当然だ。なぜ例のデンマーク人がリトアニアに住んでいるなんて思ったのだろう？　シギータはブロック体の大文字できちんと書きとめた住所を見つめて、さてこれからどうしようかと考えた。

グージャス刑事からは、ユリヤより三〇分前に電話があった。テレビに出て視聴者に訴える件について気が変わったかどうか、誘拐犯から何か接触があったかどうか、尋ねてきた。シギータは「ノー」と答えた。ユリヤとデンマーク人のことについては何も言わなかった。

デンマークへ行くしかない、とシギータは考えた。その男を見つけて、どうしたらミカスを返してくれるのか尋ねるしかない。

しかし、吐き気をもよおす一抹の不安が、さっきからずっと頭の中へ侵入してこようとしている。相手が何も要求しなかったら？　欲しいものは手に入れた、交渉するつもりはない、と言ったら？

相手の男はわたしの子どもをコレクションしようとしている……シギータは恐怖のあまり寒気を感じた。これで、男は二人とも手に入れたことになる。

さっき、ようやく数時間の眠りに落ちたあいだに、もう一人の子が夢に出てきた。

真っ暗闇の中から現れて、からだは大人の大きさなのに顔は胎児のままで、目は閉じたまま、髪も生えておらず、素っ裸で、男なのか女なのかもわからない。両腕をシギータのほうへ差し出して、歯のない口を開いて、「ママ……」とささやくように言った。「ママ〜〜〜……」シギータは恐怖のあまり後ずさりしたが、そのとき気づいた。大人の胎児は両腕に何か抱いている……ミカスだ。羊水でてらてら光るひょろ長くて青ざめた腕の中でミカスがもがいている。イソギンチャクの触手から逃れようとする魚のように。

「ミカス！」シギータは叫んだが、大人の胎児は遠ざかっていく。ミカスを連れたまま、闇の中へぐんぐん遠ざかっていく。

目がさめると、ネグリジェが乱れ、汗でからだにべったり貼りついていた。

シギータは空港に電話した。一時二〇分発のコペンハーゲン行きがあるという。航空券は一枚八四〇リタス。銀行にはどれくらい残高があっただろう？　飛行機代くらいはぎりぎり足りると思うが、そのあとは？　外国へ行ってお金がなくては、どうにもならないだろう。それに、むこうでは何もかもが高いと聞く。

アルギルダスに頼めば、給料を前借りできるだろうか？

たぶん。でも、あれこれ詮索されるだろう。シギータはくちびるを嚙んだ。とにかく、行くしかない。お金があろうとなかろうと。でなければ、いますぐグージャスに電話して、すべてを警察に任せるか。でも、そんなことをすれば、ジタに害が及ぶかもしれない。シギータは、あの小さなうちひしがれた家族のことを思った。ピアノの鍵盤に置かれたジタのかぎ爪のような両手のことを思った。そして、ユリヤの恐怖と絶望を。あれ以上つらい思いをさせることはできない。そんなことをしては、いけない。それに、害が及ぶ先はジタだけとは限らない。ミカスだって……。ユリヤのもとへ封筒で送りつけられた生爪のことが頭から離れなかった。しかも、あんなのは、ほんの序の口なのだ。ああいう連中が本気でやりかねないことに比べたら。

一時二〇分。空港へ行くまでに、まだ何時間かある。

シギータは、この八年で初めてジョリータ伯母を訪ねることにした。


ドーン、ドーン、ドーン、ドーン。巨大な黄色のパイル・ドライバーが轟音を響かせて新しい建物の基礎を地面に打ち込んでいる。少し離れたところでは、大型クレーンがコンクリートの部材を次々に吊り上げて建物を組み立てていく。どうやら、ソビエト時代からの灰色と白のアパート群に囲まれた四角い草地にもう一棟新しいアパートが建つことになったらしい。あたりには土埃とディーゼルの煤煙が漂い、歩道は作業車のキャタピラに踏みつけられて陥没している。昔からの住民に同情したくなるような騒がしさだ。シギータが住んでいるパシリャイチャイは町ができてまだ一〇年足らずで、住宅地というよりずっと工事現場のような環境だった。延々と続いた騒々しい工事が完了した最近になって、ようやく街灯だの歩道だのという贅沢が戻ってきたところだ。

建物の中にはいると、騒音はいくらか小さくなった。シギータは三階までゆっくり階段をのぼって、呼鈴を押した。

痩せた白髪の女性がドアを開けた。これがあのジョリータ伯母だとわかるのに、数秒かかった。伯母のほうもシギータを数秒ほど見つめていた。

「何の用？」ジョリータ伯母が口を開いた。

「ちょっと聞きたいことがあるの」

「じゃ、聞けば」

「中じゃ、だめ？」

ジョリータ伯母は少し考えたあと、脇へよけてシギータを狭い玄関に通した。

「静かにしてよ」伯母は言った。「バーテンに部屋を貸してるの。朝の四時か五時まで働いてるから、お昼前に起こすとものすごく怒るのよ」

間借人のバーテンダーはかつてリビングだった部屋を使っているらしく、ジョリータ伯母は狭くて奥行きばかり長いキッチンにシギータを通した。小さなテーブルで老婆がコーヒーを飲んでいる。テーブルには、すぐに使えるよう二組のカップが用意してあった。埃やハエを防ぐため、カップを伏せて置いてある。シギータの母親も同じようにしていたものだ。真新しいコーヒーメーカーから香ばしいアロマが立ちのぼってくる。すぐ横にまだコーヒーメーカーのはいっていた箱が置いてある。テーブルにも、シェリー酒の壜と、マジパンで飾ったカップケーキをたくさん並べた大皿が置いてある。

「こちら、オルロヴィエネ夫人」ジョリータ伯母が言った。「グレタ、こちら、わたしの姪のシギータ」

オルロヴィエネ夫人は控えめにうなずいた。

「オルロヴィエネ夫人には奥の寝室を貸しているの」ジョリータ伯母が続けた。「だから、いまさらここへ戻ってこようったって、無理だからね」

「そんなつもりは……」シギータは面食らった。「そんな話で来たんじゃありません」記憶にあったジョリータ伯母は、どこへ行ってしまったのだろう？　真っ黒な髪と派手な化粧は？　ジャズは？　教授のタバコのにおいは？　昔と変わらないのは、しわの刻まれた首もとで揺れる海賊みたいな金の輪のイヤリングだけだが、それもエキゾチックというより滑稽に見える。わずか八年で人はこれほど老け込むものなのか。恐ろしいような気がした。

「だったら、謝りにきたの？」ジョリータ伯母が言った。

「は？」

「そういうこともあるかと思ったけどね。こっちはあんたがかわいくて、何とか助けてやりたいと思って、その一心で親身に世話してやったのに、あんた、そのあたしの顔に唾吐きかけるような出て行き方をしたでしょうが。ひょっとして少しは悪かったと反省したのかもしれない、って思ったもんでね」

シギータは呆れはてて、返す言葉も思いつかなかった。

「そっちが……そっちこそ……わたしは……わたしは人の顔に唾を吐きかけることなんか、していません！」

「八年も音沙汰なしで？　それが恩知らずでなけりゃ、何を恩知らずって言うの？」

「それは……」

「最初は気の毒だと思ったよ。あんな若さで、あんなことになって。だから助けてやりたいと思ったんだよ。だけど、あんたは結局、自分の親に後足《あとあし》で砂をかけたのと同じように、あたしにも後足で砂をかけて出ていった。振り返りもせずに。ありがとうございましたのひとこともなしに」

シギータはあっけにとられて立ちつくしていた。ふと見ると、ちんまりと座っているオルロヴィエネ夫人が目を輝かせ、口を半開きにしたまま、メロドラマでも見るような目で二人のやりとりを見つめていた。

「ユリヤばあちゃんが死んだことは知ってるの？」ジョリータ伯母が言った。

「知ってるわ」シギータはかろうじて返事をした。「母さんが……母さんが手紙くれたから」葬儀が終わって二週間後に。あれはこたえた。ひどくこたえた。しかし、そんな内心を伯母の前にさらすつもりはない。

「コーヒー、いかが？」オルロヴィエネ夫人が使ってないカップを持ち上げて言った。「骨が折れたの？」老婆はシギータのギプスのほうへ首を傾けて聞いた。

「ええ」シギータは反射的にこたえた。「あ、コーヒーは結構です。伯母さん、誰か、わたしのことを尋ねてきた人、いなかった？」

「いたわよ」ジョリータ伯母はシギータの顔を真正面から見て言った。「男の人が来たよ、何週間か前。あんたの苗字を教えてくれ、どこに住んでるか教えてくれ、って」

「それで？」

「教えたわよ」ジョリータ伯母は平然と言った。「何が悪いの？」

「礼儀正しい感じの人だったよ」オルロヴィエネ夫人がうなずいて言った。「感じのいい人とまでは言わないけど、すごく礼儀正しい人だったね」

「見た目はどんな感じの人でした？」だいたい見当はついていたが、シギータは尋ねた。

「おっつっきい人だったよ」オルロヴィエネ夫人が言った。「なんか、ほれ、こんなことする人みたいな……」老婆は痩せこけた両腕を上げてボディビルの真似をしてみせた。「髪の毛はほとんどなかったね。けど、すごく礼儀正しい感じだったよ」

シギータの頭の中で、混乱していたさまざまな情報がようやく秩序をもって整列しはじめた。ジョリータ伯母が部屋を他人に貸すというのは、よほど金に困っているからに違いない。月曜と木曜に通ってくる教授の存在がなくなったのは、あきらかだ。おそらく仕事もないのだろう。それなのに、この家にはシェリー酒があり、ケーキがあり、真新しいコーヒーメーカーまである。

「お金をもらったの？」シギータは伯母に詰め寄った。

「あんたには関係ないでしょ」

もらったということだ。シギータはくるりと振り返って、古いコーヒー缶をつかんだ。ジョリータ伯母は、いつも、ここにヌードルを入れていた。ヌードルの他にも入れておくものがあった。

「シギータ！」伯母の制止よりもシギータのほうが早かった。シギータはギプスで固められた腕を使って缶を胸に押しつけ、右手で缶の蓋をねじり取った。ジョリータ伯母が奪い返そうとした拍子に缶が床に落ちてけたたましい音をたて、すり切れたリノリウムの床一面に小さな星形のマカロニが散らばった。シギータはマカロニと一緒にこぼれ出た茶封筒をさっと踏みつけた。

「どういうこと⁉　何考えてんの⁉」シギータは大声で怒鳴った。我を忘れるほどの怒りがむらむらとこみあげてきた。

「しっ！」ジョリータ伯母が制した。「バーテンが起きちゃうでしょうが」

「見も知らない他人がやってきて、お金を出すからわたしの居所を教えてくれ、って？　ゴリラみたいにマッチョな男が？　いったい何考えてたわけ？　あの男がミカスを誘拐したのよ、わからないの？」

「そんなこと、あたしのせいじゃないわよ！」

「伯母さんが手を貸したのよ」シギータの声は震えていた。「わたしをお金で売ったのよ。わたしに警告もなしに。そのせいでミカスは誘拐されたんじゃないの！」

オルロヴィエネ夫人は、その場に座ったまま口をあんぐり開けている。手からコーヒーカップが落ちそうだ。そのとき、蝶番《ちょうつがい》がちぎれそうな勢いでドアが開いた。戸口に若い男が立っていた。黒いボクサーパンツ一枚で、不機嫌な空気を発散させている。ブルーに染めた髪はスタイリングジェルでガチガチに固めたまま寝たらしく、あちこちの方向に突き立っている。

「何騒いでんだよ、いいかげんにしやがれ！」男が怒鳴った。二人の老女は即座に口を閉じた。オルロヴィエネ夫人は椅子から滑り落ちそうに姿勢を低くしている。小さくなっていれば多少とも安全だというように。ジョリータ伯母はひるまず立っていたが、両手を神経質そうにもみしぼっている。シギータがよく知っているしぐさだ。若い男は憤った眼差しをシギータに向けた。

「あんたは何者《なにもん》だ?」

「あたしの姪っ子なの」ジョリータ伯母が言った。「ちょっと訪ねてきただけで、もう帰るから」

「ああ、そうしてもらいたいね」バーテンは吐き捨てた。「こちとら、眠ろうとしてんだ」

若い男の顔がひっこみ、ドアが乱暴に閉まった。数秒後、リビングのドアがもっとすごい勢いで閉まった。家じゅうの壁がかすかに揺れた。

シギータは腰をかがめて封筒を拾い上げた。中には、五〇〇リタス紙幣が八枚。わざわざ数えてもみなかったが、小額の紙幣も何枚か。

「四〇〇〇リタス? それで手を打ったわけ?」

「ちがうよ」オルロヴィエネ夫人が口を出した。「最初、むこうは三〇〇〇で、って言ってきたんだけど、結局、五〇〇〇出してもいいから、って話になってね」

ジョリータ伯母がオルロヴィエネ夫人に向かって、黙ってろ!と強烈なジェスチャーを送った。

「えらくお怒りのようだけど、あたしには理由がわからないね」ジョリータ伯母がシギータに言った。「電話帳を見たってわかるようなことを五〇〇リタス払ってもいいから教えてくれって言ってくる馬鹿がいるんなら、断ることもないでしょうよ」

「伯母さんが教えなけりゃ、むこうはわたしの苗字を知らなかったのよ」そう言いながら、シギータは封筒から三〇〇リタスを抜き取った。

「ちょっと、何するの？」

「そっちの責任分、払ってもらうから。ミカスを取り返すために、このお金が要るのよ」

シギータは残りの紙幣がはいっている封筒を床に放った。それを引ったくったのはオルロヴィエネ夫人だった。イタチのような素早さで。ジョリータ伯母はその場に立ったままシギータを見つめていた。そして、首を振った。

「あんた、自分ひとりが不幸な目に遭ってると思ってるだろうけどね……」伯母は言った。「そりゃ気の毒だよ、つらいこともたくさんあっただろうよ。だけど、あんた、一度でも母親の身になって考えてみたことがある？　あんなふうに家を飛び出して。書き置きも残さずに。あんたの母さんだって、娘を亡くしたのと同じなんだよ。それを考えてみたことがあるの？」

糾弾の言葉はシギータの胸に刺さった。

「わたしの居場所はわかってたじゃない。ずっと。むこうが娘を見捨てたんでしょ。わたしのほうから親を見捨てたわけじゃないから」

「自分から何かした？」

「どういう意味？」

「自分はハイカラなアパートにおさまって、母親のほうから迎えにくるのを待ってただけでしょ？　ちがうの？　だけど、家出したのはあんたなのよ？　まず自分のほうから出向くのが筋ってもんじゃないの？」

いまは議論している場合じゃない。シギータは時計に目をやった。飛行機の出発が二時間後に迫っていた。

「それじゃ」シギータはそう言ったまま、その場に立っていた。何を待っているのか、自分でもよくわからなかったが。

ジョリータ伯母がため息をついた。

「お金なんか、くれてやるよ。子どもが戻ってくるといいね」

「Jesu Hjerte Kirke《イエス・イエアテ・キアケ》」その教会はデンマーク語でそう呼ばれていた。イエス聖心教会はスティーノス通りに面して、ファッション・ブティックと私立学校にはさまれた狭い敷地に建っていた。

ニーナはイーステッド通りの売店で自分と男児用に焼きたてパンを買ったついでに、店番の老女に尋ねたのだった。老女もニーナも〝Sacred Heart〟教会のデンマーク語名にたどりつくのにいささか苦労したが、ニーナのほうはおそらくカトリックの教会であろうと目星をつけていた。残りは地元の地理に詳しい老女の知識が解決した。

教会の場所を確認したあと、ニーナはハルム広場にある小さなみすぼらしいバーからマウヌスに電話を入れた。「ザ・グロット」のバーテンダーは無料で電話とトイレを使わせてくれたが、ニーナが上司と電話で交わした会話は短くそっけないものだった。

「Fan i helvete?《くそっ、なんだよ！》　どこにいるんだ？　おかげで勤務当番表がめちゃくちゃだよ。モーテンからは何度も電話がかかってくるし。朝の七時から。警察が話を聞きたいって言ってきてるそうだ。ナターシャの件なのか？」

マウヌスは強いスウェーデン訛《なまり》の早口で矢継ぎ早にたたみかけてくる。ニーナが返事をする間もない。どっちにしろ、マウヌスは返事など期待していないらしい。

「いや、答えなくていい。聞きたくない。ただ……とにかく、だいじょうぶなのか？　モーテンが心配してたぞ」

ニーナはひとつ深呼吸をした。

「だいじょうぶ。ただ、きょうは出勤できそうになくて……。悪いけど、モーテンに、心配しなくていいって伝えてもらえます？」

マウヌスから言葉が返ってくるまでに、少し間があった。電話のむこうで分厚い胸が息を深く吸い込み、そして吐き出す音が聞こえた。

「まだ命があったら伝えてほしいと言われてることがある……」マウヌスはふたたび言いよどんだあと、聞こえるかどうかというくらい小さな声で言った。

「こう伝えてほしいと言われた……今回で最後にしてくれ、もし生きて戻ってくるならこういうことは今回が最後だぞ、って」

胸の奥で何かがプチッと切れたような感じがして、ニーナは受話器を少し離し、声をコントロールしようとした。

「生きて戻ってきたら、なんて……」笑いとばそうとしたが、声がひきつっていた。

「ずいぶんドラマチックなこと言うじゃない？　そんな大げさにしなくても。生きて戻るに決まってるでしょ？　だいじょうぶだから。ただ、どうしてもしなくちゃならないことがあるだけ」

マウヌスは短く「ふん」と言ったあと、初めて腹立たしい感情をあらわにした。

「なら、いい。誰の助けもいらないってんなら、自分ひとりでやればいい。だけど、モーテンはめちゃくちゃびびってたぞ。警察がきみの携帯を発見した、って」

その言葉を聞いた瞬間、背すじにぬらりと冷たいものが走った。ニーナがいきなりガシャンと受話器を置いたのを見て、「ザ・グロット」のバーテンは眉を上げ、カウンターの端に陣取っている二人の常連客に訳知り風の含み笑いを投げた。ニーナはかまわず男児のところへ行き、旧式のゲーム台でサッカーに夢中になっている男児を引きはがすように抱き上げた。ニーナに半ば引きずられるように連れ出された男児は甲高い抗議の声を上げたが、ニーナは頭がいっぱいで男児の機嫌を気にする余裕はなかった。車を発進させ、ハルム広場の角を曲がり、スティーノス通りを走りながら、ダッシュボードの時計の秒表示を目で追う。一三、一四、一五……。

いやだ、また独り言をつぶやいてる……ニーナははっとした。どうかしてる……わたし、どうかなってる。

正気じゃない。頭がおかしくなってる。病気かも。（おかしくなりすぎて、意識的に数えてた……？）

ニーナは教会前の歩道沿いに駐車してある車のあいだにフィアットをねじこんだ。普通の車には小さすぎるスペースだ。後部座席の男児はさっきからずっと窓の外を見ていて、ニーナのほうを見ようとしない。けさの入浴時に生まれた信頼感や親近感は消え去り、男児は無理に抱き上げられて車に放り込まれた乱暴な扱いをまだ怒っているようだった。

日の光が反射して、ダッシュボードの時刻表示がよく見えない。ニーナは後方へ身を乗り出して手探りで水のペットボトルと朝食用のロールパンをつかんだ。空腹は感じない。しかしこのまま食べないと、頭がぼんやりして働かなくなる。ダダーブの難民キャンプで、暑い日々が続いて食欲が落ちたとき、そういう経験をした。いま食べておかないと、そのうちに思考力がまともに働かなくなる。

ニーナはちびちびとパンをかじり、味のない炭水化物だけの食事をペットボトルのぬるい水で胃に流し込んだ。そのあと、車のドアを開けて、灼けるような暑さの歩道に降り立った。

Jesu Hjerte Kirke / Sacred Heart / Sacré Coeur——デンマーク語名の下に、やや小さめの文字で英語名とフランス語名が並んでいる。いかにもカトリック的な名前だ、とニーナは思った。芝居がかった派手な字面のわりに、意味がほとんどない。リトアニア人の娼婦はカトリック教徒なのだろう。でなければ、この教会を知っているはずがない。

ミサは午後五時から、と書いてある。教会の扉はまだ閉まっている。歩道に面した堂々たる鉄のゲートも、揺すってみたが鍵がかかっていてびくとも動かなかった。

ニーナは車に戻り、ぼんやりとした不安を抱きながら教会の建物を見上げた。コペンハーゲンには、これと同じような教会がいくらでもある。住宅やアパートに挟まれて肩身の狭そうな赤レンガの重厚な建物。空へ伸びる二本の尖塔。ヴィーボーの大聖堂（パパはそこに埋葬された）や村の教区に建つ白壁の小さな教会に比べると、ずいぶんと狭苦しいたたずまいだ。

（その地へ赴き、我を埋葬されたし）

ニーナは二回まばたきをしたあと、昨夜の娼婦の影を探して通りを見渡した。ほんとうに来るだろうか？　来たとしたら、お金で娼婦の時間を買うつもりだった。ニーナは後ろをふりかえった。男児は依然として目を合わせようとしない。どこかの窓に反射した光が差し込んで、男児が目を細めた。

（悲しいかな、この世は寒く、すべての光は影にすぎぬ）

ニーナは身震いし、この暑さだというのに、思わずブランケットを引き上げて男児の足にかけてやった。その瞬間、姿が目にはいった。後ろの窓から車内をのぞきこむヘルゴランス通りの娼婦のぼやけた輪郭。ニーナはぎくりとしたが、うなずいて運転席から手を伸ばし、助手席のドアを開けた。

「ただで、とは言わないから」ニーナは急いで声をかけた。「お金、払いますから。いくらか、言ってね。あと、どこへ行くか、も」

時刻は一二時六分だった。

若い娼婦は長身を折りたたむようにして助手席に乗り込み、スティーノス通りの前方と後方へ素早く視線を走らせてから車のドアを閉めた。香水のきつい匂いと、何か甘ったるい薬品のような匂いがした。たぶんヘア・トリートメントだろう。娼婦はバッグの中を手でかきまわして、チューインガムを取り出した。

「一時間五〇〇クローネ。八時間三〇〇〇クローネ。何時間にする？」娼婦は後部座席の男児に抜け目ない視線を向けながら答えた。

と思ったら、いきなり、ニーナに向かってにっこり笑った。顔をくしゃくしゃにして、意外なほど無防備な笑顔だった。

「ちっちゃいのねぇ。それに、とってもかわいい」

娼婦が手を差し出した。ニーナはやや面食らいながら握手を交わした。

「マリヤ」娼婦はゆっくりと明瞭に発音した。ニーナはうなずいた。

「八時間ぶん支払うわ」心の中で口座残高に祈りを捧げながら、ニーナは言った。最後に残高を確認したときは貸越限度ギリギリだったが、それが給料の振込前だったたか後だったか、はっきり思い出せない。お金の管理は昔から苦手だ。

ニーナはキーを回してエンジンをかけたものの、ハンドルに両手を置いたまま、行き先を決めかねていた。どこへ行けばいいだろう？　マクドナルド？　カフェ？

いや、だめだ……そうだ、いい場所がある！　ニーナは左折してヴェスタブロー通りにはいり、アマーへ向かった。新鮮な風に吹かれてみるのも悪くない気がした。

黄ばんだブラインドの隙間から外が見える。道路。駐車場。倉庫だろうか、煤けた灰色のコンクリート壁。二〇分ごとにバスが通過する。もう四時間近くも、こうして椅子に座ったまま窓の外を見つめている。

退屈がこれほどこたえるとは思ってもみなかった。面接試験の最初の一〇分間でけなしの知識をぜんぶ吐き出したあと永遠に同じことを繰り返すしかない受験生になったような気分だった。話の内容はぞっとするほど忌まわしいものであるし、親しかった人間が残虐な殺され方をした事件について話をしている最中に退屈などということがあっていいはずないと思いつつも、事実、ヤンは退屈していた。同じ話を繰り返すたびに舌が重くなり、口が渇いてくるように感じた。そのうえ、言葉は薄っぺらい。集中力は衰える。自然にふるまおうとする試みは、とうの昔に瓦解した。

「カーリン・コングステッドさんと初めて会ったのは二年半ほど前、ベルンでした。お互いわたしが腎臓の手術を受けたクリニックで、彼女が看護師をしていたんです。お互いデンマーク人で、それが外国で出会ったということで、なおのこと親しくなったのかもしれません。そういうことって、ありますから。手術のあと、わたしはけっこう頻繁に経過観察のために通院が必要だったんですが、仕事に支障を来さないことが何より重要だったので、カーリンにお願いしたところ、デンマークに戻ってきて専属看護師として勤めてくれるという話がまとまったんです。そうしてもらって、ほんとうに助かりました」

いま話をしている相手は年配の刑事で、穏やかな、無気力とも思えるような男だ。話し方にはいまだにユトランド地方の訛《なまり》が残っている。名前はアナス・クヴィストゴー。他の刑事たちとちがって丁寧な物言いを崩さず、ヤンに対して必ず「ミスター・マルカート」と几帳面に呼びかけた。白いシャツ、黒いネクタイ、ややすりきれた感じの紺色のプルオーバー。鉄道の切符切りみたいだな、とヤンは思った。

クヴィストゴー刑事で事情聴取は三人目だ。最初はもっと若手の刑事で、サッカーのチームメイトに話しかけるような仲間目線で話しかけてきた。次は女性の刑事で、ヤンの目には、ちょっと若すぎるし優しすぎるように見えた。毎回、一から同じことを訊かれた。すみませんが、もう一度お願いできますか？　正確にはどんな感じでした？……についてお話しいただけますか？　たとえばどんな感じで……？

「専属看護師ですか。なかなか、その……贅沢ですな」

「わたしにとっては時間が何より貴重ですから。血液検査のたびに病院で何時間も待たされるんでは困るんです。本当に、カーリンの給料を見ていただいたらわかると思いますが、十分に見合う金額だったんです」

「なるほど。で、これとは別に、あなたとコングステッドさんとの関係はどうでしたか？」

「たいへん良好な関係でした。彼女は非常に温かくて友好的な人でした」

「ほう。どんなふうに温かかったんでしょうな？」

眠気を催しそうな返事の繰り返しがいきなり中断された。こんな質問は初めてだ。

「どういう意味ですか？」

「おたくら、できてたんじゃないの、ってことですよ。奥さんが留守の間に、お医者さんごっこ、してたんじゃないですか？　ひとつ屋根の下で暮らしていたんでしょう？」

ヤンは口をあんぐり開けたまま、目の前に座っている六〇がらみの切符切り風情を見つめた。ありえない。男はさっきまでと何ら変わらぬ無害な表情でこちらを見つめている。

「そんな……そんなこと、あるはずないでしょう。わたしは結婚しているんですよ？」

「結婚していたって、そういうことはよくありますよ。七割は、ちょいちょいつまみ食いをしますからね。しかし、あなたとコングステッドさんのあいだにはそういうことはなかった、と？」

「ないに決まってるでしょう！」

「そうですか？　ほんとうに？」

ヤンは手のひらと額に汗が噴き出すのを感じた。何か知っているのだろうか？　包み隠さず話したほうが、嘘をついてあとでバレるよりいいだろうか？　知っているんだろうか？　それとも鎌をかけているだけなのだろうか？

返答を躊躇したという事実そのものが、すでに真実を暴露していた。

「……ほんの一時期のことです。気が動転して……いや、よくわからない。大きな手術を受けたこと、ありますか？」

「ありません」鉄道員が答えた。

「生還できたという安堵で、その、なんというか……羽目が外れるというか……」

「その羽目が外れた拍子にカーリン・コングステッドさんと不倫が始まったわけですね？」

「いえ、そういう言い方じゃなくて……。不倫ではないです。お互い、過ちだったという認識があったと思います。それに、カーリンもわたしもアンネを傷つけたくなかった……」

「ということは、奥さんは不倫をご存じない？」

「そういう言い方は、やめてください。不倫じゃないんです。百歩譲って……いや、一夜限りというようないい加減なものではなかったが……わかりませんか、わたしが言いたいこと」

「さあ、わかりませんな、ミスター・マルカート。つまり、どういう関係ですか？　一夜限りですか？　一週間？　それとも、二ヵ月？　過ちだったと気づくのに、どれくらいかかったんですか？　それに、コングステッドさんのほうも、はたして同じ認識だったのでしょうか？　あなたと寝たからといって愛人の地位を主張できるわけではない、と？」

ヤンは平静を保とうとしたが、目の前の刑事は鍼《はり》でツボを探りあてるように痛いところを突いてくる。しかも、そのあいだじゅう、顔色ひとつ変えずにこっちの反応を見ている。

「むちゃくちゃな言いがかりですよ、そんなの……」ヤンは反論した。「カーリンは……さっきも言ったように、カーリンは本当に温かい人柄で、非常に、その……女らしい人で……。でも、わたしが結婚生活をどれほど大切に考えているかは、間違いなく理解してくれていたと思います」

「ほう。それはお幸せなことで。奥さんも同じ気持ちでしょうかね？」

「決まってるじゃないですか！　いえ、その、アンネにはカーリンとの……ことは話していませんが。そちらからも彼女には知らせないようにお願いしたい。アンネは傷つきやすいんです」

「そういうことが必要にならないよう願うばかりですな。カーリン・コングステッドさんが、きのう、あれほど唐突に家を出ていった理由について、思い当たることはありますか？」

「いえ、わたしは……家にいなかったので。でも、別荘へ行ったところを見ると、何日か休みを取りたいと思ったんじゃないでしょうか」

「まさか、これを見なかったとはおっしゃらないでしょうね？」

クヴィストゴー刑事はクリアファイルを取り出してテーブルの上に置いた。カーリンが残したメモがはいっている。そっけない一文がプラスチックを透してはっきりと見えた。「辞めます」

「本気だとは思わなかったんです。冗談だと思った……。こんなに暑いと仕事する気になれない、なんてこぼしてましたし……。だから、いま言ったように、二、三日休むつもりで、それを少しばかり、その……変わったやり方で……伝えてきただけだと……」

「奥さんの話だと、カーリン・コングステッドさんはずいぶん動揺したようすで車に乗って出ていったようですが？」

「そうなんですか？　ちょっと、わかりません。さっきも言ったように、わたしは家にいなかったので」

「そうでしたね。ただし、あなたはセキュリトラック社に電話して、彼女が乗っていった車の追跡捜査を依頼している。何のためですか、ミスター・マルカート？」

血圧が上がり、耳の奥でキーンと高い音が響いている。自分の顔にまだかろうじて硬直した微笑が貼りついていることはわかっていたが、何ひとつ後ろめたいところのない人間のごく自然な表情をとうの昔に失っていることもわかっていた。ああ、それですか、べつに他意はありません、社用車が行方不明になった場合に取る通常の手続きにすぎませんよ、と強弁するのは、もはや不可能だった。もうだめだ。いまいましい切符切り風情に見事に足もとをすくわれた。ああ、奈落へ落ちていく。すがりつこうにも、命綱もない。

「よく考えていただく時間が必要なようですな」アナス・クヴィストゴー刑事が言った。「弁護士に電話しますか？　場合によっては起訴される可能性があります」

二キロ近くにわたって驚くほど自然に近い砂浜が続いている。これほどの暑さなのに、アマー海浜公園の人影はまばらだった。ここ何週間も晴天続きだったせいか、さすがのコペンハーゲン市民も海水浴や日光浴に飽きたのだろうか。大半の市民にとって、すでに夏休みは終わったあとだった。ニーナが選んだ場所からは、小さすぎるバスタオルを敷いて寝そべりながら教科書を開いている学生が二人、はるか前方に見えるだけだった。それ以外には、ローラースケートをはいた汗びっしょりの若者がコンクリートの部分を歩く男児に突っ込みそうな勢いですれすれに通過していっただけだった。

ニーナと男児と若い娼婦は新品のタオルを広げて砂浜に腰を下ろし、鏡のようになめらかな海を見つめていた。風はなく、海面にも波ひとつなく、水ぎわに寄せる波もそっと音もなく砂を洗うだけだ。砂浜の三人も、海に劣らずひっそりと静まっている。男児は座ってうつむいたまま、たまに手を動かして乾いた砂をすくっては指のあいだからこぼしている。マリヤは近くのコンビニで買ったばかりのサングラスの奥で半ば目を閉じ、タオルの上で仰向けになっている。ぴったりしたジーンズを脱ぎ捨て、長くて白い足とTシャツを着た細い上半身を太陽にさらしている。車の中で、マリヤはほとんど口をきかなかった。ビーチへ行くのはかまわない、と言った。ただし、タオルと、日焼け止めと、サングラスと、新しいビキニを買ってくれるなら、と。一瞬、ニーナは思春期にさしかかって不機嫌なことの多くなった娘イーダとの条件交渉を思い出した。結局、ビキニ以外は要求をのむという線で妥協が成立した。男児には、店の奥の棚で埃をかぶっていた赤や黄色の砂遊びセットを買ってやった。小さなバケツ、ふるい、熊手、ショベル。そのあと、キオスクにも寄って、二人にアイスクリームを買った。マリヤが男児の手を引いて行き、色褪せしたアイスクリームコーンやアイスキャンディの絵を指さす。男児が返事をし、いちばん大きなアイスクリームを選んだ。ニーナはほっとした。しかし、調子良く進んだのはそこまでで、そのあと男児はまた黙りこみ、マリヤが優しく話しかけても返事をしなくなってしまった。いま、男児は意地を張るように背中を向けたまま、熱い白い砂を指ですくっている。

マリヤをちらっと見て、ニーナは自分から沈黙を破ることにした。少なくとも自分とマリヤのあいだでは会話が成立するはず。しかし、何を話題にすればいいのだろう？　ヘルゴランス通りの仕事は、どう？　コペンハーゲンに来る前はどんな暮らしをしてたの？　将来の夢や希望は（いまでも何かあるとして）？　マリヤの時間を金で買っているという関係が、二人のあいだになんとなく気まずい空気を作っていた。

マリヤのからだを夜に金で買う男たちと似た立場にいるような気がしてしまう。

「デンマークに来て、どれくらいになるの？」

あやうく「ここでの暮らしは楽しい？」などと聞きそうになった。

マリヤは頭を上げてニーナの顔を見た。無邪気なようでいて、どこかよそよそしい投げやりな笑顔だ。

「七週間」と言って、マリヤは後方の都会をあごでしゃくった。「きれいな街ね」

ニーナはマリヤの長くほっそりした足からつま先へ視線を向けた。半分砂に埋まった足には太ももに小さな丸い傷跡があって、ピンク色にてらてらと光っている。膝のすぐ上のところ。タバコの火で焼かれたんだ……。ニーナの脳裏にヘビの入れ墨をした小柄で筋肉質な男の姿がよみがえった。でも、あの男だとは限らない。マリヤはコペンハーゲンに来てまだ七週間にしかならないのだし、それにしては傷跡はもうすっかり治っている。

ニーナの視線に気づいたマリヤが手で傷跡を隠した。と思ったら、いきなり勢いよく立ち上がった。砂がぱらぱらとこぼれ落ちた。

「わたし、泳ぐ」マリヤは鏡面のような海を指さして言った。「ちょっとだけ」

ニーナは笑顔でうなずいた。マリヤはTシャツを脱いだ。下には、幅広のストラップがついた柔らかな白いコットン・ブラをつけている。また思い出したくない記憶がよみがえった。こんどは、先週、狭い自室で鏡の前に立っていたイーダの姿だ。イーダは自分でブラを買ってきた。伸縮性のいいスポーツ・ブラ。乳首がこすれたり乳房が揺れたりするのを防ぐブラ。もちろん、何も問題はない。いつかはこういう日がやってくる。それに、イーダは胸に関してはニーナより発育が良かった。ニーナとモーテンのあいだでは、一三歳になるイーダのほうがニーナよりずっと立派な胸をしてるよね、ニーナが豊胸手術でも受ければ別だけど、などと冗談を言いあっていたくらいだ。とはいいながら、やはり、あの光景は胸にこたえた。細い背中をこちらに向けて立っていた娘の後ろ姿。新しいブラの下で肩甲骨がやけにくっきり目立っていた。自分の小遣いで買ってきたのだろう。母親に相談もせず。許可も得ず。

ニーナはあわてて頭《かぶり》を振った。何の許可が必要だというの？　成長することについての許可？

マリヤはブラとパンティで海にはいっていき、水が太もものあたりまできたところで、両腕を伸ばして完璧な弧を描いて水に飛び込んだ。そして数メートル先で浮上し、達者なクロールでしばらく行ったり来たり泳いだあと、仰向けになってバタ足で盛大な水しぶきを上げはじめた。

「おいでよ！」マリヤは初めて自然な笑みを見せて男児に呼びかけた。〝Ateik《アテイク》 cia《チャ》!〟

男児は砂をすくっていた手を止めてニーナを見た。その顔に「行ってもいい？いいでしょ？」という表情が浮かんでいる。ニーナの胸の底にじわっと熱いものが生まれた。男児は自分の許可を求めているのだ。

ニーナは小さくうなずき、男児を引き寄せてTシャツとパンツを脱がせてやった。手を放すと、男児は砂浜の湿った固い砂を横切って波打ちぎわまで走っていった。少し大きな波が来て足首まで水が押し寄せると、男児は甲高い歓声を上げてさらに二、三歩進み、よろけてうつぶせに倒れた。男児の顔に興奮と不安のいりまじった表情が浮かぶ。マリヤが大股に近づいて男児を立たせてやる。二人の話し声がニーナのところまで聞こえた。マリヤが何か話しかけ、男児が幼い子ども特有の甘ったれた声で何か訴えている。マリヤがにっこり笑って、男児の短い髪をくしゃくしゃと撫でた。ホワイトブロンドの髪が濡れて突っ立った。マリヤは男児にまた何か話しかけ、手を取ってやさしく水の中へ連れていく。男児はキャッキャと笑い、金切り声を上げ、ミルクのように白い歯を見せた。マリヤも笑っている。少女らしいほがらかな声で。マリヤがニーナに向かって手を振った。

「おいで！　楽しいよ！」

ニーナも手を振って応えたが、同時に首を横に振った。ここは男児とマリヤを二人きりにさせてやりたかった。男児が言葉の通じる人の存在を恋しく思っていることは、想像に難くない。マリヤだって同じではないだろうか。水と楽しそうにたわむれる長身の少女を見ながら、ニーナはそんなふうに思った。自分の国の言葉を耳にする機会は日頃めったにないだろうし、こんなに人なつこくて無防備な話し相手はまずいない。自分がここで割り込むこともなかろう。マリヤはこちらの希望をわかっているはず。男児と仲良くなって、どこから来たのか聞き出すこと。どんな小さなことでもいいから。男児の名前。町の名前。あるいは市の名前。通りの名前でも。何でもいい、どこでも誰でもいいから、この男児にまつわるヒントが見つかれば。

マリヤは理由を尋ねなかった。尋ねないことが生きのびるための知恵だと学習したのだろう。ヘビの入れ墨がある男の脅威にもかかわらずマリヤが協力してくれる気になったこと自体、奇跡に近いことだった。

そしていま、もう一つの小さな奇跡がニーナの視線の先で起こっていた。

マリヤが男児に何かをいい、男児が甲高い笑い声を上げながら身をよじってマリヤの腕から逃れる。そして、男児がマリヤに水をはねかけ、返事をした。濡れた砂にしっかりと両足をふんばって。ニーナは本能的にそれを理解した。男児がもう一度、もっと大きな声で繰り返すより前に。

「ミカス！」

それが男児の名前だった。

ミカスという名の男児とマリヤは、ミカスの唇が寒さで青くなって歯が小さなカスタネットのようにカチカチと音を立てるまで水の中で遊んでいた。マリヤは濡れた長い黒髪を肩にまとわりつかせ、目もとに笑みを残したまま戻ってきて、ニーナのとなりに広げたタオルにどかっと腰を下ろし、熱い午後の日差しを目一杯浴びようとからだを伸ばした。

ニーナはミカスをもう一枚のタオルで包み、小さな白い肩、胸、背中、足を拭いてやった。そしてTシャツとパンツを着せ、砂遊びセットを網袋から出してやった。道具を受け取るが早いか、ミカスは数メートル先の砂が濡れているところまで走っていって、意欲的に作業に取りかかった。マリヤとニーナは顔を見合わせ、子どもの姿を誇らしげに見守る夫婦のような慈愛に満ちた笑みを交わした。マリヤが前かがみになり、眉根を寄せた顔でニーナを見た。

「名前、わかったよ」訛《なまり》の強い英語でマリヤが言う。「あの子はミカスで、お母さんの苗字はラモシュキエネ。保育園の先生がママのこと何て呼んでた？って聞いたら、思い出したの」

「保育園？」あまりにも普通すぎて、ニーナは面食らった。自分がリトアニアという国のことをいかに知らなかったか、いまさらながら気づいた。リトアニアについてニーナが抱いていたイメージは、ソビエト時代のコンクリートのゲットー、結核が蔓延する刑務所、冷血なマフィア、といったところだった。その中に保育園というイメージは含まれていなかった。「他には？」

マリヤがミカスに何か尋ねた。ミカスはショベルとバケツの作業を続けながら、顔も上げず即座に答えた。

「ヴィリニュスに住んでたと思う、たぶん間違いない」マリヤは言った。「トロリーバスに乗るの好き？って聞いたら、好きって言ったから。でも、冬はいやだって。床が濡れてぐちゃぐちゃだから」

マリヤは自分の機転を誇らしげな笑顔で明かした。

「ときどき『ストップ』のボタンを押せるんだって。だけど、運転手が『つぎはジェミノス通り』って言うまでだめ、って」

ニーナはバッグの中をひっかき回して、ボールペンと製薬会社の名入りのよれよれになったメモ帳を探し出した。

「それ、ここに書いてくれる？」

マリヤは快くペンとメモ帳を受け取り、ミカスの母親の名前と、家に近いと思われる通りの名前を書きつけた。ニーナは財宝を手に入れたような気分でメモを受け取った。しかし、名前とだいたいの住所が判明しただけでは、まだ足りない。どうしても確かめなければならないことがある。

「お母さんのことを聞いてみて。お母さんと一緒に住んでたのか、どうして、いま、お母さんと一緒じゃないのか、何が起こったのか。あの子に知ってるかどうか、聞いてみて」

マリヤは顔をしかめた。どんな言い方をすればいいか考えているのだろう。ミカスをあまり動揺させないように、怖がらせず優しく聞き出す方法を。マリヤ自身の挫折した人生を思うと、激しい怒りがニーナの胸を貫いた。こんなに若い娘を、年相応のみずみずしさや初々しさが涸れるほど何ヵ月も夜な夜な蹂躙して当然と思っているデンマークやオランダやドイツの男どもがいると思うと、激しい怒りが湧いた。そういう男どもは、どんな理屈で自分たちの行為を正当化するのか？　女が自分で選んだ道だから構わないだろう、と？　小金をためて人生を新しくやりなおすための資金を提供してやっているんだから文句はないだろう、と？　ずいぶんとご立派なこと。

それほど気前のいい殿方がこれほど数多くいるのなら、東欧系やアフリカ系の若い女性を助ける名目で全国に寄付を募れば、何億という金が集まるに違いない。どうしてマリヤを抱く男どもはズボンの前を開けるかわりに財布を開けないのか。

見ると、マリヤは男児のそばへ行って、砂を詰めたバケツをひっくり返すお仕事を手伝ってやっている。できあがった砂のカップケーキの周囲を指でなぞりながら、マリヤが優しい笑みを浮かべて何か言った。

その質問はあきらかにミカスの心を乱したようだった。ミカスはぷいとむこうを向いてバケツに新しい砂を詰めはじめた。しかし、さきほどまでの意欲はすっかり失せ、砂を何杯かすくったあと、ミカスは赤いショベルを放り出して周囲を見回した。どこか隠れる場所を探しているようなそぶりに見えた。そのあと、ミカスはマリヤをまっすぐ見て、小さな声で二言三言何かを答えた。

マリヤはうなずき、片手を男児の頬に当てて、もうしばらく視線をつなぎとめようとした。しかし、マリヤが次の質問をしたとたん、ミカスは冷たい波をかぶったようにもがき、顔をひきつらせ、ほとんど聞き取れないほど細い恐怖の叫び声を上げながらマリヤの制止を振りほどいて波打ちぎわへ走りだした。

振り返ったマリヤの目に非難の色があった。ニーナに対する非難。あるいは少なくともニーナの質問に対する非難。

ニーナはすぐさま立ち上がって大股でミカスに追いつき、抱き上げて、できるだけ優しく抱きしめた。初めのうちミカスははだしのつま先でニーナの脛や太ももを蹴って抵抗したが、やがてぐったりとニーナの肩にからだを預けた。信頼してではなくて、諦めて。マリヤも立ち上がり、怒ったような乱暴な動作で服を着はじめている。

「母親のことは？」

質問を二人のあいだで宙ぶらりんにしたまま、マリヤは下を向いてジーンズのボタンをとめようとしている。

「マリヤ？」

ニーナは空いているほうの手でマリヤの腕に触れた。とうとう、マリヤはボタンと格闘するのをやめてニーナの目を見た。

「ごめん」マリヤは深いため息をついた。「この子がすごくいやがったから。わたし、質問言いたくない」

ニーナは小さくうなずいた。でも、確かめなくてはならない。

「母親のこと、何て言ったの？」

「よくわかんない。子どもって、言いたいことしか言わないから」マリヤは申し訳なさそうに言った。「でも、お母さんと一緒に住んでる、って言った。お母さんは大好き、でも、お母さんは目がさめなかった、って」

目がさめなかった？ニーナは顔をしかめ、解せないという表情でマリヤを見た。ミカスの母親は病気だったのだろうか？意識を失っていたのだろうか？　そのことと、ミカスがデンマークへ連れてこられたこととは、関係があるのだろうか？　自分の経験を思い出してみても、三歳児の時間の感覚は当てにならない。ニーナは自分がリトアニア語を解せないのが悔しかった。

母親がこの子を売り飛ばしたのかどうか、そこのところを知りたかった。そういうことは現実にあるのだ。ニーナはいやというほど実例を見ている。

「何があって母親と別れ別れになったの？　そのことは何か言ってた？」

マリヤは丹念にむだ毛を処理して眉墨で描いた眉を吊り上げた。

「チョコレートのおばさんが連れていった、って。どういう意味か、わからない」

「お母さんに会いたいって言った？　お母さんのところに帰りたいって言った？」

マリヤは顔をこわばらせ、ニーナに感情むきだしの視線を浴びせた。

「あたりまえ！　お母さんに会いたいに決まってるでしょ。まだ、こんな小さいのに！」

地下へ下りていくガラス扉には「サニービーチ・サン&フィットネス」の文字があった。「新型ランプはいりました！」の文字も躍っている。中にはいると受付があって、黒い髪の女がデスクの奥に座っていた。電話で誰かと話している。何語なのか、ユッァスにはわからなかった。リトアニア語でないことだけは確かだが、べつに驚くようなことでもない。女は白い制服を着て、看護師か医療助手のように見えた。娼婦にしては年を取り過ぎている。もしかしたら、本当に日焼けサロンもやっているのかもしれない。

女は受話器を置いてユッァスに何か聞いてきたが、何を言っているのかわからない。

「ブコウスキー」と言ってから、ユッァスは続きを英語で言った。「ブコウスキーに会いたい」

「お待ちください」女が言った。「お名前は？」

ユッァスは傲然と女を見据えた。とたんに女の態度が変わり、椅子から立ち上がって受付の奥へ消えた。数分後、奥から出てきた女は予想どおり「おはいりください」と言ってユッァスを奥へ通した。

意外と広いな、とユツァスは思った。窓は一つもないが、大型の換気装置がそこそこ新鮮な冷気を送り出している。室内にはエアロバイク二台とランニングマシン二台があるが、フロアスペースの大半はかなり使い込んだテクノジム製のトレーニング・マシンと広いフリーウエイト・トレーニングのエリアになっていた。脂肪が気になる四〇代の女性や「より健康的なライフスタイル」を求める中年男性が通うようなパステルカラーのフィットネスサロンとは別物の、本格的なトレーニング施設だ。すりきれた灰色のカーペットには汗とテストステロンが染みこんでいる。はいった瞬間、ユツァスは住み慣れた我が家に帰ってきたような気がした。

ディミトリ・ブコウスキーが両腕を大きく広げて近づいてきた。

「友よ。ひさしぶりだな」

二人は男同士の流儀で抱き合って背中をたたきあった。ユツァスは両の頬に音を立ててキスをするディミトリのロシア式挨拶をがまんして受けた。ディミトリは東欧のさまざまな血が交雑した産物だ。ポーランドの血が少し、ロシアの血が少し、ドイツの血が少し。リトアニアの血もわずかだが混じっている。もう五〇を過ぎているはずだ。髪も薄くなってきている。だが、いまだにベンチプレスで二〇〇キロを苦もなく挙げそうな肉体をしている。黒いTシャツの下で大胸筋や上腕二頭筋がもりあがっている。何年も前、ヴィリニュスにある同じような地下のトレーニング施設でユツァスに本格的なトレーニングを教えたのがディミトリだった。いま、ディミトリはコペンハーゲンに住んでいる。デンマークであてにできそうな三ヵ所の中で、ユッァスが辞去した直後にクリムカに連絡を取るような裏切りをしないと信用できるのはディミトリだけだった。

「いい場所だな」ユッァスは言った。

「悪くないだろう?」ディミトリが言った。「クラブ組織にしてあるから、入会者をこっちで選べる。かなりマジな目的で来る連中もいる。ワークアウト、していくか?」

「ああ、ぜひ、と言いたいところだが、時間がないんだ」ユッァスは本心から残念だった。

「だろうな。ただ顔を見せに来ただけじゃないだろうとは思ったが。いまでもクリムカの仕事をしてるのか?」

「イエスでもあるし、ノーでもある……かな」ユッァスは曖昧な返事をした。

「ほう? ま、俺が鼻を突っ込むことじゃないな。それじゃ、オフィスのほうへ来るか?」

ディミトリのオフィスは、ごく狭いスペースだった。机が一台と茶色い革張りのひじ掛け椅子二脚がはいって、ぎりぎり。四方の壁は写真で埋まっている。ディミトリが有名人と並んで写っている写真が多い。ほとんどが歌手や俳優だが、中には政治家の姿もある。いちばんいい場所には、ディミトリが満面の笑みを浮かべてアーノルド・シュワルツネガーと握手している写真が飾ってあった。

「愛しの我が家ってわけだ」ディミトリが記念写真を少し照れたように示しながら言った。

ユツァスはうなずいて、「頼んだものは？」と聞いた。

「おう」ディミトリはシュワルツネガーの写真の下の壁に取り付けてある小さな金庫を開けた。「グロックか、デザート・イーグルか、好きなほうを」ディミトリは二丁のピストルをユツァスの前の机に置いた。

両方とも中古品だが、状態はいい。グロックは九ミリ、よくある黒のグロック17。デザート・イーグルは四四口径、明るい銀色の怪物のように重い大型拳銃で、グロックより少し新しいように見える。ユツァスは一丁ずつ拳銃を手に持ってみた。弾倉を抜き、薬室が空なのを確かめてから、安全装置を解除し、壁にかかっている写真の一つに狙いをつけて空撃ちする。四四口径の引き金のほうがグロックより幾分重いような感じがした。

「値段は？　クリーンなんだろうな？」ほかの犯罪に使われた前歴から足がつくような銃を買うつもりはない。

「友よ。俺を何だと思っている？　足のつくような銃をおまえに売ると思うか？　グロックが二〇〇〇、イーグルが三〇〇〇。ドルで。五〇〇追加で予備の弾薬を付ける」

「どっちがいいと思う？」

ディミトリは筋肉隆々の肩をすくめた。

「使い方による。デザート・イーグルは見た目だけで勝負できる。脅しなら最適だ。本気で撃つつもりなら、俺だったらグロックを使う」

ユツァスはグロックを買った。値段も安かったし。

ニーナはヴェスタブロー通りでマリヤを降ろした。四時四七分。時刻が気になったのは、自分の腕時計の時刻とアクセル広場のアーチについている時計の時刻がずれていたからだ。ニーナの腕時計のほうが二分早い。思わず、どっちが正しいのか計算してしまう。

歩道に降り立ったマリヤは背中を丸めて心もとなく見えた。どっちへ行けばいいのか、迷っているような。濡れた髪に砂粒が残っているのが見えたが、それ以外には、波打ちぎわで見せた少女の面影はなかった。マリヤの顔からは笑みが消えていた。

ニーナはマリヤがスティーノス通りの方向へ歩きだすまでバックミラーで見守った。細い肩が寒そうに縮んでいる。開いた車の窓から鼻を突く排気ガスと熱せられた歩道のにおいが流れ込んできて、一瞬、ここでUターンしてマリヤを強引に車に連れ戻したい衝動にかられた。でも、マリヤは助けてとは言わなかった。ニーナのほうからも、何も言わなかった。ニーナは自分の名前と電話番号を紙に書いてマリヤに渡し、そのあとアマーブロー通りのATMで金を引き出してマリヤに支払った。当面、それしかできることはなかった。

警察が自分の銀行口座を監視している可能性はある、とわかっていた。金を引き出せば、足取りを知られるかもしれない。でも、そんなことはどうでもいい。とりあえず、いまはどうでもいい。

別荘で母親を呼んで泣いた男児の声を聞いた瞬間から想像はついていたが、いまではそれは確信に変わった。ミカスはウクライナやモスクワの孤児院にいた子どもではない。孤児ではない。家族がいるのだ。母親が。そして、マリヤが聞き出したわずかな情報から推測するならば、どうやら誘拐された可能性がいちばん濃厚だ。売られたとか、借金の形に取られたとか、捨てられたとか、そういうのではなくて、さらわれてきたのだ。そして、なぜか、カーリンを殺した男の手に落ちた。どうして、どのような経緯でそうなったのかは、ニーナの与り知らぬことだ。

もしも男児の母親が生きているならば、おそらくリトアニアの警察に行方不明届を出しているはずだ。そうであれば、この子をラモシュキエネという苗字の母親のもとに、保育園に通う日々に、ヴィリニュスでトロリーバスに乗る日常に戻してやることは、それほど難しくないだろう。デンマークの警察だって、それくらいならできるはずだ。なにしろデンマーク警察は人を国の外へ出すことにかけては驚くほど有能だから。もしかしたら、誘拐の背後で動いていた連中を捜査する手間さえ惜しまないかもしれない。他の理由はともかく、カーリンが殺害されるに至った経緯を解明するために。いやしくもデンマーク国民を殺害した人間が罪に問われないことなど、あってはならないのだ。

こんなに簡単なことだったのか。

からだの中心から末端へ向かって、穏やかに澄みわたった温かい気分が広がっていった。

ミカスをファイオー通りの自宅へ連れて帰ろう。そして、そこから警察に連絡しよう。マリヤがミカスから聞き出した情報を警察が検証するあいだ、ミカスに付き添っていることくらいは許されるだろう。説得する粘り強さなら負けない自信がある。誰だって、ミカスを見も知らぬ無責任なソーシャルワーカーの手に委ねるほうがニーナに預けるよりましだ、などとは言えないだろう。ミカスが知らない大人に預けられて心細い思いをしないよう一緒にいてやりたい。ヴィリニュスから飛行機で飛んできた母親の腕にミカスが飛び込む、その瞬間まで。

その場面が目に浮かぶ。ミカスの母親は涙でくしゃくしゃになった笑顔で駆けつけるだろう。そして、感謝のあまり言葉もなくニーナの手を握りしめるだろう。突然、心の奥のもろくて暗い部分から涙が湧いてきた。ニーナはめったに泣かないほうだった。成功の瞬間に涙を流すなんて、ありえない。うれし涙なんて、老女が流すものだ。

でも、こんなに完璧なハッピーエンドは、めったにないんじゃない？　ニーナの中で皮肉な声がつぶやいた。思い描いたようにものごとが展開するなんてこと、まず、ありえないんだから。

「でも、今回はハッピーエンドになるの！」ニーナは頑なにつぶやいた。

大きな家は苦手だ。落ち着かない。大きな家に住んでいる人たちには権威があり、決定権があり、威圧感があり、発言力がある……どういうわけか、シギータにはそんな気がするのだった。むこうだってこっちだって同じ人間なんだと何度自分に言い聞かせても、やはりそうは思えない部分がどこかにあった。

目の前に建っているのは豪邸だった。あまりに大きすぎて、全体を見渡せないくらいだ。周囲にはいっさい他の建物がなく、海を見下ろす丘の上に一軒だけ、周囲を白い壁に囲まれて建っている。要塞みたいだ、とシギータは思った。ところが驚いたことに、門は開いていて、誰でも自由にはいっていけるようになっている。それじゃあ、何のために要塞みたいな家を建てたのだろう？

タクシーは走り去っていった。シギータはしばらくタクシー代のショックから立ち直れなかった。一〇〇キロのタクシー代がリトアニアからデンマークまでの飛行機代より高くつくなんて、想像もしなかった。ジョリータ伯母から取り上げた金は、これでほぼ使ってしまった。有り金残らず取ってくればよかった、と思った。でも、少し残しておけば、取り上げたという後ろめたさが小さくてすむような気がしたのだ。まあ結局は、ジョリータ伯母も持って行けばいいと言ってくれたけれど。

やっと、ここまで来た。ここから先どうするかは、考えていなかった。ここが旅の終わりなのかどうかも、よくわからない。白い壁にはめこんである真鍮の表札には、たしかに「マルカート」と書いてある。シギータの子どもたちをコレクションしようとしている男は、ここに住んでいる。でも、ミカスがここにいるのかどうかはわからない。

こっそり家に近づこうとしても無理だろう。どこかに設置してある防犯カメラで、すでに自分の姿は捉えられているに違いない。シギータは門から白い要塞へ続く私道を歩きだした。

呼鈴を押すと、ドアのむこうで明るいチャイムの音が鳴った。しゃれた音色だが、白く高い壁やどこまでも広がる芝生や重厚なチーク材の扉とは、どこか似合わない感じがした。家の中から足音が聞こえて、ドアが開いた。

戸口に少年が立っていた。見た瞬間、シギータはその子が誰なのかわかった。ミカスにそっくりだった。

「こんにちは」と言ったあと、少年はさらに何か言ったが、ひとことも理解できなかった。

シギータは言葉もないまま、その場に立ちつくして少年を見つめていた。少年はジーンズにTシャツを着て、赤いフェラーリのレーシングシューズをはき、おそろいの赤いフェラーリのキャップをかぶっている。もちろん、つばを後ろに回して。ほっそりとして、年齢よりも小柄に見える。いや、ほっそりというより、ガリガリに痩せている。なのに、顔だけはむくんだように妙に大きくて、日焼けしてはいるものの、もともとの肌の色がひどく青白いのは隠せない。とくに、目のまわり。隈になっている。片方の腕にはガーゼ絆創膏が貼ってあり、テープで固定した静脈留置針の輪郭が見えた。病気なんだ……。シギータは思った。わたしの息子は、重い重い病気なのだ……。この見知らぬ国で、我が子に何が起こったのだろう？

少年がまた何かを喋った。イントネーションから、何か尋ねているらしいとわかった。

「お母さんかお父さんはいますか？」シギータはリトアニア語で尋ねた。もちろん少年に通じるはずはないのだが、そのことがすぐに頭で理解できなかった。ミカスにそっくりな少年。ダリウスの面影もある。目もととか、笑った顔とか。この子と話が通じないことが、理解できない。

「お父さんは、家にいますか？　お母さんは？」シギータはもう一度、こんどは英語で尋ねてみた。こんな子どもでは外国語はまだわからないだろうと思いつつ尋ねてみたのだが、少年はこくりとうなずいて答えた。

「母がいます。ちょっと待って」

そして、家の奥へ消えた。

ややあって、少年は華奢な体つきの女性を伴って戻ってきた。四〇代半ばだろうか。シギータは、自分の子の母親となった女性を見つめた。淡いピンクのシャツとホワイトジーンズが女性のはかなげな繊細さを一層きわだたせている。女性の物腰には、どこかためらっているような印象があった。自分の立ち位置がよくわかっていないような。自分の家にいるのに。少年と同じく、女性も金髪で日焼けしていた。一見したところ外見が似ているので、母と子の関係を疑う者は誰もいないだろうと思われた。

「アンネ・マルカートです」と言って、女性は手を差し出した。「何のご用でしょう?」

しかし、シギータの顔をまともに見た瞬間、女性は凍りついた。シギータが玄関に出てきた少年を見た瞬間と同じような、何かに気づいてはっとした表情だった。血のつながりは消せるものではない。女性はシギータの顔に息子とそっくりの特徴を見て、恐怖で凍りついたのだった。

「ノー! 帰って!」アンネ・マルカートはそう言ってドアを閉めようとした。

シギータは一歩前に出た。「お願いです、話したいだけです、お願いです……」

「話……?」アンネ・マルカートは仕方なしにドアを開けた。「そうですね、話をしたほうがよさそうですね」

リビングは端から端まで全面が窓になっていた。床から天井まで。海と空が部屋に飛び込んでくる。飛び込みすぎだ、とシギータは思った。とくに、いまみたいに風が強くなりはじめ、波頭が白く砕けはじめているときは。この人たちはカーテンというものを知らないのだろうか？　家というものは自然を締め出すためにあるのではないか？

そこは広い洞窟のような空間だった。一方の端に暖炉があり、アンネ・マルカートが火を起こした。リモコンで。テレビをつけるみたいに。床はシギータが見たこともない青みがかった灰色の石材だった。部屋の中央には、周囲にゆったりと数メートルの余裕を持たせて馬蹄形をした深紅の革製ソファが置いてある。インテリア雑誌がこぞって写真を撮りたがるような部屋だということは認めるが、家の中がすっきり片付いていないと気に入らない性分のシギータから見ても、これはやりすぎという感じで、石とガラスの大聖堂のような空間に座っていると居心地の悪さを感じずにはいられなかった。

「この子、アレクサンダーっていうんです」アンネ・マルカートがシギータの英語よりはるかに正確なイギリス英語で言った。「とってもいい子なんですよ。優しいし、頭が良いし、勇気があるし。心からこの子を愛しています」

シギータの中で何かがほぐれていった。ずっと昔から固くしこっていた罪の意識と悲しみがほぐれて、思わず祈りの言葉が浮かんだ。天主《てんしゅ》の御母《おんはは》聖マリア、この瞬間をありがとうございます。いま、ここで何が起ころうとも、これだけはわかりました。わたしの最初の子は暗闇をさまよっているのではない、ひとりぼっちで放り出されているのではない、悪夢に出てくる裸の胎児のような子どもではない、と。わたしの最初の子はアレクサンダーという名前をもらい、母親がいて、その母親に愛されているのだ、と。

アレクサンダー本人はどこへ消えたのか、姿が見えない。さっきアンネ・マルカートがデンマーク語で何か話しかけたとき、少年はうれしそうにニコッと笑って、「やった〜!」という感じの声を上げた。シギータの目には、いつもは厳しく制限されていることを許してもらったように見えた。ビデオゲーム? コンピューター? これほど裕福ならば、望むものは何でも買ってもらえるのだろう。シギータはちくっと痛みを感じた。自分の兄がどんなに恵まれた暮らしをしているか知ったら、ミカスはうらやましがるだろうか?

そう思った瞬間、ミカスの件を思い出した。

「ここに来たは、アレクサンダーの理由ではないです」シギータは言った。「ミカスの理由です。わたしの坊や。ここにいますか？　ミカスを見ましたか？」

アンネ・マルカートは困惑した表情を見せた。

「坊や？　いいえ、わたしは……あなた、お子さんがもう一人いらっしゃるの？」

「そう。ミカス。三歳です」

アンネ・マルカートの中で何かが進行しているようだった。アンネは目の前のティーカップをじっと見つめている。まるで、いまにも深遠かつ重大な真理がそこに見えてくるのではないか、というような目で。そのあと、不意にアンネ・マルカートが顔を上げた。

「同じ父親の？」

「はい」質問してきた相手の切迫した口調を理解できないまま、シギータは答えた。

「嘘でしょ……」アンネ・マルカートが小さくつぶやいた。「まだ、たった三歳の子を……」

目の前の女性が声もなく涙を流しはじめたのを、シギータはあっけにとられて見ていた。

「こんなこと、まちがっているわ……」アレクサンダーの母親はささやくような声で言った。「こんなこと……どうすればいいの？」

「あの、どういうことですか？」シギータが遠慮がちに口を開いた。

「あの子が病気なのは、わかったでしょう？」

「ええ」気づかないほうが無理というものだ。

「あの子、ネフローゼ症候群という病気なんです。いまでは腎臓がほとんど機能していないの。週に二回、透析を受けているんです。家の地下に小さなクリニックがあるので、はるばるコペンハーゲンまで治療に通う必要はないけれど、それでも……あの子はひとつも泣き言をいわないけれど、苦しいだろうと思うの……それに……いつかは透析もだめになる……」

「移植はできないんですか？」シギータは尋ねた。

「やってみました。夫が腎臓を提供して。でも、わたしたち、その……生物学的に親子の関係ではないから……。拒絶反応が起こって、ありとあらゆる薬を使ってみたけど悪くなる一方で……」

その瞬間、シギータは理解した。なぜ、ヤン・マルカートが自分を探してやってきたのか。そして、なぜ、自分の息子が行方不明になったのか。

　男児はほとんど目を閉じたままで、ニーナがファイオー通りに着いて車を停めてもまったく反応しなかった。パトカーはいなくなっている。アパート三階の窓は閉じられ、人影もない。モーテンはまだ帰ってきていないのかな……？　ニーナは集中力の落ちた頭で考えた。あるいは、グレーヴェの姉さんのところへ子どもたちを預けに行ったのかもしれない。重大な事態になりそうなとき、モーテンは子どもたちを遠ざけておきたがる。子どもたちに問題が起こっているところを見せたくない、自分が事態を掌握しきれなくなっているところを見せたくないのだ。そしていま、モーテンは正気を失いそうなほど取り乱しているに違いない。

　ニーナは目を閉じ、心の奥に良心の呵責を感じた。今夜こそ、何もかもきちんと元に戻そう。モーテンの肩に頭を預けて、両手で彼の顔を撫でて、もう心配することはなくなったのだと説明しよう。子どもたちはハンネとピーターのところに一晩置いてもらって、明日の朝、迎えに行こう。

　ニーナは車の中からミカスを抱き上げ、そのまま階段を上がった。ミカスは目をさましてはいたが、疲れてくたくただった。浜辺で全精力を使いはたしたのか。ニーナがポケットから鍵を出そうとするあいだも、ぐったり抱かれたままだった。イェンセン家の子どもたちが遊んでいるビデオゲームの音がドアごしに小さく聞こえている。鍋を使う音や夕食の支度をする音も聞こえてくる。でも、隣人にあれやこれや尋ねられるのは面倒だったので（質問は際限なく続くに決まっている）、ニーナは音を立てないようそっと玄関の鍵を開けて中にはいった。

アパートの中は静かで涼しかった。きのうスーツケースを取りに行って以来はじめて、ニーナは純粋な空腹を感じた。玄関でサンダルを脱ぎ捨て、はだしでリビングにはいる。ニーナの腰に抱かれていたミカスは自分からソファの上にすべりおりて、疲れきった三歳児らしく丸まって座り込んだ。

テレビの前のコーヒーテーブルには朝食のあとがそのままになっていた。酸っぱくなりかけたミルクとふやけたコーンフレークのボウルが二つ。たたんだまま読んだ形跡のない新聞。あわただしく食事をして出かけたのだろうと想像しながら、ニーナはボウルをキッチンへ運んで中身をゴミ箱に捨て、食器洗い機にセットした。それからミカスのために新しいボウルを出してシリアルを入れ、スプーン一杯の砂糖をふりかけた。ニーナと一緒にいたあいだ、ミカスはアイスクリーム二個、ロールパン一個、そして生の食パンを二、三切れ食べただけだった。自分と同じように膝に力がはいらないほど空腹に違いない。長時間にわたってろくに食べていないせいで、頭がくらくらするのが自分でもわかった。

ニーナは自分用にライ麦の黒パンを二枚スライスし、分厚いサラミをはさんでサンドイッチを作った。片手にコーンフレークのボウル、もう一方の手にミルクを入れたコップ、そして自分用の分厚いサンドイッチを口にくわえてリビングに戻る。奇妙な幸福感が腹の中でチカチカ点滅していた。家に帰ってきたんだ……。最高の気分だった。あとは、モーテンと子どもたちさえ帰ってくれば完璧だ。

でも、急ぐことはない。警察への通報もあわてる必要はない。ニーナはミカスの前にシリアルのボウルを置いてやり、ソファの横のひじ掛け椅子にドサッと腰を落とした。目を閉じ、意識を穏やかにさまよわせながら、やわらかいライ麦パンとスパイシーなサラミを一口ずつ味わう。食べ終わったあと、ニーナは椅子から立ち上がって寝室へ行き、汚れた汗臭いTシャツを脱いで、洗いたてのシャキッとしたシャツに着替えた。リビングからはミカスがシリアルを食べるスプーンの音がカチャカチャと聞こえてくる。

呼鈴が鳴った。ドアホンの控えめなピンポーンという音ではなく、ドア枠についている昔風の押しボタン式のやかましいベルの音。アントンは家に帰ってくると盛大に呼鈴を鳴らす。階段を上がってくる騒々しい足音だけで十分わかるから呼鈴など必要ないのだが。いや、隣のビアギットかもしれない。自分が帰宅したのに気づいたのだろう。

ビアギットは警察がニーナの行方を探していることまで知っているかもしれない。悪い人ではないのだが、なにしろ詮索好きで、ニーナはアパートの壁がもう少し分厚ければと思うこともたびたびだった。とくに、いまのようにミカスと二人きりでもう少しゆっくりしたいと思っているときには。

しようがないなあ、とニーナは玄関の鍵に手を伸ばした。が、何かがその手を躊躇させた。ドアの外が静まりすぎている。アントンが帰ってきたのなら、床といわず壁にまでバウンドしかねない勢いで跳ねているだろうし、ビアギットなら自分の家の戸を開け放したまま振り返って子どもたちに何か怒鳴っているはずだ。でも、外は何の物音もしない。靴音もしなければ、咳払いも鼻をかむ音もしない。不自然な静けさだ。

反射的に、ニーナはドアチェーンを掛けてからドアを細く開けて来訪者を見た。すらりとした金髪の女性が階段を上がりきったところに立ち、上品な、しかしどこか気が進まないような笑顔を見せている。

「すみません」女性は少し身を乗り出すようにして言った。「わたしの息子を知りませんか？　わたし、ミカスの母です。入れていただけませんか？」

それを聞いた瞬間、ニーナの頭の中はそれまでずっと思い描いてきた情景でいっぱいになった。自分の手を握って感謝の言葉をくりかえすミカスの母親。子を持つ母親同士しかわかりあえない気持ち。ハッピーエンドの瞬間がようやく訪れたのだ。

　しかし、ドアチェーンをはずしながらも、ニーナは何かが変だと感じていた。女性は自分からドアを押し開けてはいってきた。笑みを浮かべた顔は、奇妙に申し訳なさそうな表情に変わっている。ほんとうはこんなことしたくないんだけど、と思っているような顔……。そのとき、ニーナのあとから玄関へ出てきていたミカスの姿が目にはいった。新しいサンダルをはいたまま、シリアルのボウルを手に持ったまま、ミカスはそこに立っていた。足もとに濃い黄色の水たまりができていた。

　変わらぬ笑みを浮かべたまま、女がミカスに手を差し伸べた。ミカスは頭の先から足の先まで痙攣したように震えている。ボウルが手から離れ、パイン材の床に落ちてガシャンと音を立てた。

　金髪の女の背後に男がいた。壁に貼り付くようにして立っていたから、見えなかったのだろう。この季節には暑すぎる革のジャケットを着込んだ大男が戸口の幅いっぱいに立ちはだかっている。見た瞬間、男が何者だかわかった。ネオナチ風のスキンヘッド、狂暴な目つき、巨大な握りこぶし。男は片方の手に黒いつるんとした形のピストルを握っていた。身のこなしは悠然としている。一挙手一投足が計算され、無駄がなく、こういうことを何十回もやってきた人間の動きだ。男はぐいと一歩でアパートに踏み込み、ゆっくりと時間をかけて背後のドアを閉めた。カチッとドアのロックがかかる音を聞いても、ニーナは不思議と恐怖さえ感じなかった。ニーナは二歩後退した。足の裏が床にたまった生温かい小便とミルクとコーンフレークを踏んで、ぬるりと滑った。

バカ。そのあとに続いた長い一秒のあいだに、ニーナは心の中でつぶやいた。この女がミカスの母親なはずないでしょ、まだどこにも電話一本かけてないのに……。そこへ衝撃が落ちてきた。世界がどす黒い赤色になり、ぐるぐる回転し、そして真っ黒になった。

バルバラは男の腕にしがみついた。

「もうやめて、もう殴らないで。ユッァス、やめて!」

ユッァスと言った。

アンドリウスではなくて。

ユッァスはピストルを下ろした。ガキ女は足もとに崩れ落ちて動かない。顔の片側が血まみれだ。

「殺さないで!」

バルバラは蒼白な顔をしている。若々しさのかけらもない。初めて、ユッァスは思った。この先一〇年、二〇年たったとき自分たちの年の差はどういう意味を持つようになるのだろうか、と。バルバラが五〇歳になるとき、自分はまだ四〇の誕生日を過ぎたばかりだ。そのとき、自分は五〇女の待つ家にほんとうに帰りたいと思うだろうか?

「バカなことを言うな。殺したりはしない」と口では答えたが、この女を殺さないんならどうすりゃいいんだ? ユッァスはバルバラの手を振り払い、床に倒れている女をまたいで奥へ進んだ。ガキはどこへ行った?

バルバラが男児を見つけた。トイレの隅で。便器と壁の隙間にしゃがみこんでいた。壁を通り抜けて逃げようと思ったのか。声を漏らしている。息をするごとに、ヒィヒィと甲高く悲しげな声を上げている。

「坊や」バルバラが男児の前に膝をついて話しかけた。「痛いことなんかしないから、だいじょうぶよ」

同じ嘘は二度は通じなかった。男児は目をきつく閉じ、ますます大きな声でヒィヒィと泣いた。

「黙らせろ」ユツァスが言った。

バルバラはユツァスをちらっと見て、「怖がってるだけよ」と答えた。

「じゃ、例のチョコレートをもっと食わせろ。目薬はもうないのか?」

「ないわ」バルバラの答えは嘘かもしれないとユツァスは思った。

「ここにいろ。ガキを静かにさしとけ!」

ガキ女はピクリとも動かない。ユツァスはガキ女のショルダーバッグをつかんだ。女は男児のほかにこれだけは後生大事に持ち歩いていた。バッグの中身をキッチンのシンクにぶちまける。財布。ティッシュ。パッケージがぼろぼろになった古いミントキャンディ。車のキー。ほかに二組のキー。角がめくれ上がった手帳。携帯電話はない。ユツァスはすべてのキーを奪い、足音を立てないように階段を下りて赤いフィアットを探しに出た。車はブロックを半分ほど行った先に停めてあった。ガラスのリサイクル用に置かれた大きなグリーンのプラスチック・コンテナの陰に隠すように。後部座席には異臭の漂うブランケットと、ショッピングバッグが二つ。一つには子どもの服がはいっていて、もう一つにはリンゴの芯だのパンだの砂遊びのおもちゃだのが放り込んであった。それだけ。トランクにも目ぼしいものはなかった。ブースター・ケーブル、ウォッシャー液、スプレー缶入りのパンク修理剤、その他故障の多い車の必需品、空き壜のはいったビニールのゴミ袋、ゴム長靴、懐中電灯。

ユツァスはブランケットだけを車から出し、あとはそのままにして、ふたたび車をロックした。

ガキ女はカネを持っていない。それははっきりした。もう一人の女、巨乳のブロンドのほうも、カネを持っていなかった。持っていたら、吐いたはずだ。最後には。

あとは、ひとつしかない。

デンマーク野郎が嘘を言っていたのだ。これで疑う余地がなくなった。

それでも、まだいくつか腑に落ちないことがあった。あのガキ女は何の目的で男児を連れ回していたのか。ブロンド女はどういうわけでこの件に絡むことになったのか。だが、とりあえず必要なことはわかった。そして、例のデンマーク野郎に約束したカネを払わせる方法もわかっている。

ユツァスはミツビシ車を歩道に乗り上げてアパートのすぐ前に停めた。三階の部屋に戻ると、バルバラがなんとか男児をトイレの外に出し、並んでしゃがんで両腕で抱くようにしながら優しく前後に揺らしていた。それなりに効果があったらしく、男児はおとなしくなっている。

ガキ女は殴り倒した場所にそのまま倒れていたが、息をしているのはわかった。

「女はだいじょうぶだ」ユツァスはバルバラに声をかけた。「車に連れていく」

バルバラは返事をしなかった。黙ってユツァスを見上げた目は、男児の目と同じ恐怖にみひらかれていた。

「おまえのために、やってんだぞ」

バルバラは素直にうなずいた。

ユツァスはぐったりしたままのガキ女を胸くそ悪いブランケットで巻き上げ、アパートのドアを腰で押し開けた。階段はあいかわらず人気《ひとけ》がない。人が上がってきたら、何と言おう？　転んだので病院に連れていくんです、とでも？　しかし、階段では誰ともすれちがわなかった。ユツァスは女をミツビシ車の後部に放り込み、毛布で完全に覆い隠したあと、車を合法的で目立ちにくい場所に駐車しなおした。これまでのところは順調だ。

アパートに戻ってみると、バルバラが男児に何かささやきかけている声が聞こえた。リトアニア語ではなく、ポーランド語だ。

「やめろ。そんな言葉、通じるはずないだろう」

通じないのはユツァスも同じだ。バルバラが母語で喋るのを、ユツァスは好まなかった。バルバラの中に自分が立ち入ることのできない部分があるような気がするからだった。

クラクフへ行ったら、バルバラは皆とポーランド語で喋るのだろう。そのことにユツァスは突然気がついた。自分以外の、皆と。なぜ、前からそのことを考えておかなかったのだろう？　思いもよらなかった。家のこと、バルバラのこと、そして二人で暮らす夢のことしか考えていなかった。

例のデンマーク人がすべてを実現するはずだった。例のデンマーク人と、そいつの持っているカネが。夢に容易に手が届くかもしれないことに気がついたときの高揚感を、いまでもまざまざとおぼえている。

最初にあのデンマーク人の面倒を見てやれと言ったのは、クリムカだった。変な真似はいっさいするな、と念を押された。このデンマーク人は非常に良いクライアントなのだ、ヴィリニュスだけでなくラトビアでも二ヵ所でビジネスをしており、競争相手を排除するためにクリムカに多額のカネを払ってくれる。非常に多額のカネを払ってくれる上客である。今回は本人が直々にヴィリニュスへお出ましで、ボディガードを一人だけつけてほしいという依頼があった。何をおいても慎重にやってくれ、と。そういうわけで、デンマーク人が馬鹿馬鹿しいほど小さなキャリーバッグを引っぱって飛行機を降りてきた瞬間から、ユツァスは乳母のように付き添って何くれとなく面倒を見てやった。キャリーバッグの中身は、ありえないほど多額の米ドル札だった。ユツァスとデンマーク人は空港からプライベート・クリニックのような施設へ直行し、そこでデンマーク人はリトアニア人の少女に関する情報をカネで聞き出そうとした。なんでも、そのクリニックで赤ん坊を生んだ少女のことらしかった。デンマーク人がクリニックの院長に提示した金額を見て、ユツァスはぶっ飛んだ。デンマーク人は院長の前にどれだけ大きな餌をぶら下げているのか、自分でぜんぜんわかっていないようだった。その金額の一〇分の一でも足りる、とユツァスは思った。足りるどころか、それでも多すぎるくらいだ。ここはもっと少ないカネを目当てに人が殺される国なのだ。

ユツァスはクリムカに電話して応援を要請した。クリムカはだめだと言った。デンマーク人から、ボディガードは一人だけで、と特に要請があったというのだ。当面はユツァス一人で対処するように、ただし面倒なことになったらもちろん電話してくれていい、と。

はあ、そうですか、とユッァスは心の中でつぶやいた。マジでヤバいことになったら電話なんかで応援を頼んでる場合じゃないだろう、その時その場にいなくちゃ役に立たないじゃないか、と。ユッァスは最大限に神経を張りつめて任務に当たった。周囲に目配りするのに忙しくて、デンマーク人の言動に注意を向ける余裕さえ、ろくにないくらいだった。看護師ににべもなく断られてホテルへ戻る道々、ユッァスは安堵のため息をもらした。

しかし、安心するのはまだ早かった。デンマーク人は落胆のあまりホテルの部屋のミニバーにあったアルコールをほとんど飲み干し、さらにホテルのバーへ下りていった。すでにかなりの酩酊状態だったため、バーテンダーは酒を出してくれなかった。そんな醜態を演じたあと、この馬鹿なデンマーク人は千鳥足で外へ出かけた。幸いドル札の詰まったキャリーバッグはホテルに置いて出たものの、財布にはありとあらゆるトラブルの標的になっても不思議ではないほどの札束がはいっていた。ユッァスは悪態をつきながら男に付き添って歩くしかなかった。

それは、長い夜のほんの始まりだった。酒がはいるほどに、デンマーク人は事情を吐露しはじめた。少しずつ、少しずつ、酒の合間に。ユッァスは聞き役だった。最初は無関心に聞き流していたが、しだいに興味が湧いてきた。やがて、ユッァスの頭の中で計画ができあがっていった。翌朝、二日酔いのデンマーク人をなんとか無事に小さな自家用ジェット機に運び込み、シートベルトを締めてやり、手の届く場所に十分な数のゲロ袋を置いてやる頃には、ユツァスの中にはこの男を守ってやりたい気持ちに近い感情すら芽生えていた。

看護師に口を割らせるのに少々時間はかかったが、なんといってもユツァスにはいやがる相手から協力を引き出す方法について少なからぬ経験があった。そして、シギータ・ラモシュキエネになんと二人目の子どもがいるという事実が判明したとき、すべてが見事に嚙み合ったのだった。

ユツァスは最初の小包をデンマーク人に送り、話をもちかけた。価格はおぼえやすい数字、そして交渉の余地のない数字にした。一〇〇万米ドル。

なぜこんなふうに計画が頓挫したのか、いまだにユツァスは理解できなかった。だが、少なくともひとつだけはっきりしていることがある。これ以上デンマーク野郎をつけあがらせるつもりはない。

「俺が連れていく」ユツァスはそう言って男児に手を伸ばした。

バルバラは男児を抱きしめた。

「あたしたちの子にしちゃ、だめ?」バルバラが言った。「こんなに小さいんだもの、すぐになつくわよ」

「おまえ、頭がイカれたか？」

「昔のことなんか、すぐに忘れるわよ。ね？　一年もたてば、ずっとあたしたちの子だったと思うようになるわよ」

「バルバラ、ガキを放せ」

「いやよ」バルバラが言った。「アンドリウス、もうたくさんだわ。この子を連れてポーランドへ逃げましょう。いますぐ。もうこれ以上人を殴る必要なんかないじゃない。もう暴力はやめて」

ユッアスは首を横に振った。この女、完全にイカれてる。そもそも連れて来たのが間違いだった。だが、この女を使えばアパートに難なくはいれると思った。たしかにそうだった。しかし、いまとなっては、いっそドアを蹴破ればよかったと思う。

「カネは？」

「お金なんか、いらないわ。母さんのとこに住まわせてもらえばいいもの、少なくとも最初は。そのあと、あなたが仕事を見つければ、それであたしたちの家を手に入れれば……」

ユッアスは怒りを抑えるため、できるだけ穏やかで慎重な呼吸を自分に強いた。

「一生ドブネズミみたいな暮らしをしたいんなら、おまえの勝手だ。だが、俺は断る」

ユツァスは男児の腕をぐいとつかみ、バルバラから引き離した。ありがたいことに、男児は泣き叫ばなかった。急に意識を失ったように脱力しただけだった。ヒィヒィ泣いているのはバルバラのほうだった。

「いいかげんにしろ」ユツァスは言った。「隣近所の耳もあるんだぞ」

「アンドリウス、お願い」バルバラは半狂乱だった。涙と鼻水で顔が腫れ、ぐちゃぐちゃだ。それでも、ユツァスのどこかにバルバラを思いやる気持ちがよみがえった。

「しっ。いいから、もう泣くな。な？　ホテルに戻って、俺が迎えに行くまで待ってろ。カネが手にはいったら、ディミトリが新しい車を用意してくれることになってる。そしたら、クラクフへ出発だ」

バルバラはうなずいたが、自分の言葉を信じたのかどうか、ユツァスにはわからなかった。

車に戻ってみると、ガキ女が動いた形跡があった。毛布がずり落ちて顔と肩の一部が見えている。くそっ。しかし、とにかくこの場所からずらかることが先決だ。車を停めて毛布を直すことなんか、あとでもできる。ユツァスは運転席と助手席のあいだに取り付けたままになっていたチャイルドシートに男児を座らせた。はずさないでおいて、ちょうどよかった。ベルトだのバックルだのをはめるのに少し手間取った。こういうことはバルバラがやっていたから。うまい具合に、男児は抗うそぶりをいっさい見せなかった。顔をそむけ、ユッァスのほうを見ようともしない。しかし、それを別にすれば実物大の人形みたいなもので、手も足もだらんとして、うるさく泣き叫ぶこともしなかった。

男児をチャイルドシートに固定する作業がちょうど終わったところへバルバラが下りてきたが、ユッァスはいっさい無視して運転席に乗り込み、車を発進させた。バルバラを連れていくわけにはいかない。

人を殺すことになるだろう。少なくとも、ガキ女は始末するしかない。おそらく、デンマーク野郎も。バルバラには見せたくない。

ユツァスは位置関係を確かめながら屋敷の前を二回通り過ぎた。敷地全体に壁がめぐらされているが、鉄製のゲートは大きく開いている。玄関まで乗り付けるのに何の邪魔もない。本当にこんなに簡単でいいのだろうか？　信じがたいことだ。リトアニアでは、金持ちはもっと厳重に自分の財産を守るものだ。

三回目にユツァスはゲートから中へはいり、私道を進んでいった。エンジン音をできるだけ立てないよう車を惰性で走らせ、正面玄関の前では止まらず、そのまま道なりに家の裏手へ回って、地下へ下りていく大きなガレージの入口へ車を進めた。ガレージのシャッターも全開になっている。車が優に五、六台はいる広さだが、いまはダークブルーのアウディのステーションワゴンと、ボディカバーをかけたスポーツカーっぽいシルエットの背の低い車と、二台が停まっているだけだ。ユツァスはステーションワゴンの隣に自分の車を停め、エンジンを切った。

ここまで運転してくるあいだ、男児はずっとおとなしくしていた。一度もユツァスのほうを見なかった。ときどき、ほとんど聞こえないような小さな声で泣いた。泣き叫んだりすすり上げたりはしない。ただ、ひっそりと絶望的に涙をこぼしていた。それはそれで、むしろこたえた。ユツァスは男児に悪いことはしないから安心しろと言ってやりたかったが、それは無理な話だった。今後、俺の姿は化け物としてこのチビの悪夢に登場することになるのだろう。バルバラは？　アパートで俺を見たときのバルバラの目。まるで、あいつまで俺のことを恐がりはじめたような目をしていた。ちくしょう。俺は女子どもを殴るようなチンピラとはちがうんだ……とユツァスは心の中でつぶやいた。

思い出したくもない記憶がよみがえってきた。もう一人の女の記憶。ブロンドの女。ベッドの上で丸くなって、焦点の合わない目を大きくみひらいて、俺が部屋にはいってきたことすらわからなくなっていた女。はっきりしない言葉で、必死に「ニ……ナ……、ニ……ナ……」と呼んでいた。

ユツァスはハンドルに両手を置いたまま、少しのあいだ考えた。こんなことして何になる？　クリムカとその世界から逃げて……。恐怖という名の棍棒で人を従わせるのがあたりまえの世界から逃れて、クラクフの暮らしなんか夢見て、何になる？　芝生のある家なんか夢見て、キルトを広げて日光浴するバルバラの姿なんか夢見て、何になるというのだ？　これまでに下手を打ったぶんがぜんぶ付いて回るってのに？

ユツァスは車から降り、怒りの感情に手を伸ばした。これからひと仕事するあいだ、自分を支えてくれるものはこれしかない。車の後部ドアを開ける。ガキ女はぐったり丸くなったまま、意識を取り戻しそうな徴候はない。みんな、この女が悪いのだ。この女と、カネのことで俺をだまそうとしたあのブタ野郎が悪いのだ。二人のせいだ。逃げ切れると思うなよ。俺をなめるんじゃねえ。

怒りが湧いてきた。熱波のように怒りが湧いてきて、全身に広がった。手足に鳥肌が立ち、小さく震えた。よし、これでいい。いまのうちにやってしまうのが、いちばんいい。女がただのモノになっているうちに。ユツァスはビニールのレジ袋をつかみ、中身をぶちまけた。バルバラが持ってきたものだ。バナナ、生ぬるいコーラ、何とかいう石鹸。バルバラはこのブランドが好きなのだ。バラとスズランの香りがする、とか言って。ガキ女に手を触れるのは気が進まなかったが、ユツァスは車の荷物スペースに乗り込んで女の両肩をつかみ、ぐったりしたからだを仰向けにして膝の上にのせた。ろくに体重もない。子どもみたいな軽さだ。ユツァスはガキ女の頭にレジ袋をかぶせた。しかし、袋の口を縛るものがない。しかたなく、袋の持ち手どうしを女のあごの下で縛った。女が呼吸するたびに、ビニール袋が顔に貼り付く。これでよし。車に戻ってくる頃には、終わっているだろう。

ユツァスはガキ女のからだを邪険に押しやり、両手をズボンで拭った。まるで、ガキ女に触っただけで何かに汚染されたみたいに。すべてはこいつの自業自得だ……ユツァスは、あらためて自分に言い聞かせた。怒りの威力をつなぎとめるように。ガレージのシャッターに手をかけて引き下ろした瞬間、脳裏に浮かんだのはガキ女の顔ではなく、「ブタ」の顔だった。孤児院の「ブタ」。幼い少年のからだを地下室の湿った壁に押しつけやがった「ブタ」。小便とガソリンと中年男のすえた体臭が漂う薄暗い地下室で。

薄汚いブタ野郎め。どいつもこいつも薄汚いブタ野郎だ。誰も俺に手出しできないってことを見せてやる。ちくしょう、ふざけるな。ユツァスはスイッチを探って天井の蛍光灯をつけ、目ざす物を見つけた。こういう薄汚い金持ち野郎のガレージに必ずついているシャッターの自動開閉装置だ。ユツァスはコントロールボックスの配線をいとも簡単に引きちぎった。めくれあがった銅線の束が逆毛だっている。よし、ここまでは順調。

室内につながっているはずのドアは、ロックされていた。蹴破ろうかと思ったが、呼鈴を押して誰かが開けにくるのを待つほうが簡単だと考えなおした。ユツァスは振り返って車を見た。男児はチャイルドシートに固定されたまま、フロントガラス越しにこっちを見ている。ユツァスはスイッチを平手で叩いて明かりを消した。男児も車もガレージの闇に消えた。

シギータは全身でわなわなと震えていた。

「だめ！　そんなのだめ！」絶叫したあと少したってから、リトアニア語で絶叫していたことに気づいた。シギータは必死で英語の言葉を探した。英語なら相手の女性は理解できるだろう。

「三歳の子から腎臓を取るはだめ！　小さすぎる！」

アンネ・マルカートは驚愕した表情でシギータを見た。

「何をおっしゃるのですか、ラモシュキエネさん。とんでもない、そんなこと……そんなこと、するはずないじゃないですか」

「そしたら、どうして子どもをさらいました？　どうして誰かヴィリニュスに来て、わたしの子どもを盗みました？　そしてデンマークへ連れていった？」真相がそうなのかどうか確信はないが、そうに違いないと思った。それ以外に説明のしようがあるだろうか？

「あなたの坊やがどこにいるのか、どうしていなくなったのか、わたしは知りません。でも、これだけは断言します、わたしたちは……傷つけることなんて……」女性は途中で言葉を切り、少しのあいだ無表情に海を見つめたあと、まるでちがう口調で言った。「ちょっとごめんなさい、夫に電話させていただいてもいいかしら？」

この人たちはお金があるから何でも買えるんだ、とシギータは思った。この人たちは、わたしの最初の子を買った。そして、こんどは誰かにお金を払って、わたしの二人目の子を盗ませた。

「ミカスは、まだたったの三歳なのに……」

リン、ロン、リン、ロン……。場違いに陽気なチャイムの音に、二人は凍りついた。玄関とはちがう呼鈴の音だ。廊下を走っていく子どもの軽い足音が聞こえ、アレクサンダーが喋るデンマーク語が聞こえた。

「あの子、呼鈴が鳴ると、いつも出たがるの」アンネ・マルカートの声は、どこか上の空だった。「あの子がいれば、執事なんかいりません……」

不自然なほど早いタイミングでリビングのドアが開き、勢い余って壁に当たった。部屋の中央に男が立っていた。すごい威圧感、一人で部屋がいっぱいになったみたい、とシギータは思った。その男が大きいからというだけではない。その男が発する怒気が周囲のものすべてを縮みあがらせているのだ。男は片手でアレクサンダーをつかまえ、もう一方の手にピストルを持っていた。

「床に伏せろ！　伏せろっ！」男が怒鳴った。

その瞬間、シギータはその男が何者かを理解した。まったく面識がないにもかかわらず。ミカスを連れ去った男だ。

アレクサンダーは抵抗し、男の手から逃れようともがいた。男は少年の髪をわしづかみにし、頭をぐいと後ろへ引いた。アレクサンダーの口から痛みと恐怖と怒りの細い声が上がった。

「乱暴にしないで」アンネ・マルカートが言った。「お願いです」アンネ・マルカートは何事か早口のデンマーク語で少年に話しかけた。少年が抗うのをやめた。そのあと、アンネ・マルカートは男に言われたとおり床に伏せた。

シギータは伏せなかった。動けなかった。その場に棒のように突っ立っていた。耳の奥で血が流れる音が接続の悪い電話の雑音のように響いている。

「あの子はどこ?」シギータは聞いた。

男はシギータが命令どおり伏せないのを見て一歩前に踏み出し、ピストルの銃口をアレクサンダーの頰に向けた。

「誰の話だ?」男が聞いた。

「知らないとは言わせないわ。ミカスのことよ!」

「ふん、こっちはどうでもいいのか?」男が言った。「だいじなのは、チビのほうだけか?」

ちがう。もはやミカスだけのことではなくなっていた。というより、最初からミカスだけのことではなかったのだ……。いま頃になって、やっとわかった。

「伏せろ、アマ。俺を怒らせるな」

威嚇するような口調ではない。ただ必要なことを伝えるだけ。ヴィリニュス動物園の猛獣の檻にかかっている「フェンスによじのぼらないでください」の看板と同じ。

シギータは床に伏せた。

「どういうことなんですか？」アンネ・マルカートが英語で聞いた。「なぜ、こんなことをするのですか？」

男は質問には答えず、二人と並べてアレクサンダーを床に押し倒したあと、アンネ・マルカートのからだに両手を這わせた。性的な意図ではなく、プロの手順だ。男はアンネのポケットにはいっていた携帯電話を見つけ、床に叩きつけて破壊した。そのあと、シギータのバッグを逆さまに振ってこぼれ出た中身の中から携帯電話を見つけ出し、これも床に叩きつけて破壊した。

「この男がミカスをさらいました」シギータは説明した。「わたしの息子のミカスを。あなたの主人がお金を払ってさせたと思います」

男が顔を上げた。

「カネはまだだ。これから払ってもらう」

解放されたのは夜の八時半近かった。コンクリートミキサーに放り込まれてぐるぐる回されたような気分になっていた。

「家に帰って、あまり考えないように」駐車場で別れぎわ、握手を交わしながら弁護士が言った。

ヤンは黙ってうなずいた。考えるなと言われたって無理だ。アンネのこと。インガとケルのこと。アレクサンダーのこと。どこにあるのかわからないクーラーボックスにはいった臓器のこと。腎臓は一二時間以内に移植しなければ、ただのクズ肉になってしまう。リトアニア人の男のこと。カーリンのこと。死の真相が理解できても、できなくても。

写真を見せられた。自分にショックを与えようとして見せたのだろう。たしかに、ショックだった。法医学研究所でカーリンの遺体を見てはいたけれども、現場写真は、なぜか、はるかにむごたらしく見えた。ベッドの上にうずくまって、髪が血だらけで。殺害現場の写真。カーリンに加えられた暴力が、あまりにもリアルに、あまりにも生々しく写っていた。殴打の背景にある力、カーリンを殺害した力を、写真はまざまざと見せつけていた。リトアニア人の巨大な手が思い出された。電話でこの話を打ち切ると伝えたときのリトアニア人の言葉が思い出された。**カネを払うまで、終わらない。**恐怖が胃をかきむしった。

警察のほうも、まだ自分を疑っている。リトアニア人のことは喋らなかった。アレクサンダーのことも、いかなる手段を使ってでも手に入れたかった腎臓のことも、喋らなかった。盗品のノキアも捨て、男児の写真も捨て、ＤＮＡの完璧な適合を示す血液サンプルも捨てたが、それでもなお、ヤンは希望を捨てきれなかった。どんなに非理性的でも、あらゆる現実的な分別を超えて。

たぶん警察は嘘を嗅ぎつけたのだろう。何かを喋らずに隠していることも。だから、あんなに長時間、入れ替わり立ち替わり聴取の人間が来たのだ。自尊心を捨ててインガの来訪の一件まで明かしたのに。もちろん、アリバイの裏を取るためにトーベクの別荘へ捜査官が足を運んだに違いない。そのことを考えると、ほとんど耐えがたい気持ちになった。顔をしかめてパイプを置くケル。立ち上がり、警官と礼儀正しく握手を交わし、カーリンのことを聞き、ヤンが容疑者であるという事実を知る……。もしかしたらケル自らあの古い黒のベンツを駆って湾を見下ろす家までアンネを連れ戻しに来るかもしれない、という妄想さえ頭をよぎった。

もちろん、ケルがそんな行動に出るはずはない。アンネと自分は夫婦であり、ケルは結婚という制度を尊重する人間だ。しかし、だからといって娘が結婚した相手の男まで尊重するかどうかは、別の問題だ。そして、これまで自分がその種の尊重の対象でありえたとしても、いまではすべて帳消しになったに違いない……。八方ふさがりな現状の中にあっても、その一件は特別な痛みをもたらした。

「だいじょうぶですよ」弁護士はヤンの肩をたたいて言った。「少なくとも部分的なアリバイは成立していますし、あなたと殺害現場を結びつける物的証拠は何もない。それどころか、むしろ逆でしょう。それと、もう一件のほうは……ま、これも立証はかなり難しいでしょうし」

ヤンはうなずき、そそくさと車に乗り込んだ。

「じゃ、明日」ヤンは弁護士にそれ以上何か言う間を与えず、車のドアを乱暴に閉めた。

もう一件のほう。

そのことを持ち出したのは、青いプルオーバーの刑事だった。鉄道の切符切り風情が……。「ミスター・マルカート、あなたのような人たちは自分の手で人を殺す必要はないんですよね。他人に金を払ってやらせたほうが、ずっと簡単ですからね」

それは、直接に殺人の疑いをかけられるよりもこたえた。真実に近いだけに、なお一層。たしかに自分はカーリンの行方を追跡させた。カネを払うからカーリンをつかまえてほしい、と頼んだ。だが、殺してくれと言ったおぼえはない。でも、そんなことがどうやって証明できるだろう？　カーリンが殺害されたという厳然たる事実があるのに？

家に帰りたかったわけではないが、それでも、家までの道のりは長くじれったく感じられた。ここしばらく晴天が続いていたが、今夜は西のほうから雨雲が近づいてきて、薄暮の空を暗く覆いはじめている。強い風が吹きつけてマツの木々が揺れ、家の上に倒れてきそうだ。自動開閉式のシャッターは開かない。またか。いちいち腹を立てるのも面倒なくらい疲れていたので、ヤンはガレージの前の砂利敷に車を停めて、外に出た。運転しているあいだにタバコを三本吸ったが、海のにおいはそれよりも強かった。海と、もうひとつ別のもの。オゾンを含んだ重く湿ったにおい。雨の予兆だ。

鍵穴にキーを差し込んだかどうかというタイミングで、いきなりドアが開いた。あまりに突然だったので、手の中の鍵束ごとドアに持って行かれた。何かが顔に当たり、ヤンは後ろによろけて玄関の石段の下まで落ち、砂利に尻もちをついた。

リトアニア人が戸口に立っていた。背後から光に照らされた姿は、人間というよりも巨大な物影が視界全体をさえぎって目の前にそびえている感じだった。片手にピストルを持っている。もう一方の手は、重機が材木をつかむようにアレクサンダーの後頭部をわしづかみにしている。胸の底から思わず声が出た。だめだ、アレクサンダーだけは……。

「頼む、子どもを放してくれ」ヤンはささやくような声で言った。自分がデンマーク語で話していることにも、したがって目の前の巨漢には何ひとつ通じていないことにも気がつかなかった。

リトアニア人はヤンを見下ろしている。

「さあ、カネを払え」錆びついた鉄を思わせる声が降ってきた。

アントンは疲れて不機嫌だった。モーテンの母親の言葉を借りるなら、「むず眠い」状態。おそらく「むずかっている」と「眠い」をくっつけた造語なのだろうが、何もしたくないけどベッドにもはいりたくない、という状態をじつにうまく言いあてている。アントンは毎日のように、こうやって駄々をこねる。

ニーナのやつ、せめて車を置いていってくれればよかったのに、とモーテンは思った。よりにもよってきょうのような日は、学童からファイオー通りのアパートまでぐずる七歳の子どもを連れて歩くのは勘弁してほしい。小さい子じゃないんだから手をつないで歩くのはいやだと言うくせに、モーテンがせき立てないとアントンはどんどん遅れていく。

職場の上司には電話したのに、自分には電話してこなかった。マウヌスが申し訳なさそうな口調でニーナの伝言を伝えてきた。

「だいじょうぶだそうです」マウヌスは言った。「心配しないで、って言っていましたよ」

ニーナが死体になって北部シェランの茂みに転がっているのでないとわかったことは、ありがたい。しかし、それ以外には何の安心材料にもならない。ニーナがいまもどこか手の届かない逃避先の世界にいることに変わりはないし、そこは一つ間違えば暴力や災厄に遭遇する世界だ。自分でも理屈が通らないと思うが、モーテンにはニーナが自分ひとりで例の厄介《やっかい》な世界をデンマークにまで持ち込んだものとしか思えなかった。そうやって、モーテンが望むコーヒーとオープン・サンドイッチの似合う静かな家庭生活を邪魔しているのだ、と。

「おなかすいた」アントンがぐずった。

「うちに帰ったらサンドイッチを作ってやるよ」

「白パンで？」

「ライ麦パン」

「ライ麦パン、やだ」

「やだ、じゃない」

「や〜だ！　つぶつぶがはいってるんだもん」

モーテンはため息をついた。アントンの選り好みは気まぐれだ。疲れていなくて、機嫌が悪くなくて、心が落ち着いているときは、オリーブやブロッコリやチキンレバーのようなくせのある食べ物でもぱくぱく食べる。かと思うと、あれもいや、これもいや、と言い出してシリアルとミルクしか食べなくなることもある。

「とにかく、何か作るよ」モーテンは適当な返事をした。

「でも、いますぐ、おなかすいてるんだもん」

モーテンが根負けして、アイスキャンディを買ってやった。

玄関ドアを開けた瞬間、異様なにおいを感じた。敷居をまたぐ前にモーテンは足を止めた。アントンは二つ下の階で、階段を二段上がっては一段ぴょんと下り、をくりかえしている。しかも、ぴょんと下りるところを最大限に騒々しくやらないと気がすまないらしい。

モーテンは明かりをつけた。玄関に充満していた薄暗がりが去り、黒っぽい影が積み重なっているように見えたのはコートとマフラーと靴とブーツと放り出されたスケートボードであることが判明した。が、すれた板張りの床に、ぎょっとするほどの血だまりがあった。さらにその先にはシリアルのボウルが転がり、こぼれたミルクとコーンフレークが飛び散っていた。そして、もうひとつ、いちばん強い臭気を発しているもの……小便の水たまり。

「アントン」モーテンは鋭い声で呼んだ。

アントンは黙ったまま下の踊り場から見上げている。

「ビアギットがいるかどうか、見ておいで。マティーアスと遊んでもいいし」

「でも、おなかすいたんだもん」

「言うとおりにしなさい！」

非常事態を察したアントンの目が大きくみひらかれた。モーテンは「だいじょうぶだよ、安心しなさい」と言ってやりたかったが、湧きあがる不安でとてもそんな余裕はなかった。モーテンはアパートのドアを閉め、踊り場をはさんだ隣家の呼鈴を鳴らした。ドアを開けたのはマティーアスだった。すぐ後ろからビアギットが顔を出した。

「あら！」ビアギットが言った。「強盗でもはいったの？」

「え？　なぜですか？」問い返しながら、モーテンは恐怖を声に出さないよう必死だった。

「けさ、パトカーが外に停まってたから」

「ああ、それ……。あの、アントンを一時間かそこら預かってもらえませんか？　話せば長い事情なんですけど、あとで全部お話ししますから」モーテンはわざと訳ありふうな言い方をした。腹をすかせた犬の鼻面にステーキをぶら下げるように。ビアギットの詮索好きを知っていたから。

ビアギットはご褒美をおあずけにされて不満顔だったが、モーテンの切迫した口調を感じ取ったようだった。

「いいですよ。マティーアス、アントンに新しいゲームを見せてあげたら？」

「よっしゃ〜！」マティーアスが声を上げ、アントンも顔を輝かせた。二人は小走りでマティーアスの部屋へ消えていった。

「すみません、ありがとうございます」

ビアギットは戸口に立ったまま、玄関ドアを開けるモーテンの背中ごしにアパートの中をのぞこうとしていたが、中にはいってすぐドアを閉めたので、たいして何も見えなかっただろう。

モーテンは血だまりを避け、ミルクと小便をまたいで進んだ。キッチンをのぞき、リビングをのぞく。誰もいない。イーダの部屋も空っぽ。そうだ、イーダはきょうはクラスメイトのアンナのところに行っているんだった……。しかし、ベッドの上には汚れたTシャツが放り投げてあった。ニーナのTシャツだ。家に帰っていたのだ。

モーテンはその場に立ちつくしたまま、混乱した頭の中を整理しようとした。何が起こったのだろう？　血だまりの大きさは、いやな予感がする。指を切ったというような小さな傷ではありえない。それに、小便の水たまり。どうして、ここに？　テレビで見た法廷ものの番組がぼんやりと記憶によみがえった。糞尿《ふんにょう》の痕跡がどうとか……死の瞬間に全身の筋肉が弛緩するとか……。

死の瞬間……？　やめてくれ。

冗談じゃない！

モーテンはあわてて携帯電話を探した。警察に電話しなくては。

そのとき、かすかな物音が聞こえた。吐こうとしているのか……いや、しゃくりあげているのか。モーテンは小さなバスルームのドアを引きちぎらんばかりの勢いで開けた。

トイレの蓋の上に見たことのない女が座っていた。ひどい顔だ。大泣きしていたらしい。どこか投げやりな雰囲気もある。きれいなシニョンにまとめてあったと思われる金髪は、ほどけかけて肩まで垂れている。それでも、ほっそりした首すじと長い足には気品が漂っていた。

モーテンは、しばらく口を開けたまま立っていた。

「ニーナはどこにいる?」

女が見上げた。泣きはらした目をしている。

「Juz po wszystkim」女が言った。そのあと、不自由な英語で「終わりです。ぜんぶ終わりです」と言った。

耳の奥の血管が轟くような音を立てて脈打っていた。ニーナ。いったい何があったのだ?

目がさめたのは、溺れそうだったから。息ができない。何か濡れて黒くてべたべたしたものが口と鼻と目にへばりついていて、息を吸おうとしてもカサカサいう暗闇しか吸い込めない。空気が……空気がない……。

意識が回復するより先に、肉体がパニック状態になっていた。両手で目の前の暗闇をめったやたらに引っかいたら、何か柔らかくて重いものに手が触れた。毛布……たぶん……。引きはがそうとするが、肩や腕に巻きついていて自由がきかない。ニーナは水面に浮上しようとするダイバーのようにもがいた。

胸が痛い。暗闇はまだ顔にへばりついている。空気を求めて強く短く息を吸ったら、どこかでバラの香りがした。死の予兆……？　バラとユリの香りをかぐと、いつも埋葬式を思い出す。ようやく片方の手が毛布の上に出て自由になった。ニーナは手を顔に持っていった。

ビニール袋だ。

とりあえず引きちぎろうとした。次に、指でビニールに穴を開けようとした。息が……空気がほしい。全身の臓器が酸素を求めて悲鳴を上げている。肺が痙攣するように痛む。もう一度ビニール袋をかきむしったら、何かが緩んだ。ビニール袋が広がって、少し息ができるようになった。

落ち着いて。ゆっくり呼吸して。

思考力が萎《な》えて遠ざかりそうになる。奇妙な黒と灰白色の場所……脳……の中へ手を伸ばして、思考力をつかまえようとする。

誰かが頭にビニール袋をかぶせたのだ。これさえ脱げれば、息ができるようになる。頭の上に手を伸ばして袋を引き上げる。ようやく息ができるようになった。ニーナはゼイゼイと音を立てて息をついた。

周囲はあいかわらずの真っ暗闇だ。最初、頭がくらくらして、自分の目がほんとうに開いているのかどうか自分でもわからなかった。思わずまぶたに手を伸ばして触ってみた。

「だいじょうぶ、まだ死んでないわよ、ニーナ。息を吸って！　しっかり！」

効き目があった。

言葉は暗闇の世界に現実感を呼び戻した。ニーナは片肘をついてからだを起こし、頭の向きを少し変えてみた。動くと痛みがある。とくに、顔と頭の片側。すごく重いのに、すごく弱々しい感じ。頬から首にかけて、何か濡れたものがべっとり貼りついている。血だ。ニーナは他人ごとのように認識した。そして、コペンハーゲン中央駅で見た男がアパートに押し入ってきたことを思い出した。手にピストルを持っていた。あのとき、玄関で男が自分を殺さなかったのが意外だった。何か理由があって後回しにしようと考えたのだろう。

ニーナは顔を反対側に向けてみた。そして初めて、暗闇の真ん中に細い光がさしていることに気づいた。光と、あと、ヒィヒィ鼻を鳴らすような小さな声。罠にかかった動物のような。

ミカスだ。

それはすぐにわかった。ただ、あまりにかすかな音で、他の惑星から伝わってくる電波のように聞こえた。どこ……？

ニーナは片手を前に出して探った。すると、すべすべして冷たいガラスっぽいものに触った。車の窓だ。バンの後部に放り込まれたらしい。下の床はフエルトのような材質で、少しチクチクする。まだ新しいのか。側面に沿って手を這わせていくと、指が金網のようなものをつかんだ。犬用の仕切りネット？　暗闇に目が慣れてくると、ガレージのシャッターらしきものの周囲に細い線のような光が見えた。駐車場か、ガレージか。タイヤのにおい。ガソリンのにおい。男が近くにいる感じはしなかった。

ミカスの泣き声は金網のむこうから聞こえてくる。

怖がっている。

「ミカス！」

ニーナは暗闇に耳をすました。吐き気が波のように繰り返し押し寄せ、喋ろうとすると舌が巨大に膨れあがったような違和感があった。

ニーナは金網を揺すりながら声をかけた。

「ミカス、だいじょうぶよ。わたしがすぐそばにいるからね」

そうだ、ミカスには通じないんだった……。でも、自分の声が聞こえるだけでも、一人ではないとわかって少し安心するかもしれない。もしかしたら、ほんとうに通じたのかもしれない。少しのあいだ泣き声がやんで、聞き耳を立てているような気配がした。それからまた、ひそやかなすすり泣きが始まった。

ニーナは膝をついてからだを起こし、車の床を手で探った。端から少しずつ、ありとあらゆる隙間に指を這わせてみる。床に埋め込んだようなリングを見つけた。引っぱってみると、床に敷いたマットが少しずれた。下に収納スペースがある……？　そうか、この車は荷物スペースの床下にスペアタイヤを収納するタイプの車なんだ。マットをはがしてハッチを開けてみると、思ったとおり、スペアタイヤの横に折りたたみ式のプラスチックケースがあった。工具セットだ。

勝利の歓びが湧いてきた。あの男め、わたしがここに倒れたまま頭にレジ袋をかぶせられて死ぬだろうと思ったら、大間違いだからね！　バンの後ろに閉じ込めれば逃げられないと思ったら、それも大間違い！　軽蔑と憤怒の入り混じった強烈な感情が腹の底から全身へ広がっていく。あいつらは、みんな同じだ。弱い人間を食いものにするハゲタカめ。小児性愛者、強姦魔、ぽん引き。社会の澱《おり》にうごめく唾棄すべき人間ども。それがあいつらの正体だ。低能のクズども。

この男も同じだ。ミカスを思いどおりにできると思ったら大間違いだ。このわたしを始末できると思ったら大間違いだ。

ニーナは工具セットの中からレンチを引っぱり出して構えた。男がどこへ行ったのかわからないが、ミカスをここに残していったということは、いずれ戻ってくるつもりなのだろう。ミカスを取り返そうとして追っかけてきたのだから。しかし、自動車の窓を叩き割るのは危険すぎるかもしれない。大きな音がするし……。ニーナは金網のところへ戻った。金網を固定してあるスクリューは、暗闇の中でも簡単にわかった。しかも、工具セットにはいっているドライバーでサイズが合いそうだ。

突然、ガレージの明かりがついた。ニーナは本能的に伏せた。声が聞こえたような気がした。近くに助けがいるのなら、車の横腹を叩いたり蹴ったりして知らせなければ……。でも、何となく、外で明かりをつけたのが自分を助けに来た人間だとは思えなかった。

あの男が戻ってきたら、まだ気を失っているふりができるだろうか？　ニーナはさっきのレジ袋に手を伸ばしたが、もういちど頭からかぶる気にはなれなかった。

そのとき明かりが消え、ふたたび真っ暗闇になった。ニーナはうずくまったまま様子をうかがった。誰も来ない。

スクリューをすべてはずすのに少し時間がかかった。そのあいだ二回ほど、手を止めて吐き気をこらえなくてはならなかった。しかし、なんとか金網をはずして横へずらすことができた。

「ミカス？」

しんとして何も聞こえない。ニーナは運転席のヘッドレストの脇にからだをすべりこませて、転げ落ちるように運転席に移った。横にミカスがいるのがわかった。がたがた震えている。暗くてよく見えない。運転席側のドアを開ける。頭上の室内灯が点灯して、ミカスの顔が見えた。怯えた表情でまばたきを繰り返している。いまのこの自分の姿を見て、わたしだとわかるだろうか……？　ミカスはチャイルドシートに固定されていた。おばあちゃんの家へ行くとき、公園へ遊びに行くとき、ごく普通に三歳児を乗せるようなチャイルドシート。それ以外の固定具は必要なかった。ミカスの小さな弱い指ではバックルをはずせないのだ。ミカスは唇を震わせ、小さな声で泣いていた。

ニーナはチャイルドシートのバックルをそっとはずしてやった。

そのとき、ピストルの音が聞こえた。

アンネともう一人の見知らぬ女が、銀行強盗の人質のように両腕を頭の上に伸ばした恰好でリビングの床に寝かされている。工具箱が目にはいった。自分の工具箱だ。中身がコーヒーテーブルにぶちまけられ、プライヤー、ワイヤー、スクリュードライバー、ガムテープなどがガラスの天板に散乱している。そのときようやく、ぼんやりした意識の中で、アンネが両手両足を不自然な姿勢のままガムテープで石の床に固定されていることに気づいた。アンネの顔には、いっさい何の表情もない。恐怖もなければ、怒りもない。何と形容すればいいのか、ヤンは言葉を思いつかなかった。「覚悟を決めた」という表現では弱すぎる。アンネの瞳は、雪原に差す影の色をしていた。

もう一人の女も同じようにテープで床に固定されているが、片方の腕にギプスが巻いてあり、その腕は少し変な角度で固定されていた。アレクサンダーにちょっと似ているな……と思った。そして、その瞬間、みぞおちを殴られたようなショックに襲われた。女が何者かを理解したのだ。なぜ、どういう経緯でこうなったのか見当もつかないが、アンネと並んで床に貼りつけられているのは、息子アレクサンダーの生みの親に違いなかった。

片方の鼻からしたたり落ちる血を、ヤンは反射的に手で拭った。しっかりしなくては。この場を掌握しなければ。男の言いなりになるのではなく。ヤンはリトアニア人のほうへ向き直った。

「こんなことまでする必要はないだろう」ヤンはゆっくりと正確な英語で、リトアニア人が理解できるように言った。「要求は何なのだ?」

「カネを払え」リトアニア人が言った。

「わかった。そっちが約束したものは?」

リトアニア人は少しのあいだじっと立っていたが、ピストルを持った手でドアの方向を示した。「あっちだ」

もう一人の女、アレクサンダーの生みの親が、訳のわからないことを叫びはじめた。男が怒鳴りつけると、女は即座に黙った。

ヤンは一瞬ためらったが、この男をアンネのいる部屋から遠ざけることはいい考えのように思われた。これで、あと、アレクサンダーを放してくれれば……。見ると、アレクサンダーが恐怖でパニックになっているのがわかった。青白い顔の中で目が大きくみひらかれ、頰には涙のあとがある。ヤンは笑顔を見せようとしたが、自分の表情がぎこちないことはわかっていた。

「だいじょうぶだよ、アレクサンダー。この男は、すぐに出ていくから」

「黙れ！」リトアニア人が言った。「英語で言え。俺が知らない言葉を使うな」

「息子にだいじょうぶと言っただけだ」

「二度とやるな」

「わかった、わかった」この男を怒らせないこと。少なくともこれ以上怒らせないことが肝要だ。それでなくても男が狂暴な怒りをかろうじて抑えていることは、一つ一つの身のこなしにはっきりと見えた。

ヤンと男は廊下に出て階段を下りた。ガレージに続く裏口は、男がアレクサンダーに命じて開けさせた。男がピストルを握った手でスイッチを乱暴にはたいた。ガレージの明かりがついた。見たことのない車が停まっている。バンのようだ。フロントシートに男の子の姿が見えた。

あの子だ。写真の子だ。ヤンは即座に男児を認識した。だが、その子がここで何をしているのだ？　ヤンは子どもの代金を約束したわけではない。腎臓一個の代金を約束しただけだ。

「こんなところで、あの子は何をしているんだ？」リトアニア人に尋ねたのと同時に真実が見えてきた。脳裏に一連の記憶がよみがえった。リトアニア人は最初から移植用の臓器だけを摘出して届けるつもりではなかったのだ。そんなことができるはずもない。そのような処置ができる医師にも施設にも伝手《つて》などあるはずがない。カーリンが駅で受け取ることになっていたスーツケース……。中身は臓器のはいったクーラーボックスなどではなかった。生きた子どもがはいっていたのだ。

カーリン。

取り乱したのも無理はない。

ヤンの心を痛みが刺し貫いた。同時に奇怪なイメージが広がった。レストランでステーキを注文したのに、生きた牛と肉切り包丁が出てきたような。

「こんな形じゃなくて……」ヤンはかすれ声で言った。「生きてる子どもだなんて言わなかったじゃないか」

「完全に適合する」リトアニア人が言った。「同じ父親、同じ母親。カネを払え」

「もちろん、払うとも」ヤンはなんとか声の震えを抑えて返事した。「上階《うえ》に戻ろう。カネは払う」

リトアニア人が明かりを消した。男児はぴくりとも動かなかった。かわいそうなことを……ヤンの心がズキンと痛んだ。

「ドルで。それはだめだ」リトアニア人はヤンのノートパソコンをピストルで示して言った。

「でも、これでそっちの口座に送金できるんだ。おたくしか引き出せない口座に」ヤンは説明しようとしたが、諦めた。無駄なようだ。コンピューターの画面上で光っている数字は、リトアニア人の世界では「カネ」ではないらしい。「そんなに多額の現金をいますぐ用意するのは無理だ！」

男がヤンに詰め寄った。依然としてアレクサンダーをわしづかみにしている。忘れかけたおもちゃを持ち歩くように無造作に。

「おまえ、カネは用意したと言った」

「たしかに用意した。だが、カーリンが持っていってしまった」

「カーリン？」

「女性だ。あんたが……」ヤンはすんでのところで「殺した」という言葉をのみこんだ。その件をいまここで持ち出すのは賢明でないかもしれない。「別荘にいた女性だ。彼女がカネを持っていった。そっちの手に渡らなかったのは、わたしのせいではない」

視界の端でアンネが動くのが見えた。動くな、とヤンは念じた。テレパシーで伝えようとでもいうように。あいつの注目を引いてはだめだ。いま、あいつの気を引いてはだめだ。

もう一人の女がリトアニア語で何か言いながらもがいた。逃げようとしているのか。リトアニア人の男が鋭い口調で何か言うと、女はもがくのをやめた。この女も泣いている。

「あの女は、カネがどこか、知らなかった」リトアニア人の男はヤンのほうに向き直って言った。「知ってたら、言ったはずだ」男はピストルを上げ、アレクサンダーの頭に銃口を向けた。「これが最後のチャンスだ。俺を怒らせるな」

ヤンは口を開けたが、言葉が出なかった。声が出なかった。この薄ら馬鹿が銀行送金という概念を理解できないためにアレクサンダーが死ぬかもしれないのだと思ったら、自分の足もとがガラガラと崩れ落ちていくような気がした。ヤンは腰をさらに低くかがめて、フライング・タックルに出ようかと考えた。ピストルを狙う。とにかく男がアレクサンダーから手を放すように。何か……何でもいい……何でもいいから、この窒息しそうな無力感を打ち破る行動を……。

「お金のありかなら知ってるわ」アンネが声を発した。はっきりとした完璧な英語で。

リトアニア人の男は、ヤンからアンネへ視線を移した。アンネが本当のことを言っているのかどうか、考えているのかもしれない。

なんてことをするんだ。ヤンは心の中でアンネに毒づいた。この男ははったりが通じるような相手じゃないんだぞ、わからないのか？

「ちがう」ヤンはあわてて口を開いた。「彼女はこのことは何も知らないんだ」

しかし、男は散らばった工具の中から大型の作業用カッターナイフを拾い上げ、アンネを固定しているガムテープを切った。床に座りなおしたアンネの手首から血が流れている。はずみで少し切れたらしいが、アンネは気づいてもいない。

「見せろ」男が言った。

アンネがうなずいた。「いま取ってきます。一分もかからないから」

まもなく、アンネが二個の黄色い大きなマニラ封筒を重そうに抱えて戻ってきた。封筒を逆さまにすると、一〇〇ドル札を束ねた分厚い緑の札束が床に転がり落ちた。ヤンは信じられない思いで見ていた。

カネを取ったのはアンネだったのだ。カーリンではなくて。耳の奥で血がドクドク流れる音がした。

「アンネ……何……なぜ？」

リトアニア人は札束の山を見下ろしている。少なくともその瞬間、男は二人がデンマーク語で話していることさえ気にならないようだった。

「もう二年も前から、あなたとは別れようと決めていたのよ」アンネが言った。「どうして出ていけなかったか、わかる？　地下にある、あのいまいましい透析装置のせいよ。でも、カーリンのベッドの上でお金がいっぱい詰まったあのブリーフケースを見たとき、これでよし、と思ったわ。あんなにたくさんのお金、何に使うつもりなのか見当もつかなかったけど、たぶんなくなっても警察には言えないお金だろうと思った。それなら、わたしがいただこう、と。そしたら、あなたに頼らなくてもアレクサンダーと暮らしていけるから」

「でも……」

「まだわからないの？　あなた、こうなったのはカーリンとのお粗末な不倫のせいだろうか、って思ってるんでしょう？　ええ、もちろん知ってたわよ。でも、理由はそれじゃない。わからないの？　あなたはもう少しでアレクサンダーを殺すところだったのよ。アレクサンダーに腎臓を提供するのはどうしても自分でなくちゃならないって言い張って。何でもかんでも、自分がなんとかするって言い張って。ぜったいに知られたくないことがあるからでしょう？　あなた、自分に子種がないことをわたしの父に知られたくないばっかりに、アレクサンダーを殺しかけたのよ。わたしたちの結婚って何だったの？　あなた、わたしと結婚したかったんじゃなくて、わたしの家族と結婚したかったんでしょう？　ちがう？　あなたが欲しかったのは、わたしの父だったんでしょ？　いいわよ、どうぞ。父と結婚すれば？　わたしは出て行くわ」

言葉は聞こえていたが、頭が意味を理解できなかった。リトアニア人がアレクサンダーを放すのが見えた。アレクサンダーは泣きながらアンネに駆け寄り、アンネは手首から流れる血が息子の金髪を汚すのも気にせず息子を抱きしめた。

「拾え」リトアニア人が命じた。「封筒の中に戻せ」

リトアニア人の言葉が自分に向かって発せられたものであることをヤンが理解するのに、少し時間がかかった。頭も手足も何ひとつ自分のものではないような気がした。全身が溶解しはじめている……内側からも……外側からも……。ヤンは一歩前へ踏み出した。札束のほうではなく、アンネのほうへ。男がピストルを構えるのが見えたが、どうでもよかった。閃光が走って、胸に衝撃を感じたが、もう、どうでもよかった。

デンマーク人は札束の上にばったり倒れた。ユツァスは振り向いてピストルを構えなおした。こんどはデンマーク人の妻を狙って。しかし、その姿はすでに消えていた。走って遠ざかる足音……たぶん廊下だ。息子も一緒に逃げた。

ユツァスはデンマーク人を見下ろしてもう一発ぶちこもうかどうしようか考えたが、どのみち死んだも同然に見えたし、とりあえず妻とガキをつかまえるほうが先だと思った。警察に電話される前に。ガキを撃ち殺すのはいい気持ちがしないが、こうなったらしかたない。皆殺しにして目撃者を残さないことが重要だ。チビのほうは、連れていけばいい。バルバラがあんなに欲しがっていたから。だが、大きいほうは生かしておくわけにはいかない。現場を目撃していたし、それを記憶しておく能力も正確に証言する能力もある。ある朝クラクフで目がさめたら警察がドアを叩いていた、なんてのは勘弁してほしい。

ユツァスは四、五歩でリビングの出口まで行った。廊下に人影はない。玄関の扉は閉まったまま、施錠されている。どこへ行った？　別のドアを開けると、馬鹿でかいキッチンだった。白いぴかぴかの食器棚、黒い大理石のキッチンカウンター。だが、女とガキはいない。ユツァスはふたたび廊下に出て考えた。階段を下りてガレージのほうへ逃げたのだろうか？　シャッターの開閉装置を壊しておいたのは、よかった。逃げるにしても、すぐには外に出られないだろう。そのとき、頭上でゴトンと小さな音がした。上等だ。これで目星がついた。ユツァスは階段を上がって二階へ向かった。

最初に開けた部屋は寝室だった。おそらく夫婦の寝室だろう。ユツァスは照明をつけ、ベッドの下をのぞいた。バスルームもチェックした。何もない。廊下沿いに次のドアを開ける。女性用の書斎か。窓際にブロンドウッドのデスクと小さなチンツ地のソファがある。ここも、からっぽ。

ユツァスはさらに二つのドアをたてつづけに開けた。一つはバスルームで、もう一つは子ども部屋だった。クローゼットを開けたり中世の城を模したおもちゃの家までひっくりかえしたりして貴重な時間を費やしたが、女と少年の気配はどこにもなかった。ユツァスは廊下の奥から二番目のドアに手をかけた。

鍵がかかっている。

グロックを構え、鍵穴に狙いをつけた。耳をつんざくような発射音が響いたわりには、ドアはびくともしない。一時的に耳が遠くなったが、かすかな悲鳴のようなものが聞こえた。頭の上から聞こえたような気がした。もしかして、屋根裏へ上がる階段のドアか？　もう一発撃ち込んでからドアに肩を当てて押すと、こんどはぐらぐら動いた。あと一発で開くだろう。

その瞬間、何かが後ろから当たった。重くて、鋭利で、硬いもの。首の後ろに真一文字に炎のような熱い衝撃を感じて、ユツァスは一瞬よろめいた。振り向いたところに二発目が襲ってきた。バランスを失っていたユツァスは手を上げて防ぐ余裕もなかった。ピストルを一発撃つには撃ったが、弾丸はとんでもない方向へ飛んで手すりに食いこんだ。工具箱が顔に命中した。

ユツァスは仰向けに倒れた。見上げた視線の先に、チビの母親の顔があった。正気とは思えない目つきだ。ギプスからガムテープが垂れ下がっている。女は片手しか使えないのに、その手で工具箱を持ってハンドバッグのように振り回した。

こんどは工具箱が右腕を直撃した。ユツァスの右手はすべての感覚を失い、銃を握っているかどうかもわからなくなった。荒れ狂った女は工具箱を放り出し、グロックを拾いに行った。

殺される、とユツァスは思った。ピストルを取られたら、女に殺される。

ユツァスは左手で女の薄茶色の髪をひっつかみ、床に引きずり倒した。女は叫び声ひとつ上げず、悪霊に取り憑かれたような怪力で抵抗した。女が膝でユツァスの胸に蹴りを入れた。ユツァスの右手は依然として使い物にならない。そのとき、何かで足を殴られた。銃声を認識して、初めて女にピストルで撃たれたのだとわかった。どのくらいの傷なのか、見当がつかない。とにかく、いますぐこの女を片付けないと、何をされるかわからない。ユッァスは寝返りを打って全体重で女を床に押しつけ、利き手ではないがとにかく使える左手で女の頭をつかもうとした。頭部をすばやく後方へ引き倒し、そして横へねじれば、首の骨がぽきりと折れるはず……。なぜうまくいかないのだろう？　もう一発パンチを食らった。こんどは首の横だ。熱く濡れた感覚から、出血しているのだとわかった。変だな。トレーニングのときに感じる心臓の鼓動によく似た快感がある……。

しかし、鼓動はしだいに弱くなっていく。だんだん遠くなっていく。自分が自分自身から遠ざかっていくような感じだ。突然、夢の家族がやけにはっきりと目の前に現れた。母親と、父親と、二人の子ども。みんなで夕食のテーブルを囲んで笑っている。その人たちに呼びかけたい、大声で呼びかけたいのだが、彼らにはこっちの声が聞こえない。自分は外にいて、中にはいれない。

廊下に通じるドアを押し開ける前から、ここがとんでもなく大きな家であることはわかっていた。ゆるやかな曲線を描きながら上がっていく幅の広い階段は、どこかの企業本社ビルが堂々たる視覚的効果を狙って特注したと聞かされても違和感がないくらいだ。しかし、それでいて、ここが個人の邸宅であることを示す細々としたものがあちこちで目についた。棚にきちんと並べられたアウトドア用の長靴。階段下の広いスペースに設けられたコート掛けに吊るされた冬用コートやマフラー。ネットにはいった二個のサッカーボール。

あとは、階段も含めて、何もかもが真っ白だった。ニーナは一瞬立ち止まり、無数のハロゲンライトのまぶしさに目が慣れるのを待った。

家の中は奇妙に静まり返っている。まるで家が生き物すべてを飲みこんで消化に専念しているような。どこかで何かが動いているのは感じ取れたが、聞こえてくるのは場所のはっきりしないくぐもった音ばかり。走るような足音。ドアを開けたり閉めたりする音。靴のかかとやつま先が床に当たるかすかな音。でも、さっき銃声が聞こえた。物音に耳をすましながら、ニーナは疲れた全身の細胞にアドレナリンが浸透していくのを感じた。

何も聞こえない。

いや、聞こえる……何か……。靴音よりも近くで、何かの音がしている。ニーナはいそいで階段を上がり、ふたたび耳をすました。廊下に面した両開きのドアの先からうめき声が聞こえてくる。人間が発する苦痛の声だ。そう認識したとたん、ニーナの中で自動的に緊急事態対応モードのスイッチがはいり、ガンガン響く自分の頭痛は後回しになった。負傷者がいる。一人か、複数か？　傷の程度は？　治療の優先順位は？

時計をチェックする。

午後九時三七分。思ったより遅い時刻だ。

ニーナは両開きのドアを押し開けて、広大なリビングに足を踏み入れた。

床に男性一人と女性一人が倒れている。女性のほうは、幅広のガムテープで動けないように固定されている。腕にギプスを巻いているが、これはあきらかに治療ずみだから、当面の問題ではない。それ以外の受傷はなさそうだ。半狂乱ではあるが、けがはない。ニーナは女性を無視して男性のほうに注意を向けた。男性はからだを少し横に向けて手足を投げ出すように倒れていた。スケートで転倒したような形。周囲の石の床には、とんでもなく大量のドル札が散らばっている。胸骨付近に出血があり、白いシャツが脇の下の大きな汗染みのところまで赤く染まっている。

まず気道、呼吸、脈拍だ。ニーナは男性の横に膝をつき、頭を少し後方に傾けて口の中をチェックした。出血はない。よし。呼吸もできている。男性は目をパチパチさせてニーナを見た。目はやや焦点が合わずショック症状に近いが、意識は十分ある。

「何があったのですか？」ニーナは声をかけた。もちろん答えも知りたいが、意思疎通ができるか、返事ができるかを確認するためだ。

男性は返事をせず、ふたたび目を閉じてしまった。しかし、これは危険な嗜眠傾向《しみんけいこう》というより、むしろ気力が萎《な》えているように見えた。意識はある。呼吸は痛みのせいもあって速いが、問題はない。両手も冷たくない。いますぐ命に関わるような出血は起こっていないようだ。ニーナは血染めのシャツの前を開いた。胸の上部に銃創《じゅうそう》。心臓より上。射入口はさほど大きくない。射出口は見当たらない。おそらく弾丸は体内にとどまっているのだろう。肩甲骨にひっかかっている可能性がある。それも、現時点では幸運な要素だ。射出口は損傷がひどくなるから。ニーナは慎重に傷口を広げてみた。出血している組織の中に骨片が見える。鎖骨が粉々になっていた。鋭く割れた骨片が体内で榴散弾《りゅうさんだん》のような働きをして、出血と痛みがひどくなっているのだろう。だが、弾丸は主要な動脈をはずれたようで、致命傷ではなさそうだ。男性は前後にからだを揺らしはじめた。激痛から逃れようとして動いているのだろう。

「動かないで」ニーナは言った。「動くと痛みがもっとひどくなるから」

その声が聞こえたようだった。両目は依然として固く閉じたままだが、男性はからだを揺するのをやめた。

何か緊急の止血用に使えるものがないかと見回したが、この邸宅はテーブルにテーブルクロスがかかっていたりソファに手頃なチェック柄のクッションが転がしてあるような家ではなさそうだ。しかたなく、ニーナは自分が着ているシャツを脱いで当座の包帯がわりに使った。ショック症状をやわらげるために毛布のようなものを掛けてやりたいが、それも見当たらない。枕がわりに使えそうなものも、血が飛び散ったドルの札束しかない。

男性にはできる限りの処置をした。ニーナは女性のほうに目を向けた。

女性は手足を拘束しているガムテープをはがそうとして、めちゃくちゃに暴れていた。つややかな茶色の髪が額にべったり貼りついている。一目見て、泣いていたのがわかった。どこか見たことのある顔つきだと思ったが、それ以上はっきりしたことは思い出せなかった。

ピストルで撃たれた男性の救急処置をしているあいだ、ニーナは女性の叫び声を意識から排除していた。女性は相手にしてもらえそうもないと諦めたのか、大声で叫ぶのをやめておとなしくなった。しかし、いま、女性は両目を潤ませてゆっくりとたどたどしい英語でニーナに喋りかけた。

「お願いします、助けて」

ニーナはコーヒーテーブルの上にぶちまけられた雑多な工具類の中から大型のカッターナイフを見つけ、女性を床に固定しているガムテープを切断した。からだが自由になったとたん、女性は背が低く小太りでスポーツとは無縁な印象のからだつきに似合わぬ素早さで床から跳ね起き、あっという間に良いほうの手で工具箱を引っつかんでリビングから走り出ていった。

その瞬間、上の階でピストルの音が響いた。二発、たてつづけに。

ニーナは一瞬迷い、けが人に目をやった。状態がどのくらい安定したか、わからない。だが、いまのところ、これ以上できることもない。ニーナは両手で自分の顔をこすった。手が震えている。ピクピク震えている。自分では止められない。ふたたび時計をチェックして、自分を落ち着かせようとした。その瞬間、意識下の記憶がようやく答えを探りあてた。さっきの女性が誰なのか。

時刻は九時三九分。ニーナはピストルで撃たれた男性を一瞥し、立ち上がってミカスの母親のあとを追った。

シギータは動けなかった。男にのしかかられて床に押しつけられている。しかも、髪をわしづかみにされている。重い。一瞬、奇妙なことにダリウスとのセックスが脳裏に浮かんだ。が、最後に笑って終わったあのときとはちがう。ピストルは手から離れて、どこへ行ったのかわからない。上からのしかかられている重さのせいで、どんどん息が苦しくなる。ナイトクラブやサッカースタジアムで人が圧死した事故は聞いたことがあるけれど、たった一人の体重で圧死なんて、あるのだろうか？　あるような気がしてきた。

さっきまでの馬鹿力はどこへ行ったのだろう？　さっきは、あの工具箱を男の頭めがけて振り回した。首から上をぶっ飛ばしてやるつもりで。あいつはミカスをさらった。あのダンスホールみたいに馬鹿でかいリビングで、石の床に貼りつけられたまま、あんなに頼んだのに、あの男はミカスの居場所を教えてくれなかった。デンマーク人を連れて行ってすぐに戻ってきたから、ミカスは近くにいるに違いないと思うのに。ガキの命が惜しけりゃ静かにしてろ、と男は怒鳴った。それで、そのあとはもう何も聞かないことにした。

いま、シギータの頭の中は、これまで考えまいとしてきた悪夢の情景でいっぱいになっていた。ミカスがどこかで箱の中に隠されていたら? 車のトランクに閉じ込められていたとしたら? 一息ごとに苦しくなって……。あるいは、もっとひどいことになっているかも。冷蔵車の中で青く冷たくなったミカスの小さなからだ……動物みたいに臓物を抜かれて……。ミカスがまだ生きているなんて、誰が言った? あの男が言うことなんか、何ひとつ信用できない。必要なのはミカスの腎臓だけ。それ以外の部分は、どうでもいいのだ。ミカスの濃いブルーの瞳も、ミカスのはじけるような笑い声も、言葉がすごい速さでこぼれ出て母親の自分でさえ聞き取れないような喋り方をするときの、ミカスのあの一所懸命な表情も。

男は動かない。死にかけているのだろうか? 肺が押しつぶされたようになって息もできないが、それでもシギータはもがきつづけた。

突然、誰かが男の重いからだを脇へ転がしてくれた。ようやくからだを起こしたシギータは、あえぎながら大きく息を吸い込み、全身を震わせて泣きながら、ガムテープを切ってくれたショートヘアの痩せた女性ががくがく痙攣をくりかえす大男の傍らに膝をついてかがみこむのを見ていた。シャツはどうしたのだろう? 女性は白いブラをつけているだけで、赤いペンキを浴びたような姿をしている。いや、ペンキではない。血だ。壁にも血が飛び散っている。スプレー缶の落書きみたいに赤い色の弧を引いて。女性は男の首を両手で押さえているが、それでも指のあいだから血がどくどく噴き出している。首の横に穴が開いている。自分がやったらしい、とシギータもおぼろげに理解しはじめた。めったやたらにピストルを撃ったとき、手に反動を感じたのはおぼえている。二回。でも、男に当たったのか、当たったとしてどこに当たったのか、何もわからなかった。どうやら命中したらしい。足と、首に。男が死んだら、自分が殺したことになる。

「ミカスは?」シギータはわずかに残った息を吐き出すように声を出した。

「だいじょうぶよ」黒っぽいショートヘアの女性が顔を上げずに答えた。もっと聞きたいことはあるが、息が続かない。だいじょうぶって、どういう意味? ミカスはどこにいるの? けがは? 怖がって震えているのでは?

破壊されたドアがそっと少しだけ開き、アンネ・マルカートが頭を出した。漫画みたいな一瞬だった。

「ほかに撃たれた人は?」ショートヘアの女性が鋭い口調で聞いた。

「いません」アンネ・マルカートが飛び散った血を見つめ、床に倒れている大男を見つめながら返事をした。「こっちは……こっちは二人とも無事です」

黒っぽいショートヘアの女性は、ミカスをさらった男の上にさらに深く覆いかぶさるようにして何か言った。シギータには聞こえなかった。男は返事をしなかった。やがて男の口から音が出たが、それはシューッというため息のような音だった。血は、もうさっきのようにドクドクと噴き出てはいない。シギータはそろそろと立ち上がった。気がつくと、自分もべっとりと血を浴びていた。髪も、首すじも、シャツの胸のあたりまで血まみれになっている。あの男の血。そう思うと、ぞっとした。自分の血にまみれるほうが、まだましだ。不浄なものを浴びて穢《けが》れた感じがした。アンネ・マルカートが何かデンマーク語で喋るのが聞こえた。たぶん、アレクサンダーに話しかけたのだろう。ピストルの弾丸を浴びてずたずたになったドアの奥にいるらしい。こんな場面は見ないほうがいい、とシギータは思った。

「何か手伝いましょうか？」いまさらとは思ったが、シギータは声をかけた。女性はすぐには返事をせず、まだその場にしゃがんだまま両手で男の首を押さえている。湾曲した背骨の一個一個が数えられるほど痩せている。女性はむきだしの薄い両肩が震えるほど力を入れて傷口を押さえつづけている。

やがて、両肩の力を抜いて女性が上体を起こした。

「死んだわ」

シギータは倒れている巨体を見つめた。

「わたしが撃った……」ささやくような声で言ったものの、実感がなかった。突然、自分が犯人に対して決意したときの言葉がよみがえった。**ミカスを傷つけたら、殺してやる。**人の行為というものは、頭の中で予行演習したとおりに実現するのだろうか？　いったん頭の中で思ったら、それだけ実現に近づくのだろうか？　ミカスを傷つけたら、殺してやる――あのとき、自分はそう思った。そして、いま、そのとおりになった。あのときの腹が据わった感覚は、いまでは遠い夢のようだが。

「いいえ、ちがうわ。わたしが撃ったのよ」アンネ・マルカートが静かな声で言い、かがんでピストルを拾い上げた。

シギータは混乱した頭で見つめるばかりだった。この人は何を言っているのだろう？

アンネ・マルカートは落ち着きはらった態度でピストルを構えた。そして、「気をつけて」と言うと、ドアフレームに慎重に狙いをつけて一発撃った。

「そうね、そのほうがいいかも」黒っぽいショートヘアの女性が思うところのありそうな顔で言った。「警察も、彼女が言うことなら簡単に信用すると思うし」

ようやくシギータにもわかった。自分はこの国ではよそ者だ。信用もなく、金もなく、コネもない外国人だ。グージャス刑事に信用してもらうのさえ最初はどれほどたいへんだったか、シギータは思い出した。しかも、グージャスは少なくとも言葉が通じる相手だった。

「ちゃんと理由もあるし」アンネが動かなくなった巨体に向かってうなずいた。「正当防衛よ」

シギータはぐっと唾をのんで、うなずいた。

「そうですね、あなたは子どもを守る必要があった」

見つめあった二人のあいだに何かが生まれた。無言の合意。交換条件ではなく、むしろ、同志のような。

「ミカスはだめ」シギータが言った。「でも、わたしなら。わたしのをあげる。適合すれば」

「早くここを離れたほうがいいわ」アンネ・マルカートが言った。「でも、また来てくださいね。なるべく早く」

「ええ、来ます」シギータが言った。

突然、ショートヘアの女性が笑顔を見せた。ほんの一瞬の強烈な笑顔。黒い瞳が生き生きと輝き、嚙みつきそうに一途な表情が消えた。

「下のガレージにいるわよ。灰色のバンの中」

ミカスはガレージの暗闇を背にして戸口に立っていた。歩きはじめたばかりの子どものように、片手でドアフレームにつかまって立っていた。母親の姿を目にしたミカスの顔に浮かんだのは、喜びでもなく、怯えでもなく、その両方が入り混じった表情だった。ギプスが邪魔になって抱き上げることはできなかったが、シギータはミカスの横にしゃがんで、良いほうの腕で息子を抱き寄せた。幼いミカスは温かく、恐怖と失禁のにおいがした。ミカスは子ザルのように母親にしがみつき、母親の首に顔をうずめた。

「ああ、ミカス」シギータはつぶやいた。「よかったわ……ミカス……」

シギータは思った。この先、怖い夢にうなされる夜もあるだろう。難しい時期もあるだろう。でも、ここでこうしてミカスの温かい息を肌に感じているうちに、何かがようやく自分の過去の行為に許しを与えてくれたような気がした。人生か。運命か。もしかしたら神様か。

時間があまりない。もうすぐ、いろいろなことが始まる。警察が到着し、救急車が到着し、救急救命士が到着して、死と惨劇のあとに続くありとあらゆることが始まる。残された時間は、カールンボーから最初の車が到着するまでしかない。

アンネ・マルカートが息子の携帯電話から通報した。そして、自分のダークブルーのステーションワゴンをミカスとミカスの母親に貸した。当局が到着したとき現場にいないほうがいいから、と言って。ヤン・マルカートはまだリビングの床に寝かされたままだが、アンネが枕や毛布を運び、きちんと包帯をしなおして、できるだけ快適な状態にしてあった。

アンネ・マルカートは強い風に吹かれたらぽっきり折れてしまいそうなパステルカラーの華奢な外見とは裏腹に、思いがけない強さを秘めた女性だった。自宅の二階廊下に死体が転がっていて周囲が血だまりになっている程度のことにはまったく動揺せず、その男の死について自分が責任を引き受けるという考えを曲げなかった。とくに気負う様子もなく。アンネとニーナは死体をベッドカバーで覆った。主としてアンネの息子アレクサンダーへの配慮からだ。さらに、アンネは、ピストルで撃たれた夫の傷を止血する応急処置に使われたニーナのシャツの代わりに、クリーム色のシャツを差し出す配慮も見せた。ラベルにはアルマーニとあり、ニーナはさっと血を洗い流しただけの腕を申し訳ない気分で高級シャツの袖に通したのだった。

アンネはニーナを家の外へ連れ出し、建物の角を回って裏側にある別の入り口へ案内した。

「ここです」アンネがデジタルロックの暗証番号を打ちこんだ。「階段を上がったところです。どうぞ。わたしは救急車が来るまでヤンに付き添っていますから」

ニーナは黙ってうなずいた。カーリンのアパートは警察によって黄色いテープで封印されていたが、ニーナはかまわずドアを開け、封印テープの下をくぐって中にはいった。小さな玄関に足を踏み入れると自動的に明かりがついた。どこかにセンサーがついているのだろう。ニーナはスイッチを見つけてリビングの明かりもつけた。

そう、カーリンの家だ。玄関にはカーリンのコートと靴があるし、部屋にはまだカーリンの香りが残っている。無秩序な部分ときちんとした部分が同居しているところもカーリンらしい。新聞や本がうずたかく積まれている。カーリンはこういうものをゴミと思っていなかったから。でも、バスルームの洗濯かごを見れば汚れた衣類でさえきちんとたたまれているであろうことを、ニーナは知っていた。

見おぼえのある古いロッキングチェア。寮で一緒に暮らしていた頃からずっと使っているカーリン愛用の椅子だ。でも、それ以外のものを見れば、銀行の口座残高が増えるにつれてカーリンのライフスタイルが変わっていったことは明らかだった。イケアより、コンラン、イームズ。オープン・キチネットには、本物のイタリア製エスプレッソ・マシン。壁には現代アートの原画。

カーリンのデスクには小型プリンターが残されていたが、ノートパソコンはなかった。おそらく警察が押収していったのだろう。書類も押収していったようだ。きちんと揃えられた書類のところどころに隙間があるので、それとわかる。ひきだしも、一ヵ所が少し開いたままになっていた。

ニーナはロッキングチェアに腰を下ろした。ここに来たのは詮索が目的ではない。カーリンに精いっぱいのお別れをするためだった。

カーリンが恐れていたもの。それがニーナの心にずっとひっかかっていた。人生の最後の時間をカーリンが極度の恐怖に怯えて過ごしたことは間違いない。リトアニア人に見つかるよりもっと前から。ヤン・マルカートを恐れていたのだろうか？　ニーナにはそれほど恐ろしい男には見えなかったが、それは、九ミリ弾に肩を砕かれて自宅リビングの床に倒れ血を流しているショック状態のヤン・マルカートしか見ていないからかもしれない。

カーリンはあの男をニーナよりよく知っていた。命令に背いたあと極度に怯える程度に、よく知っていた。カーリンはヤン・マルカートに何をされると思っていたのだろう？　なぜ、そんなにあわててこの美しいアパートを捨て、人里離れた別荘に身を隠そうとしたのだろう？

そのとき、突然ニーナは理解した。カーリンは幼い子どもをスーツケースに入れるような類いの人間を恐れていたのだ。そして、金を払ってそういうことをやらせる人間を。カーリンは、わたしに託せばミカスの命を救えるかもしれないと思ったのだ。その期待には応えることができたと思う。でも、カーリンの命は誰も救ってくれなかった。

遠くにサイレンの音が聞こえた。もう時間がない。ニーナは立ち上がり、明かりを消して部屋を出ようとした。スイッチに手を伸ばしたとき、冷蔵庫のドアに貼ってあるさまざまな葉書やメモや写真が目にとまった。

ニーナの写真ばかりを集めたコーナーがあった。いちばん上の左端は、ニーナとカーリンが並んだ写真。大昔の写真だ。学生会館でのコンサート。はるか昔、まだ二〇世紀だった頃。二人とも看護学校の学生だった。カーリンは髪を巨大なアップにしている。逆毛を立てて盛大にふくらませて。アイライナーはクレオパトラからも絶賛されそうな濃さ。イヤリングは肩まで届きそうな大きさ。カーリンの目はカメラに向かって笑っている。カーリンらしい生気あふれる温かな笑顔。ニーナは例によって黒を着ているが、このときは珍しくカメラマンに精一杯の笑顔を向けている。カーリンほど底抜けの笑顔ではないけれど。

この写真、一七年も持っていたんだ……。冷蔵庫を新しくするたびに、何度新しいドアに貼りなおしたのだろう？

その下にはニーナの結婚式の写真があった。登録事務所の脇にある母ブタと子ブタたちの像の前であわただしく撮影した一枚。誰の芸術的発想であんな写真になったのか、もう忘れたが、ニーナもモーテンも気恥ずかしいくらい若い。見つめあう瞳と瞳の真剣さがけっしてバラ色ではない将来を予見しているようにさえ見える。ニーナのドレスは妊娠四ヵ月のふくらみを隠せていない。おなかにはイーダがはいっていた。

もっと下へいくと、イーダとアントンが赤ん坊だった頃の写真。ニーナとモーテンは生まれた子どもたちの写真を観光名所から送る絵葉書のように皆にばらまいた。分娩直後の赤ん坊というより紫がかったしわくちゃの生き物みたいなスナップショットに小さな黒い手形をつけたカードもあった。

わたしの人生がここにある、とニーナは思った。カーリンの甥っ子や姪っ子たちの写真と並んで。歯医者の予約票と隣り合わせに。クリスマスカードと一緒に。ずっと何年もこうして冷蔵庫のドアに貼ってあったのだ。毎日でも見られる場所に。

さまざまな感情がごちゃまぜになって押し寄せてきた。喪失感、痛恨の悲しみ、自己嫌悪、そして後ろめたさの混じった暗くややこしい感情が。この気持ちを整理するには、しばらく時間がかかるだろう。いまはとても無理。ニーナは明かりを消し、ドアを閉めた。カチッと電子ロックのかかる音がした。サイレンが近づいてくる。ニーナは玄関の石段に腰を下ろして救急車の到着を待った。ヤン・マルカートの容態をチェックしに行くべきなのだろうが、いまはあの男の姿を見る気になれなかった。カーリンを死ぬまで殴ったのはあの男の手ではないが、あの男はもう一人の男に金を払ってそれをやらせた。カーリンの恐怖には根拠があったのだ。

頭がめちゃくちゃに痛い。入院の必要な重傷だとわかっていたが、とにかく家に帰りたかった。やっとのことで。許されるものならば。さっき、腕と手をできる限り念入りに洗った。皮膚がふやけるほどごしごし洗った。それでも、まだあのリトアニア人の血が指の叉や爪の隙間に残っているような気がした。

怖いとは思わなかった。あの男を怖いとは思わなかった。

リトアニア人の男は血だまりの中に倒れていた。頭の周囲の血だまりがどんどん大きくなっていた。巨体を細かく痙攣させていた。寒さに震えるように。自分の意志で動いているわけではないけれど。そういう姿を見たとき、哀れとしか感じられなかった。そう、あの男の最期は哀れだった。

女性にのしかかっていた巨体をごろりと上向きにしたら、首から大量の血が間歇《かんけつ》的に噴き出しているのが見えた。これは助からないとわかった。それでもニーナは本能的に男の傍らに膝をつき、ずたずたに開いた首の傷口に二本の指を突っ込んだ。ゴム管のような弾力の動脈を探り当てることはできたが、損傷箇所をつまんで止血しようとしても、熱い血がぶくぶくと噴き出して指のあいだからとめどなく落ちていった。男はすでに遠い目をしていた。紗のかかったような瞳でニーナを見た。この目は知っている。前に見たことがある。当然だ、看護師だもの、人の死ぐらいいくらでも見ている。

しかし、今回はちがった。

熱い血のにおいと、腕を伝って流れ落ちる粘度のある真っ赤な体液に、ニーナはめまいを感じた。

（ニーナ、時間を逃がしちゃだめ！　しっかり目をさまして。時間を忘れたら、前と同じでしょ！）

ニーナは自分を叱るように頭を振り、男の視線をもういちど捉えようとした。この男に確かめなければならないことがある。

「殺したの？」

男はまばたきし、痰のからんだような息を吐いた。気管も損傷を受けているのかもしれない。男の目はニーナを見ていなかった。自分の言葉が男に届いたかどうかもわからなかった。

「カーリンを殺したの？　山荘にいた女の人、殺したの？」

男のくちびるが開いたが、苦悶の声を上げようとしたのか、答えようとしたのか、わからなかった。瞳にはどんより霞がかかり、磯で見かける乾いた黒い岩のような色になっていた。男は返事をしなかった。それでもニーナは確信した。

このまま死なせてしまえ、とニーナは自分の両手を見下ろしながら思った。この手を放せば……。この男はカーリンを殺した。救命に値しない男だ。

ニーナは手を放さなかった。

傷口にさらに深く指をすべりこませた。もう少しきっちりつかめれば、もう少しきつく圧迫できれば……。両手を突っ込んで圧迫しても、血はニーナの前腕に達するほどの高さまで噴出しつづけた。やがて出血の勢いがおさまってきたが、それは止血が成功したからではなく、噴出する血液がなくなったからだった。

胸骨が大きくせり上がり、がくっと落ちた。ニーナはなおしばらく救命処置を続けた。指でむなしく動脈を圧迫しつづけたまま。古い古い悲しみの記憶が胸によみがえった。

自分がどんなにしてもこの男の命を助けることは所詮無理だったのだ、と思った。その思いをはっきり意識したとき、ニーナのもっと深いところにあったもっと古い痛みの記憶が、ほんの少しやわらいだ。

（わたしがどんなにしても、パパの命を救うことはできなかったのだ……）

家まで車で送ってくれた女性警官に、ニーナは建物の前で降ろしてほしいと告げた。痛みと疲労と心痛で、くたくただった。家に帰ってまで他人に感じよく接する気力は残っていない。というより、いまは何をする気力も残っていなかった。モーテンが待っているのはわかっていた。女性警官が教えてくれたから。モーテンは事件直後に警察から連絡を受け、「妻が無事で非常にうれしい、再会が待ち遠しい」と答えたという。

階段の一段目に足をかけながら、ニーナはその言葉を思い出して顔をしかめた。もちろん、モーテンはほっとしているだろう。しかし、「再会が待ち遠しい」というのは言い過ぎだろうし、「非常にうれしい」というのも、現在の二人の関係を考えると、少しちがう気がする。事実、恐れていたとおり、モーテンの顔は「うれしい」とはほど遠い表情だった。

窓からニーナが到着したのを見ていたに違いない。モーテンは玄関のドアを開けたまま、腕組みして待っていた。階段を上がる足取りが思わず重くなった。

「やっと帰ってきたか」

抑揚のない、ささやくような声だった。

怒っている声ではない。哀れな声でもない。何かよくわからない感情がこもった声。モーテンの視線を受けて、ニーナは思わず首をすくめた。気力をふりしぼって最後の数段を上がる。

すぐ目の前にモーテンがいた。その首もと、鎖骨の少しくぼんだところに顔を押しつけたい衝動に駆られた。

「はいってもいい？」

ふつうの声で、ちゃんとした声で、言おうとしたつもりだった。でも、のどが締めつけられ、柔らかいもので塞がれたようになって……こういうときは、たいてい涙になる。ニーナはこらえようとした。こんな場面で泣きたくない。自分のほうがモーテンを慰めなくてはならないのに。ニーナは顔を上げてモーテンを見た。モーテンの瞳から大きく膨らんだ黒い影がぽろりと落ちた。モーテンは一度だけ胸を大きく波打たせ、それから両手でニーナの頭を抱き寄せた。

きみはどうしようもない人だ。

さっきモーテンの声にこもっていた感情は、それだった。モーテンの瞳に見た感情も、それだった。理不尽な力に引きずられてニーナが行ってしまったあと、モーテンが感じていたのは、どうしようもない無力感だったに違いない。

「もう二度と……」痛いほどにニーナを抱きしめながら、モーテンが言った。「もう二度と、こんなことはしないでくれ」

九月

キッチンのいたるところが粉だらけだ。テーブルの上も、床も。蛇口にはパン生地のようなものがこびりついている。廊下にも粉っぽい足跡が続いている。

「何やってんの？」モーテンはノートパソコンのバッグを置きながら声をかけた。

「パスタ作ってんの！」アントンが細長く切った薄黄色の生地を持ちあげて見せながら、元気いっぱいの声で答えた。

こりゃ、たいへんだ……モーテンは心の中でつぶやいた。ニーナはまた全力主婦業の発作を起こしたに違いない。ミックス粉を買ってきて済ませるという妥協のできないのがニーナらしいところなのだ。有機飼料で肥育されたとかいう牛の片側半頭分がある日いきなりキッチンに現れたときのことを思い出すたびに、ぞっとする。二四時間のあいだ、アパートは畜肉解体場さながらの光景だった。ニーナは縦二つ割りにされた子牛を切り分け、部位ごとに小分けし、パックし、冷凍した……いや、冷凍しようとした、と言うべきだろう。結局、モーテンの姉に頼んで大部分を引き取ってもらう羽目になったのだから。モーテンの姉はグレーヴェに住んでいて、納屋に特大の冷凍庫を持っていた。

そして、こんどはパスタときた。ニーナは大張り切りで頬に粉をつけながら、パスタ・マシンでラビオリを生産している。うちにこんな機械があったとは知らなかった。

「がんばってるね」モーテンは上の空でアントンに声をかけた。

「モーテン」ニーナが話しかけてきた。「どういう話になった？」

「今回はエスベンが行ってくれることになった。そのかわり、エスベンの次のシフトをぼくが代わることになった。二三日に出発する」

通常のシフトだと、モーテンは六週間に一回、北海油田で二週間の現地勤務に就く。しかし今回はそのシフトから外してもらって家族みんなでバカンスに行こう、というのがモーテンの希望だった。そのために、地質調査を一週間休めるよう、すでに同僚とも話をつけてあった。しかし、ニーナはそれを断った。「わたしに必要なのは、ふつうの生活をたっぷり味わうことなの」と言って。

モーテンはさんざん説得したあげく、ようやくニーナをクリニックへ連れていってマウヌスの診察を受けさせた。マウヌスは髪の生えぎわのすぐ内側にできた裂傷を縫合したあと、頭蓋骨を触診し、国立病院で精密検査を受けるよう指示した。

「少なくとも、脳震盪はあるね」マウヌスはペンライトでニーナの目を照らしながら言った。「わざわざ言わなくてもわかってると思うけど、脳震盪だけで済んでるかどうか、調べる必要があるからね。どうしてもっと早く診せなかったんだ？」マウヌスは、こんどはモーテンに向かって言った。「もし万が一またこういうことがあったら、眠らせないように。眠ってると思ったら昏睡状態に陥っていて手遅れになった、なんていうケースがいくらでもあるんだから」

モーテンはこわばった表情でうなずいた。その後、国立病院の検査で頭蓋骨に異常はないと言われたものの、モーテンはマウヌスの言葉が忘れられず、ニーナの横でふつうに眠れるようになるまで一週間以上もかかった。子どもたちが生まれてまもない頃、ちゃんと息をしているかどうかが心配で何度も見に行った、あの頃のような感じだった。

それから二週間もしないうちに、ニーナは職場に復帰した。ラビオリ・プロジェクトは職場復帰のための布石だったに違いない、とモーテンは読んでいる。仕事も家のことも両方こなせます、という……。良き母親であり、家族のことにもちゃんと心を砕き、そのうえ仕事も……。

そんなにがんばらなくていいんだよ、と言ってやりたかった。いらいらしたりいやになるのはあたりまえだ、手を抜けばいいんだよ、と。きみが実力を発揮する方向は、どう考えてもパスタのシェフではないだろう、と。

モーテンは長いことニーナを見つめていた。ニーナの瞳にあふれる活力と強さに思わず引き込まれてしまう。いつだったたか、モーテンは仕事先のグリーンランドでニーナの瞳にそっくりな嵐の前触れを思わせる灰青色の玄武岩を見つけ、ポケットに入れてはるばる持ち帰ったことがあった。

「どうかした？」ニーナが聞いた。

「いや、べつに」

ニーナは仕事に着ていくシャツに小麦粉をつけないよう両手首でモーテンの顔をはさみ、キスをした。

「いまね、三種類のラビオリを作ってるところなの。一つは、ホウレンソウとリコッタチーズのラビオリ。もう一つは、プロシュートとエメンタールチーズのラビオリ。あと一つは、スカンピとトリュフのラビオリ。おいしそうだと思わない？」

「そうだね」モーテンは答えた。

ニーナが寝たあとも、ずいぶん長いあいだモーテンは起きていた。ニーナがふと目をさましたとき、モーテンはベッドの上でひざまずいていた。ニーナは手を伸ばしてモーテンを引き寄せた。モーテンは引き寄せられるままニーナに覆いかぶさって、深く激しいキスをした。ニーナの口もと、首すじ、胸、腕、手首へと指を這わせる。モーテンの指とニーナの指が絡みあい、モーテンは全体重を預けてニーナをマットレスに押しつけた。

暗闇の中で、モーテンの瞳はほとんど見えない。反射した光がかすかに揺らめくのが見えるだけ。ニーナは二人のあいだにもの悲しさのようなものが降りてくるのを感じた。あるいは、ずっと前からそこにあったのに、ニーナが気づかなかっただけかもしれない。

ニーナはラジオについているデジタル時計を見ようとして頭の向きを変えた。

「だめ」モーテンのかすれた声が許さなかった。「いまは、だめ」

時刻表示が見えないようにモーテンが時計の向きを変えた。そして、ニーナの顔をはさんで暗闇の中で自分のほうを向かせ、ゆっくりと有無を言わせぬ力でニーナの足を開いていった。

ニーナは抗わずに落ちていった。モーテンの中へ、感覚の世界へ、時間が意味を持たない温かな空間の中へ。

家まで走りづめに走った。パニックを止めることができなかった。自分でもどうかしてると思ったけれど。パパはいつものようにキッチンのテーブルに座っているはず、タマゴサンドとノンアルコール・ビールをテーブルに置いてコーヒーメーカーでコーヒーを作ってるはず。そうに決まってる。いつもそうだもの。ときどき、パパは学校がまだ終わってないのに家に帰ってしまう。しょっちゅうではない。一年に多くても三回か四回くらい。それに、ふつうは、次の日にはお仕事に戻る。ふつうは。でも、ときどき、悪いときは、二週間とか三週間たってもだめなときがあって、そのときは「あまり良くない」っていうこと。いつも、人に聞かれると、ママがそう言ってた。「いいえ、このところ、フィンはあまり調子が良くなくて」って。そうすると、人はそれ以上は聞かない。パパのことを知ってる人は。

そうだ、タマゴとカラシナ。パパはキッチンのテーブルに座ってると思う、きっと、マーチンが幼稚園で作ってきたちょっと変な形のハリネズミから生えてるカラシナの芽をたっぷり切り取ったところだと思う。それで、ノンアルコール・ビールを飲んでると思う、お薬飲んだから。

腕時計を見る。一一時二〇分。パパがテーブルのとこに座ってるのだけ見れば、家にはいらなくてもいい。そのまま学校に引き返せば、次の授業に間に合う。

でも、パパはテーブルのところにいなかった。だから、家にはいらなくてはならなかった。

パパの毛皮つきの深緑色の外套が玄関のフックにかかっていた。靴も棚にきちっと並べてあって、その横にパパのかばんがあった。そっと寝室のドアを開けてみた、パパがお昼寝してるかもしれないと思ったから。でも、パパはいなかった。そのとき、地下室へ下りていく階段の入り口が開いたままになってるのが見えた。そして、音が聞こえた。

学校には間に合わなかった。国語の授業にも、地理の授業にも。先生は教室の外で、いったい何をしていたの、と聞いた。でも、何て言えばいいのかわからなかった。

「服を着替えなくちゃならなくて……」やっと言えたのは、それだけだった。

事情が明らかになったのは、かなり時間がたってからだった。そうなったらそうなったで、当然、こんどは別のことを聞かれた。なぜ学校なんかに戻ったの、と。

学校の心理カウンセラーは、とくに、その質問を繰り返した。それ以外の質問も、いろいろ。どれもだいたい、「そのとき、どんな気持ちでしたか？」とか「そのとき、どんなことを考えていましたか？」といったようなものだった。どれにも答えられなかった。そのとき感じたことも、考えたことも、何ひとつ思い出せなかった。自分がしたことも、何ひとつ。地下室にいたことは、ちゃんとおぼえていた。ほかのことも、ぜんぶおぼえていた。パパのこと。パパが服を着たままバスタブにはいっていたこと。水が真っ赤だったこと。わたしの姿を見たときに、パパのくちびるが動いたこと。でも、音を消した映画みたいで、パパが何を言ってるのか聞こえなかった。わたしはパパの両腕の赤いものを見ていて、そのときに時間が逃げたんだと思う。どうやって逃げたのかは、よくわからない。隣のハルヴォーセンさんの家へ行って救急車を呼んでくださいと頼んだのは、おぼえている。自分でもわからないのは、そのときもう一時間以上もたっていた、ということ。どうしてそうなったのか、ぜんぜんわからない。でも、気がついたら、もう一二時半を過ぎていた。そして、ちがう服に着替えていた。すぐに呼びに行ったんです、って何回も言った。自分にも言ったし、大人たちにも言った。わたし、すぐに呼びに行ったんです……。

悪夢から呼び戻してくれたのは、電話の鳴る音だった。ニーナは手探りで受話器をつかみ、モーテンが目をさます前に（たぶん目をさまさなかったと思う）、なんとか電話に出た。

最初、電話のむこうからはハァハァという息づかいが聞こえてくるだけだった。電話を切ろうとしたとき、やっと、パニックを伝える細い声が聞こえた。

「お願い、来て……」

「誰なの？」

「ナターシャ。お願い……」

ニーナはガバッと起きて、明かりをつけた。モーテンが半分寝ぼけたまま、訳のわからないことをつぶやいた。「ちくしょう」という言葉だけは聞き取れたが、それ以外は何を言っているのかわからなかった。

「ナターシャ、どうしたの？」

何秒か、ずいぶん長いあいだ、受話器からは涙にむせぶ息づかいしか聞こえなかった。

「あいつ、リナに……リナに手を出した……」

「警察に通報しなさい！」ニーナは怒りを込めてぴしゃりと言った。「こっちから通報してもいいわよ？」

「たぶん、死んだ、思う……」ナターシャが言った。「来て。お願い。たぶん、わたし、あいつ殺す、思う……」

カチッと音がして電話が切れた。ニーナはベッドに倒れこんだ。悪夢の名残りか、口の中で血の味がした。モーテンは明かりがまぶしいのか、寝返りを打ってむこうを向き、ふたたび寝息を立てはじめた。完全に目がさめたわけではなかったらしい。シーツがずり下がって、尻が見えかけている。

警察に電話！　ニーナは自分に命じた。早く。九一一番。早く、電話！　頭の傷はやっと治ったばかりで、いまでもときどき痛む。

ニーナは少しのあいだ目を閉じた。そのあと、そっとベッドから出て昨日のTシャツに腕を突っ込み、足音を忍ばせてバスルームへ行って水でさっと顔を濡らした。大急ぎで身じたくを整え、玄関ドアの脇に吊るしてある車のキーを取る。夏はまだ終わりそうにない。外では九月の湿った闇がコペンハーゲンの街を覆っている。気温は昼間からほとんど下がっていない。

時計を見る。午前四時三二分。

Special thanks to :

長島要一氏
小島もも子氏
長村　キット　パンコースト氏

|著者|レナ・コバブール＆アニタ・フリース　Lene Kaaberbølは1960年、Agnete Friisは1974年、ともにデンマーク生まれ。それぞれファンタジーと児童文学の作家として活躍し、共著としてのデビュー作が本書にあたる。本作で『ミレニアム』とスカンジナビアン・グラスキー賞を争い、バリー賞にもノミネート、2008年度ハラルドモゴンセン賞ベストクライムノベル賞などを受賞、ニューヨークタイムズ・ベストセラーにもなる。次回作に同じニーナ・ボーウを主人公とした『Invisible Murder』がある。

|訳者|土屋京子　1956年愛知県生まれ。東京大学教養学部卒業。訳書に『EQ こころの知能指数』（講談社＋α文庫）、『ワイルド・スワン』（講談社文庫）など多数。最近の訳書に『トム・ソーヤーの冒険』（光文社古典新訳文庫）、『部屋』（講談社）などがある。

スーツケースの中《なか》の少年《しょうねん》
レナ・コバブール＆アニタ・フリース|土屋《つちや》京子《きょうこ》 訳

講談社文庫
定価はカバーに
表示してあります

2013年7月12日第1刷発行

発行者──鈴木　哲
発行所──株式会社　講談社
東京都文京区音羽2-12-21　〒112-8001
電話　出版部（03）5395-3510
　　　販売部（03）5395-5817
　　　業務部（03）5395-3615

デザイン─菊地信義
本文データ制作─講談社デジタル製作部
印刷───豊国印刷株式会社
製本───加藤製本株式会社

Printed in Japan

ISBN978-4-06-277597-7

講談社文庫刊行の辞

二十一世紀の到来を目睫に望みながら、われわれはいま、人類史上かつて例を見ない巨大な転換期をむかえようとしている。

世界も、日本も、激動の予兆に対する期待とおののきを内に蔵して、未知の時代に歩み入ろうとしている。このときにあたり、創業の人野間清治の「ナショナル・エデュケイター」への志を現代に甦らせようと意図して、われわれはここに古今の文芸作品はいうまでもなく、ひろく人文・社会・自然の諸科学から東西の名著を網羅する、新しい綜合文庫の発刊を決意した。

激動の転換期はまた断絶の時代である。われわれは戦後二十五年間の出版文化のありかたへの深い反省をこめて、この断絶の時代にあえて人間的な持続を求めようとする。いたずらに浮薄な商業主義のあだ花を追い求めることなく、長期にわたって良書に生命をあたえようとつとめるところにしか、今後の出版文化の真の繁栄はあり得ないと信じるからである。

同時にわれわれはこの綜合文庫の刊行を通じて、人文・社会・自然の諸科学が、結局人間の学にほかならないことを立証しようと願っている。かつて知識とは、「汝自身を知る」ことにつきていた。現代社会の瑣末な情報の氾濫のなかから、力強い知識の源泉を掘り起し、技術文明のただなかに、生きた人間の姿を復活させること。それこそわれわれの切なる希求である。

われわれは権威に盲従せず、俗流に媚びることなく、渾然一体となって日本の「草の根」をかたちづくる若く新しい世代の人々に、心をこめてこの新しい綜合文庫をおくり届けたい。それは知識の泉であるとともに感受性のふるさとであり、もっとも有機的に組織され、社会に開かれた万人のための大学をめざしている。大方の支援と協力を衷心より切望してやまない。

一九七一年七月

野間省一

講談社文庫 最新刊

畠中 恵
若様組まいる
世が世なら若殿様だった巡査の卵の青年たち。旧幕臣の子息たちが繰り広げる爽快活劇。

あさのあつこ
NO.6〔ナンバーシックス〕#8
沙布の身に起きた異変に愕然とする紫苑とネズミ。混迷を極めるNO.6に未来はあるのか。

真保裕一
ダイスをころがせ!(上)(下)
お金はないし、コネもない。頼りは情熱と仲間たちの絆。痛快選挙青春ミステリー長編!

大崎善生
ユーラシアの双子(上)(下)
シベリアから鉄路でユーラシア大陸を横断。孤独の荒野に見える、微かな希望を追う旅。

高里椎奈
天上の羊 砂糖菓子の迷児〈薬屋探偵怪奇譚〉
警察に事故死とされた姉の死。疑念を抱いた妹は、真相究明を薬屋店長リベザルに依頼。

勝目 梓
死《しに》支《じ》度《たく》
九十九歳の老人の〝死支度〟とは? 真の勝目梓小説! 深い感動が押し寄せる連作短編集。

多和田葉子
尼僧とキューピッドの弓
官能の矢に射られて〝駆け落ち〟した尼僧をめぐる噂と、内面の真実。紫式部文学賞受賞作。

天《あま》祢《ね》 涼
キョウカンカク 美しき夜に
サイコキラーvs.探偵・音宮《おとみや》美夜《みや》、降臨。メフィスト賞受賞作を全面改稿。衝撃のミステリー。

伊東 潤
戦国鎌倉悲譚 剋
仏門への憧憬と、尼僧との恋の狭間で懊悩する玉縄北条家の当主・氏舜《うじとし》の数奇な運命とは。

松宮 宏
くすぶり亦《また》蔵《ぞう》〈秘剣こいわらい〉
奇妙なサムライ・スモーカーが全米を巻き込んで大騒動を起す。「秘剣」シリーズ第二弾!

宮城谷昌光
湖底の城 一〈呉越春秋〉
名匠が「今だからこそ描けた」新しい中国歴史小説。楚の伍子胥から壮大な物語が始まる。

湖底の城 二〈呉越春秋〉
自らの目で、信頼できる臣を得た伍子胥。家族に近づく恐ろしい陰謀に、下した決断は。